有爱的青春陪伴者

GU
XI
SHAN

顾溪山

著

同桌他太厉害了

我们在晴空万里、
浅夏悠长时，再重逢。

北京燕山出版社

图书在版编目（ＣＩＰ）数据

同桌他太厉害了 / 顾溪山著. -- 北京 : 北京燕山
出版社, 2022.5
ISBN 978-7-5402-6464-2

Ⅰ.①同… Ⅱ.①顾… Ⅲ.①长篇小说－中国－当代
Ⅳ.①I247.5

中国版本图书馆CIP数据核字(2022)第048457号

同桌他太厉害了

著　　者	顾溪山	
责任编辑	金贝伦　贾　玮	
封面设计	刘　艳	
出版发行	北京燕山出版社有限公司	
社　　址	北京市丰台区东铁匠营苇子坑 138号 C座	
电　　话	010-65240430	
邮　　编	100079	
印　　刷	长沙鸿发印务实业有限公司	
开　　本	880mm×1230mm　1/32	
字　　数	197千字	
印　　张	9	
版　　次	2022年5月第1版	
印　　次	2022年5月第1次印刷	
定　　价	42.80元	

目录 CONTENTS

第 一 章

初来乍到

路口，一辆白色的迈巴赫停在红灯前。

"小折，快到学校了。"嬴风的秘书程池回过头来，冲坐在后排低头玩手机的少年笑着说，"今天也要跟同学们好好相处啊，嬴总明天就回来了，到时候他会来见你的。"

少年额前垂着碎发，好看的眉眼蹙在一起，带着年少的浮躁与叛逆。嬴折摁着屏幕的手顿了顿，半天才闷声应了一下。

"你的事嬴总和我说过一些。你们父子之间就是沟通太少，这次你过来，正好可以和嬴总多聊聊天。"程池办事靠谱，说话又周全，这两天嬴折转学过来的事，都是他在办。

"十几年没聊过，"嬴折往后靠了靠，目光看向窗外，有穿着和自己一样校服的学生匆匆走过，"没什么可聊的。"

嬴折很小的时候，父母就离婚了，他爸爸嬴风一个人去了外地，嬴折和妈妈生活在一起。

十几年嬴风都没有联系过他，直到高二的暑假，妈妈重病过世，他才接到了嬴风的电话。电话里那个男人的声音有些冷漠，也有些疲惫，没说什么安抚的话，只告诉嬴折，他会接嬴折到他那里。

离婚之后，嬴风有了自己的新家庭，生意也做得很大，忙得很。上周嬴折就到了这里，可嬴风出差了。只有程池每天会像倒计时一样告诉嬴折：嬴总还有×天就回来了。

"到了，要认真上课啊，和同学……"

程池把车停稳，刚想回头和嬴折说些什么，后面的话就被嬴折甩上的车门声截了下来。

嬴折是昨天转来的，今天是第二天。

嬴折犹如行尸走肉一般晃进教学楼里，刚迈进高三13班的教室，就看到自己座位那里站着个表情不善的高个男生，他身边还有两个看着也不怎么高兴的女生。

"你怎么来这么晚？"那个男生叫王贺飞，看见嬴折过来，一脸的鄙夷，"不知道今天是咱们组值日吗？怎么这么不自觉，少一个人给我们添了多少麻烦！"

嬴折往值日表上扫了一眼，他们这组分明比其他组还多了两个人。

他没搭茬，径直走到最后一排，把书包卸了下来。

赢折转身想问那男生还有什么需要做的，一个瘦瘦小小的女生手里捧着高高一摞练习册从旁边绕过来了，说："啊，你的作业交一下。"

赢折看了一眼，是语文练习册，于是从书包里翻出练习册来放到了最上面。

还没等他再开口问那几个人值日做完了没有，胸口就被人扔了一块脏得看不出原来颜色的湿漉漉的抹布，接着，王贺飞的声音响起："跟你说话呢，没听见吗？去把窗台擦了！"

赢折低头看着自己胸口湿了的一片，又抬头看了王贺飞一眼，嘴里发出一声嗤笑。在大家都停了早读看过来的时候，赢折弯身把那块抹布拾起来，在手里摊开。

"转学过来还不知道多做点事吗？仗着自己长得好看点就以为我们班这么好混，唔——"王贺飞刻薄的话还没说完，嘴上就被人糊上了脏兮兮的抹布——赢折直接把手里的抹布摁在了他嘴上。

"用我帮你擦擦嘴吗？"

赢折说完就推开王贺飞。

"你——"王贺飞眼睛都红了，他仗着自己人高马大在班里没少横行，第一次被人这么收拾，还是个新转来的，他顿时暴怒了，骂了几句。

听到那些脏话，刚要坐下的赢折身子骤然僵在那里，他眼睛用力地眨了一下，回过身去，一拳将王贺飞打倒在地。

王贺飞踉跄着要爬起来时，赢折又踹翻了旁边的一张课桌。那课桌直直地砸在了王贺飞腿上，王贺飞顿时惨叫起来。

那张被踹翻的课桌桌肚里飘出几张水墨画，轻柔地落在地上，刚拖过的地上还留着水渍，沾湿了几幅画，宣纸上墨色的葡萄洇作一团。

嬴折眉头微皱，这些画……

他没再搭理王贺飞，从王贺飞旁边绕过去想去捡画，手指还没碰到画纸就被人拨到一边去。他抬起头看，对上一张漂亮的脸。

漂亮的男生头发半长，五官精致，眉眼深邃带点忧郁的感觉，只不过他现在的脸色有些阴沉。

嬴折后退了一步，看着那男生把几张画小心翼翼地拎起来，放到窗台上铺平，又回来把倒地的课桌扶起。被嬴折收拾的王贺飞像是面子挂不住一样，连滚带爬地起来，退到了一边。

"游野来啦……"嬴折听到身边看热闹的人小声说道。

昨天嬴折刚来的时候，班主任给他安排在最后一排的位置，说了句他同桌叫游野，只不过游野昨天一天都没有来。

这就是他的同桌？

嬴折有些尴尬地愣了愣，还是走了过去，说道："不好意思啊，弄湿了你的画，那些晾干了还能恢复到原样吗……"

游野把桌子扶起来，两只手撑在桌子上，探身看着嬴折，十分认真地接道："不能。"

嬴折眉头皱起："那我赔你。"

"我妹妹读幼儿园大班时候画的，你拿什么赔，"游野嘴角带笑，可眼里没有半分笑意，"穿越回去让她再画一遍？"

嬴折咬了咬牙，这人真是不好说话。

游野没再说别的，只是笑着拉开椅子坐下，歪头冲坐在窗台边的人招招手："帮我看着点啊，别让风刮跑了。"

大夏天的哪儿来的风，赢折有些莫名。

那个人好像知道赢折在想什么一样，又回过头来冲他眨眨眼，说道："妖风。"

赢折把人家妹妹的画弄湿了，本来就没理，又看着"暴躁老哥"不好惹的样子，于是在内心自我谴责了半天。

游野没再多说什么，上课好好听讲，下课趴桌子上补觉，偶尔看赢折一眼还是笑眯眯的模样，弄得人浑身不舒服。

中午放学，赢折看了看导航，找到了学校附近的一家美术用品店。

老板正懒懒散散地趴在柜台上玩着手机，看有人来了，立马抬头问道："同学你要点什么？"接着不停地介绍，"是要学美术吧？你高几了，美术这东西得趁早学啊，"他跟着赢折在柜架间穿梭，看赢折拿起一盒温莎牛顿的颜料，"还是学过画画啊，学了几年了？"

赢折被说得有些烦躁，把手里的颜料放下，扭头看向老板："画国画的材料有吗？"

"有啊，"老板搓搓手，"你要什么牌子的？"

赢折撇撇嘴："你就给我拿最好的就行了。"

画不能赔，赔一套画材总行了吧。

下午上课的时候，游野桌子上就被撂了一袋子国画画材。里面有矿物颜料和工艺美术制的笔，还有洒金洒银、花草云龙的宣

纸和徽州的墨，游野看了一下，竟然还有一卷全绫装裱用的空白卷轴！

嬴折正拖着墩布去拖走廊，游野跟了出去。

"那些东西……"游野开口。这回他眉眼间带着一丝愠怒，不再像上午那样一副看戏好笑的模样了。

"赔给你妹妹的。"嬴折直接说道。

游野怔怔地看着嬴折，半晌才说："用不着。"说完便回了教室，把那一袋子画材放到了嬴折座位上。

沉甸甸的一袋子画材，游野虽然不是行家，可多少听过一些名号，就嬴折买的这些东西，往少里算也有好几千了。

"干吗？"嬴折回来后看那些东西被游野还回来，有些不爽，自己好歹挑了一中午呢，"我把你妹妹的画弄湿了，我赔不了画，就赔些颜料画笔，你干吗不收？"

"我再说一遍，不用你赔。"游野的耐心好像快要用光了，努力地压着音量。

"那当我送你妹妹的行不行？"嬴折第一次给人赔礼道歉还这么被人驳面子，"我又不会画画，留着也没用，你带回去给你妹妹。"

游野扭过头去不再理嬴折。

本来嬴折想着下午放学直接塞游野手里，可这个同桌下午上了两节课以后就跑了，窗台上的画也被他拿走了。

看身边空空的座位，嬴折嘟囔一句："学渣吗，还逃课？"

坐在前面的女生回过头来说："游野虽然会时不时地不来上课，但是他成绩很好的。"

嬴折挑眉。

那个女生摇摇头，眼里流露一些同情："游野家里条件不是很好，还有小孩需要他照顾……"

像是怕嬴折误会游野一样，女生又补了一句："游野人其实很好，他不会记仇的。"

嬴折"哦"了一声，他才不在乎游野记仇不记仇，只是游野嘴角随意弯起、眼中褪不下去的疲惫和倔强让他感觉不舒服。

倒是看女生一口一个游野，好像他的同桌挺受欢迎的样子。

只有他不受欢迎。

嬴折瞥了那袋堆在一旁的画材一眼，就好像是自己对新学校新同学最大的善意被扔到一边一样。

这一天都是什么事啊，憋屈死了。

嬴折拎着那袋画材走出教室，把手悬在绿色可回收垃圾桶上方半天，又把手收了回来。

校门口，程池在等嬴折。

一看嬴折出来，程池有些兴奋地冲他招招手，看他提着一个大袋子，问道："这是什么啊？"

"艺术品，"嬴折淡淡地说，"送你了。"说完便钻进车里。

程池也坐上车，把袋子里的矿物颜料拿出来看了看："我可没这艺术天分，你还是自己留着吧，凤凰牌的，看着挺好的。"

嬴折从来不知道原来"明天"这么遥远，遥远到程池也有些没面子，因为嬴风至今还没回来。程池觉得好像是自己夸口才让嬴折等了这么久，这几天接送嬴折的路上话都少了许多。

倒不是嬴折有多期待见那个十几年没见过的父亲，只是妈妈去世后，嬴风把他接过来，有一瞬间他觉得自己可能又有家了，可这一瞬间的想法也终于在无尽的等待中消失殆尽。

"今天晚上嬴总来接你，"程池脸上总算不再是带着歉意的笑容了，嬴风终于要和嬴折见面了，他也挺激动的，趁着等红灯回头跟嬴折说，"让你等了这么久，嬴总也很过意不去。"

"没什么。"嬴折看着窗外。

这几天他在学校过得也挺一言难尽的，班里的大多数同学都当他是个透明人，不当他透明人的说话也没过好气，像是他欠他们钱一样。

他的同桌，三天两头不见人影，神出鬼没的。

这个学，上得也没什么意思了。

原来学校一个叫张千语的朋友，觉得自己考不上大学了，就不念了，最近准备做买卖，于是嬴折从妈妈留给自己的钱里拿出一部分来给她，就当投资了。

刚才，张千语给他回信了，说开了家特色火烧店。

嬴折随便问了两句，张千语嫌他敷衍，让他别管了，好好上学。

嬴折这才收了手机，准备下车。

刚下车，程池又把车窗摇下来喊："小折，别忘了晚上是你爸接你啊。"

嬴折冲程池摆摆手，转身扎进校门的人流里。

走进教室，嬴折心里呵了一声，今天是什么日子，自己那个"神秘"的同桌都来了，正趴在桌子上。

嬴折走过去，下意识地放轻了动作，他刚坐下，那人就抬起了头。

"来啦。"游野冲谁都是一副笑呵呵的模样，有时候赢折都觉得游野不是在笑，而是天生就是嘴角上扬的那种长相。

"嗯……"赢折应了一声，心里想着您也来啦。

"今天上午高三有个开学典礼。"游野说。

赢折翻了个白眼，平时课都不上，开学典礼来干吗？

等到游野站到主席台上作为高三优秀学生代表发言的时候，赢折默默地把头别到一边，耳边响彻的是游野平缓又好听的声音。

这人，学习还真的挺好？

等回了教室，他同桌就又没了影子，书包也不在了。

跟在赢折后面进来的班主任宋文看了一眼，轻轻地叹了口气，走向讲台，对刚才的典礼做总结。

赢折在下面神游，想着晚上的事。

十几年没有爸爸的人，突然有了爸爸，该怎么和爸爸相处呢？

这两个字太陌生了，陌生到晚上赢折见到站在学校门口那个穿着风衣的高大男人时，从嘴里干巴巴地蹦出来一句："你好。"

赢折抬头去看那个男人，半白的头发打理得很精致，脸上皱纹不算多。

那个男人也在看着赢折，神情冷漠，带着一丝疲惫。

不是那种出差奔波的劳累，而是，来见赢折让他感觉麻烦的疲惫。

赢折能感觉出来。

赢风淡淡地"嗯"了一声，示意赢折上车。

嬴折知道，对自己来说，嬴风是陌生人，对嬴风来说，自己也是陌生人。

太强了。

一路上，嬴折都没再说话。

嬴风把车停到了一家酒楼门口，两边的石象还有喷泉都隐隐透着贵气，嬴风报了姓，服务员带着他们往包间走去。

服务员把包间门推开，对他们做了个请的手势。

嬴折只是往里面看了一眼，整个人就僵在了那里。

包间里，还坐着一个漂亮的中年女人和一个看着和他差不多大的、穿着和他一样校服的男生。

"呀，你们来啦，这就是嬴折吧，"那女人看他们进来，先是愣了一下，随即起身过来，走近嬴折，"你爸爸老和我们说起你呢，今天终于见到真人了。我叫冯燕，你叫阿姨就行。"

嬴折只觉得自己的气血直往脑门冲。

"这是嬴骐。来，骐骐，和小折认识一下啊，你们还是一个学校的呢。"

那个眉眼一直带着笑的漂亮男生走过来，大大方方地冲嬴折招招手："你好啊，我是嬴骐，是高二8班的。"

高二……比自己小一岁？

嬴折僵硬地歪头看向嬴风，嬴风还是一脸冷漠，好像站在这里的都是陌生人一样。

"……"嬴折的一句"爸"就卡在了嗓子眼里，所有的话都说不出来了，嬴折特别想过去揪着嬴风的领子，问问他知不知道这么多年妈妈是怎么熬过来的。

但是嬴折没有，他回头冲冯燕和嬴骐露出一个非常吓人的笑容，然后径直走向了餐桌。

那顿饭，他都不知道自己吃了些什么，筷子上的咬痕却很清晰。

嬴折的耳边一直是冯燕有些刺耳的夸耀。

"小折，学习怎么样，来这边跟得上吗？骐骐学习很好的，你有什么不懂的都可以来问他啊。

"你平时有什么爱好吗，你们男孩子是不是都喜欢打游戏？我们骐骐就从来不玩那些，太费眼睛，他喜欢玩航模，回头你们可以一起啊。

"说真的，你能过来我是有些意外，也很高兴的，两兄弟就应该在一起多相处一下，你也挺想来你爸爸这儿的吧。"

"我妈死了。"嬴折的筷子搭在盘子上，发出清脆的一声响，连带着他哑着嗓子说出的这句话。

"我来这儿，是因为我妈走之前跟我说我得来看看自己父亲是什么模样，不是来找他让他养我，也不是……"嬴折扫了一眼对面的冯燕和嬴骐，自嘲地笑了一声，后面的话又被他吞了回去。

"啊，小折，你可能是误会阿姨的意思了……"冯燕刚要解释，嬴风抬手制止了她。

嬴风看了嬴折一眼，面无表情地转了一下玻璃转盘："吃饭。"

当天晚上，嬴折一个人打车回的程池给他准备的房子那里。

他联系程池的时候，程池还挺意外："嬴总说今天要带你回家啊。"

"那儿和我没什么关系……"嬴折又把想说的话吞了一半，

"这房子你一开始租了多久。"

"我想着你最后会回家住，我就租了两个月。"程池一口一个"家"听得嬴折太阳穴突突地跳着。

"能再续上吗？我租一年，租到明年高考，我把租金给你。"嬴折坐在有些空旷的跃层公寓的沙发上，他连灯都没开，看着外面，外面可亮了。

"行，用再问问嬴总吗？"程池问道。

"不用。"嬴折干脆地说道，问了房租之后，迅速地给程池转过去。

嬴折又在沙发上瘫了一会儿，感觉胃里绞着劲地疼，他晚上没吃什么东西，再加上一有点情绪波动胃就不舒服的毛病，他又把手机拿起来，看了眼外卖。

"啧。"

最近的外卖也要四十分钟才能送到，嬴折扔了手机，准备自己下楼买点。楼下好像有家快餐店，他上次出去闲逛到十一点多回来的时候那家店还开着门呢。

嬴折随便套了件外套，拿了钥匙出门。

那家快餐店还开着门，他推门进去，听到有人说："欢迎光临，请问您吃点什么？"

这声音有点耳熟啊。

嬴折看过去，游野穿着白衬衫，外面套着的是快餐店的黄绿相间的围裙，站在柜台后面。

看到嬴折，游野也有些意外，尤其是看着嬴折眼睛红红的，后脑勺的头发还翘着，相当颓废的模样。片刻，游野又换上了笑容。

"板栗排骨和南瓜羹挺好吃的，你要不要尝尝？"游野笑盈盈地说道。

可赢折看他笑就不舒服："我不吃板栗，也不吃南瓜。"

"那小炒空心菜和粉蒸排骨？"

"不吃。"

"香菇蒸蛋和糖醋里脊？"

"不吃。"

游野嘴角笑容更甚："出门右转还有家烧烤店开着门呢，你去他们家吧。"

"你就这么做生意？"赢折挑眉看他。

"都已经十点半了，厨子早下班了，保温柜里就这些菜了，你什么都不吃，那我只能请你去另一家了啊。"游野摊摊手，笑得有些无奈。

赢折愣了愣。

"要不我再问你一遍？"游野眯着眼睛。

"板栗排骨、南瓜羹，还有空心菜。"赢折痛快地报了菜名。

"好，21元，微信还是支付宝。"游野拿出收款码。

"微信。"赢折说道。

游野把绿色那面转过来。

"你等一下。"游野说完，掀开帘子进了后厨。

很快，他端着托盘出来。

赢折是饿急了，顾不得跟游野关系还挺尴尬，就坐在一个角落的地方，狼吞虎咽地吃起来。

那小碗板栗排骨他留到了最后，刚吃了一口，眼泪就啪嗒打在了桌子上。

嬴折用力地擦了眼泪，嘴里嚼着排骨。

可眼泪怎么也止不住。

嬴折把自己窝在那个角落里，无声地哭了半天。

等他再抬头的时候，桌子上多了一杯热水和一包抽纸。

他往柜台那边看过去，游野正站在那里低着头看书。

纤长的身子站得笔直，哪怕身上套着围裙，也很好看。

自从知道了游野就在自家楼下快餐厅打工之后，嬴折有事没事就跑过去吃个夜宵。

"鸡翅，土豆，紫薯粥。"嬴折站在柜台前面报着自己今天要吃的菜。

游野有些无奈地把小碗一个一个地摆在托盘上："一共五十四种小碗菜，你全都吃过了。"

"怎么，"嬴折趴在柜台上，有些凶狠地瞪了瞪眼睛，"你又要赶我去隔壁吃烧烤？等我下回见到你们老板娘，我告诉她你是烧烤店的卧底。"

"那你快去说吧，没准她还能为了留住我给我加点工资，"游野笑了笑，抬头看嬴折，"我下周就不在这儿干了。"

嬴折愣了愣，那句"为什么"又被他留在了嗓子眼里。

没意思，他撇撇嘴，端着托盘离开。

他突然反应过来，他和游野并不熟，只是因为他在这里跟谁都不熟，所以才显得和游野好一点的样子。

他谁也不是。

嬴折有些落寞地搓了搓脸，今天的可乐鸡翅还有酸辣土豆丝都意外地难吃。

"在这里打工总要上晚班，我妹妹跟我闹脾气了，"游野接了杯热饮过来，放在嬴折手边，轻声说了一句，"我得找个离我家近一点的。"

"你不上课就是在打工吗？"嬴折看他。

游野笑了笑："是啊，我兼职挺多的，有的时候去做模特就会耽误课。"

"但是挣得挺多的。"他又补充一句。

这还是嬴折第一次听游野说这么多自己的事。

游野还做模特吗？嬴折下意识打量游野，瘦高的身材，头发长了会在后面扎个辫子，眉眼间有点小忧郁，真的还挺适合当模特的。

"你天天跑出来吃东西，是家里没人？"游野问嬴折。

"我一个人住。"嬴折说。

游野空了半拍："噢，那挺好的。"

"你妹妹，多大了？"嬴折问他。

嬴折想起来自己还弄脏了游野妹妹幼儿园时期的大作。

"快八岁了，三年级呢。"游野说道。

"那上次我把她的画弄脏了，她和你生气了吗？"嬴折又问。

游野摇摇头："她早就不记得自己还画过那些了，我是想把那些画和她这几年的照片放一起，做个纪念册，给她当生日礼物。"

　　嬴折张了张嘴，说了句："真好。"

　　"好什么？"游野笑了笑，"她跟个假小子一样，估计不喜欢这种东西。"

　　"不会的，"嬴折突然抬高音量，"她肯定喜欢的。"

　　游野眼睛笑得眯起来："我看你好像也挺喜欢的？"

　　"还行吧，"嬴折把头别到一边，"反正你做好了给我看看就行。"

　　"好，"游野从他座位上离开，"你吃慢点，别一口吞啊。"

　　嬴折目送着游野回了柜台，看他拿起一本书来看，才又低下头，啃起了一块鸡翅。

　　第二天嬴折到学校的时候，游野也来了："早啊。"

　　"早。"嬴折没睡醒，有些烦躁。

　　这几天嬴折没再让程池接送，他只能起早一点去扫共享车来骑，每天都困得不行。

　　"怎么这么个表情，不想见到我吗？"游野佯怒。

　　"我困。"嬴折把头搭在了冰凉的课桌上。

　　"那你吃点煎饼清醒清醒？"游野说着，把一份热气腾腾的煎饼果子放在了嬴折鼻尖前。

　　"给我的？"

　　"给小狗的。"

　　嬴折拿过来，好像是被热气熏湿了眼睛，小声说了句："谢谢。"

　　"吃吧，我走了。"游野笑了一声，起身。

　　"啊？你不刚来吗？"

　　"我一兼职的老板有急事，让我去顶班。"游野说着，拍了一下赢折肩膀，出了教室。

赢折手里还握着那煎饼果子。

前桌女生把头扭回来，说道："你看，我说什么了，游野人很好吧，他是不是特别暖？"

"他，对你们也挺好？"赢折问。

"嗯……"那女生想了想，"还好吧，因为他平时不常在学校，说实话相处不多啦，不过他心很细，有一次学校搞活动，好几个女生都低血糖了，游野看到后，塞了我们巧克力呢。"

"对，而且游野画画也挺好的，后黑板那个板报就是他做的，上回教室窗帘掉了也是他弄好的。"女生的同桌也扭过头来说。

"他在学校的时候，我们来问他题，他也会耐心地给我们讲。"

赢折撇着嘴，中央空调。

游野打了个喷嚏，薛良给他倒了杯热水，问道："你这是感冒了？"

"没有吧。"游野揉了揉鼻子。

"那就是累着了，你那快餐店的夜班别干了，省得你自己累得够呛，柯柯也跟你闹气。"薛良跨坐在椅子上，说道。

"嗯，下周就不做了。"游野说道。

"你那钱……"薛良刚开了个头，游野的眼神就淡淡地扫过来。

"干吗？我就问一下，问一下都不行？"薛良拍了一下椅背，"还差多少。"

"等柯柯上了初中，我把房子卖了，欠我叔他们的钱就差不

多能还清了。我爸欠的那些钱，那帮人拿不出欠条来，我就不管，"游野低着头，看不出来情绪，"他们要是过来骚扰我们，那大家谁也别好过。"

"嗨，就疯子那帮人，你不用管，他们要敢上门闹事，我跟四儿一块给你摆平去；倒是你家的亲戚，挺极品啊，你借你叔叔的钱给你奶奶看病，那不是他们亲妈吗？"薛良点了根烟，把打火机递给游野。

游野看了他一眼，没接，只是幽幽地说道："他们都觉得我奶奶偏心我爸。"

薛良"啧"了一声，没说话。

游野十岁那年，游柯刚出生，他们妈妈因为生病，没出月子就没了。爸爸游天衡惹了事，在外面东躲西藏的，女儿出生、老婆去世他都没回来。直到游野奶奶重病，才有人传来消息，说游天衡死在外地了，他奶奶一听这个，当下就过了气。

后来就剩游野一个人拉扯着游柯。

游野十五岁认识了赵肆和薛良这俩刚成年的小混混，他们俩听了游野的事都哭了，不管怎么样都要帮助游野，高中要读，大学也要读。

就这么着，到了现在。

"别说我了，"游野呼了口气，"你说说你跟那姐姐吧，你俩怎么样了？"

薛良下意识地往隔壁方向瞟了一眼："没怎么样，人家一大小姐，我配不上人家，一会儿见了面别提这个。"

游野点了点头，没说别的。

　　他们说不出什么叫人别轻贱自己的话，自命不凡才是最可怕的。

　　游野不认命，也不能认，因为他还有游柯。

　　但他也没把自己看得太高，脑袋好使，学习不费劲就够了，在这个城市随便找一所大学上就行了，他得陪着游柯长大。

　　今天是薛良给游野找了个工作，就在薛良文身铺子的隔壁，一家两层楼的概念书店，店名叫"爱丽丝、疯帽子和兔子"，就是那姐姐开的。

　　游野也觉得薛良跟姐姐不搭，薛良这文身小店还没人家书店的厕所大呢。

　　"他们这儿准备试营业了，她想找个店长，而且就想要你这么大年纪的，年纪小办事靠谱，我第一个就想到你，"薛良把烟灭了，冲门口抬抬下巴，"喏，来了。"

　　游野抬头看见一个穿着 T 恤和牛仔裤的短头发女生走过来。

　　他皱着眉头看了薛良一眼。

　　那女生进了店："哈喽，你就是游野吧，我叫边晚。"

　　"你好。"游野点了点头。

　　"那去我店里看看？"边晚笑着问道。

　　"哦，你们去吧，我这里一会儿还有单子。"薛良像是在躲边晚一样，还推了游野一下，示意他赶紧跟着边晚去隔壁。

　　"行，"边晚看了薛良一眼，"那中午一块吃饭吗？"

　　"好啊。"薛良还没说话，游野就替他答了。

　　游野一开始以为姐姐，是那种姐姐，结果现在看到了真人，

心想薛良也有今天。

"你上高三，学习不紧张吗？"边晚领着游野去了隔壁自己的书店，一边走一边问。

"还好吧，我没想着考什么好大学，上普通的学校我这点分够了。"游野说道。

她笑起来，说道："那你和我大哥还真挺像的，他也特聪明，学习特别好，不像我，考大学可费劲了。"

"是嘛。"游野接道。

进了书店，里面还在摆货，边晚带着游野认地方："这是水吧，然后这是休息区，一楼四个区，分别是古典文学、现代小说、绘本，还有童书，二楼也是一个休息区，还有 DIY 工坊。"

"我平时店员够用，不用你干什么活，你就定期帮我在书店做些活动，让这里有点气氛就行了，"边晚有些期待地看着他，"你试试？"

"我试试吧，"游野笑了笑，"从来没做过，我得学学。"

"别有压力，"边晚弯着眼睛，拍拍他肩膀，"我看好你。"

"我准备十一之后试营业，那之前你给我个方案，"边晚说道，"除了做活动你还要管事的啊，虽然不用朝九晚五坐班，但也别天天不露脸啊，我是按店长的标准给你开工资，一个月一万二，做了活动提成另算。"

"好。"游野点了点头。

"你这半面卷子怎么都空着？"

这几天游野又是神出鬼没的，昨天一天没来，今天上午大课间又突然溜进来，贴在嬴折耳边，轻笑道。

"啊！"嬴折被身后的人突然出声吓得从椅子上跳起来。

他惊魂未定地抬头，瞪向一脸憨笑的游野。

"笑个屁，"他"啧"了一声，"你吓到我了！"

"胆子这么小？"游野挑眉。

"不是……"不是胆小，就是容易被吓到，嬴折翻了个白眼，又坐回去，烦躁地扯了扯自己的头发。

"我有个朋友……"游野在嬴折身边坐下。

"噢，无中生友。"嬴折打断他的话。

"真是我朋友，"游野好像看出嬴折在想什么，笑起来，"他以前就像你这样，做不出题就揪自己头发，他前两天发了个朋友圈，说要给霸王洗发水差评，说洗了没效果。"

嬴折感慨人生。

"这个，你把 $\pm a$ 都代进去，把两个等式都求出来，然后再代数就算出来了，"游野低头扫了一眼嬴折正做着的这道题，"而且这种题答案一般就是 1、-1、2 或者 0，绝对不会出现 13 又四分之三这种答案的。"

嬴折不死心地把答案翻出来，果然是 -1。

"你上学期期末成绩总分多少？"游野问道。

"三百多分。"嬴折不耐烦地说。

"新东方跟蓝翔你喜欢哪个？"游野又问。

嬴折突然蒙了。

游野笑了一下，从书包里拿出两本笔记本："喏，两本都是数学笔记，都是概念、公式和例题对照的，你可以看看。"

"好。"赢折接过游野的笔记本。

"我包里就装了这两个笔记本，都给你了。"

"你今天还有兼职吗？"赢折捏着笔记本，低声问了一句。

"有啊，下午要出去拍一组片子，"游野有些头疼地叹了口气，"本来还说今天没事可以接我妹妹放学呢，又放她鸽子了，回家八成又会凶我。"

"要不，我去接你妹妹吧。"赢折说。

"她五点放学，你七点半，"游野看他，"你怎么接？"

逃课……赢折这个念头刚出，游野就说："旷课吗？这是我的特权，你没有，老老实实在学校待着吧。"

"噢。"赢折看着手里的笔记本，不满又没缘由，可能是还不熟吧。

游野没赢折这么多心思，他也没想在学校交什么朋友，遇见赢折这样看着挺聪明却又学习不好的同学，能帮就帮，教不明白就算了。

游野一想到晚上回家面对游柯便有些头疼，主要是自己妹妹不是一般的小女孩。

至于有多不一般……

赢折翘了下午的英语课，早早地就守在了小学门口，游野给了他笔记，他来帮游野接妹妹，嗯，非常合理。

可是他并不知道游野妹妹长什么样子。

但是这不影响，因为三年级的队伍一从学校里面出来，他就从人群里看到了那个小女孩……

那个站在最后一排，一脸冷漠，留着齐耳短发的小女孩，模样酷酷的。

前面好多女生总是回头看她，等走到校门口，被家长接到了，还会扭头回来，跟她挥手，纷纷说着："游柯拜拜！""游柯再见！"

这兄妹俩都挺受欢迎的。

游柯到了学校门口，往她和哥哥约定好的地方看了一眼，没人，有些失落地甩了甩头，把书包往上背了背，准备自己回家。

赢折刚想过去，就看到一个锃亮的脑袋从他眼前闪过，然后冲过去把游柯一下子扛到肩膀上。

光天化日下抢孩子？赢折大步跑过去，抬手拉住那光头："把她放下来！"

光头回头，上下打量了赢折一番，皱着眉头问："你谁啊？"他又问自己肩膀上的游柯，"你认识他吗？"

游柯冷眼看了看赢折，摇了摇头。

光头"嗤"了一声，转身就走，还没走两步，就又被赢折拦下来："我是她哥哥的同学，你是谁，干吗带走她？"

"你是游野的同学？"光头看清了赢折身上的二中校服，把游柯放下来，"等会儿，我打个电话。"

过了很久，应该是游野没接电话，光头把手机在赢折眼前晃了晃，说道："他不接电话，我现在要带她去游野拍照片的地方，你要不一起？"

赢折想了想，点了点头。

他实在没法放心看着这么个从模样到穿着打扮无一不像社会闲杂人等的人把游野的妹妹带走，所以他跟在了光头后面。

他感觉游柯是认识光头的，但她依然是一副冷冰冰的模样，

一脸"生人勿近"。

他们走了两个路口，到了一条商业街，光头带着他们进了一栋写字楼，坐电梯到了游野摄影的地方。

进了门，嬴折就看到了游野。

那人赤裸着上身，下面裹了一块麻制的破布，整个人坐在浴缸里，半个身子浸在水里；脸上化着夸张的妆，半长的头发上还挂着零星的珍珠。

嬴折看着游野结实又漂亮的身线，喉头滚动了一下。

"野儿！"光头招呼一声。

游野看过来，看到嬴折时有些意外，问道："你怎么来了？"

"我……我去接你妹妹，然后把光头当成抢孩子的了，因为不放心所以跟了过来。"

游野扯过浴袍穿上，光脚踩在地板上，问游柯道："晚上想吃什么？"

小女孩没见过哥哥这副打扮，也有些惊喜，好奇地去摸游野发丝之间的珍珠。

"你之前不是说想吃火锅吗，还是又换了？"游野把头凑过去，让妹妹玩。

"不想吃火锅了，容易上火，吃点清淡的吧。"从嬴折见到游柯，这是第一次听她说话，小女孩声音哑哑的，冷冷的。

"那吃什么？蒸菜？春饼还是鹅庄？"游野为妹妹提供选项。

"他跟我们一起去吗？"游柯突然转身，指着嬴折问道。

"啊？"嬴折愣了一下，"我？"

游野看向嬴折："噢，是这样，今天是她生日，我们要一起出去吃饭，"他又弯腰向着游柯，"你可以自己问他要不要一起来。"

"好，"游柯点了点头，"今天我生日，你要和我一起过生日吗？"

赢折记得游野说他妹妹生日要到了，没想到是今天。

他有些无措，本来今天去接游柯就已经很多管闲事了，他觉得自己应该走了。

"你是我哥哥的朋友啊，他朋友今天都会来，你为什么不来？"游柯不解。

因为我跟你哥不是朋友啊，同桌而已。赢折退了一步，不知道怎么说。

"一块儿来吧，"还是游野给赢折解了围，"你要是不打算再回学校了，就等我一小时，我就快拍完了。"

说完，他又拍了拍游柯："去吧，找你四哥去吧。"

游柯走过来，那个光头男人才跟赢折自我介绍："你现在放心了吧，我叫赵肆，游野朋友。你是他同学，我以前没见过你。"

"我刚转过来的，叫赢折。"

赵四？左手六右手七，右腿画圆左腿踢的那个？

"大写的肆，"赵肆叹了口气，"爹妈给起的。"

"他有三个姐姐，他老四，所以叫赵肆。"游柯解释给赢折听。

"嗯，而且我姐她们也不叫一二三，全都是好听的名字，只有我。"赵肆说这句话的时候还有点小委屈的感觉。

虽然他留着光头，但是模样也是能撑起这个发型，就这一脸凶相，也没人当他是出家人，都觉得他是刚从牢里出来的似的。

这个应该就是游野上午跟他提起的那个不会做题就揪头发的人吧。

就这程度，用霸王洗发水能有用那就是神迹了。还给人家差评，霸王洗发水实在是冤枉。

游野中途让游柯想好吃啥，然后游柯就抬头看在那假装玩手机实则偷瞟游野那边的赢折，问道："你想吃什么啊？"

"我想吃春饼，赵肆想吃鹅庄，差你一票。"游柯说道。

"那我，"赢折表态，"春饼吧。"

赢折没给人过过生日，他自己的生日也就是家里人一起吃顿饭，以前姥爷在的时候他们三个人吃，后来姥爷不在了他就和妈妈两个人吃。

过生日需要准备些什么呢？

他给张千语发了个微信。

YZ："八岁小女孩过生日该送什么？"

张话多："八岁小女孩你都不放过？"

对方很快就回了。

YZ："？？"

张话多："一般小姑娘送个玩偶就行。"

YZ："不是一般的。"

张话多："二般的那你就送个蛋糕！"

赢折直接给张千语转了钱，又发了收蛋糕的地址过去。

YZ："谢谢。"

张话多："好的老板。"

游野拍完照片之后，四个人打了个车，来到了春饼店，订的是个包间，有一男一女在里面。

"你俩来挺早啊，"赵肆进去，指了指赢折，"这是野儿他同学。"

"我是赢折。"

"我是薛良。"那个穿着皮衣的长发男人说道。

短发的女生笑着打招呼："我是边晚。"

几个人刚坐下，包间的门就被人敲开，一个提着蛋糕盒子的小哥进来，说道："赢先生订的蛋糕。"

游野看了赢折一眼："嗯，麻烦你了，放那儿就行。"

游柯有些惊喜地仰着头看向赢折，问道："是你给我订的吗？"

"啊，是。"赢折点了点头。

游野帮游柯把蛋糕盒子打开，里面是一个两层的蛋糕，白色的，旁边摆着羽毛和珍珠，上面还放着一个漂亮的皇冠。

赢折有些担心，怕游柯不喜欢这么少女的蛋糕。

过了很久，游柯特别大声地说了句："很好看，谢谢你！"

周末，赢折一觉睡到了十二点，是被饿醒的，他正拿着手机看吃什么的时候，赢风的电话打了过来。

屏幕上显示是"未知号码"，但赢折知道是赢风。

"喂？"他接起来。

"晚上一起吃饭，你奶奶想见你。"赢风语气冷冰冰的，没有一点商量的余地，就是在通知赢折。

嬴折闭着眼睛，深吸了一口气："知道了。"

那边很快就挂了。

嬴折抬手想甩了手机，后来换了个方向把手机扔到了床上，他真是想不明白，既然爸爸这么不待见自己，干吗把自己接过来？

他看到地址之后打了个车，司机把他放到了别墅区门口。

嬴折到了才知道，这是为了庆祝嬴骐获得围棋大赛金奖而举办的庆祝会。

他一进门，就看到了穿着一身刺眼红的冯燕，好像过年了一样，沙发上还坐着个老太太，花白的头发，骨瘦如柴的身子。

那老太太看到嬴折，眼神跟刀子一样刺过来，问道："这就是林静的儿子？"

那种刻薄的口吻，让嬴折插在裤兜里的手狠狠地拽着布料。

"嗯，长得还挺像的。"嬴风说。

嬴折从小就没爸爸，也没人会说他长得像他爸，一般都是说他长得漂亮，像妈妈，确实眉眼很像，不过嬴折总爱抿着嘴，凶巴巴的样子。

"性格别也随了他妈就行。"老太太说。

嬴折站在原地，走也不是，留也不是，这些人是有什么毛病吗，非要在他面前讨论这些？

就在嬴折尴尬万分的时候，冯燕拉着嬴骐过来："骐骐，小折来了，你们俩去聊会儿天啊，你给他讲讲你围棋比赛的事！"

嬴骐在沙发上坐下来，微笑地看向嬴折。

嬴折顶着各方投过来的眼神，坐了过去。

·028·

"你下围棋吗？"嬴骐问他。

"不会。"嬴折说。

"那你平时有什么兴趣爱好吗？"嬴骐又问。

嬴折抬头看了看嬴骐，轻呵了一声："睡觉。"

老太太接着看电视，嬴风上了楼，冯燕则去了厨房，这边就剩他们两个，这时嬴骐突然笑起来，笑弯了腰。

"你真是……"嬴骐笑了半天，直起身的时候，眼睛都笑出眼泪了，"太差劲了吧。"

嬴折抬眼。

"我以为你多厉害，现在看看，"嬴骐漂亮的脸庞有些扭曲，他"啧"了一声，"真让人失望。"

"哦。"嬴折出了个声。

这一家人，有一个正常人吗？

好不容易熬到晚饭时间，嬴折想着赶紧吃完赶紧走人，他刚放下筷子，就听见冯燕说："小折，晚上住在这里吧，别回去了，回头程池把租的房子退了你就搬过来住，咱们一家人……"

"不用了。"嬴折听着这"一家人"一出，立马出声打断。

"阿姨也是好意，你看看你都这么多年没和你爸爸一起相处了……"冯燕笑着说。

你们这一家人有好意吗？嬴折强忍着没笑出声来，他不是那种会说客气话的人，又硬邦邦地说了一遍："不用了，我晚上打车回去。"

"嘿，这孩子，跟他妈真像，一个倔样！"老太太突然出声。

嬴折抿着嘴。

"就这小眼神，太像了，你妈啊，就是倔死的。"老太太一拍桌子，像是自己道出了什么了不得的真相一样。

嬴折放在桌子上的手死死地抠住桌面。

"妈——"嬴风终于开口了。

"这里不适合提她。"

嬴折以为嬴风要为妈妈说两句话，结果也不是什么人话。

"我吃饱了，"嬴折推开椅子站起来，"先走了。"

他没走出两步，就听见嬴风在后面有些愠怒地说道："你懂不懂规矩？"

嬴折顿在原地，不想回头，他感觉自己眼眶湿了。

他不是个爱哭的人，妈妈走的时候他也就哭了一会儿，后来没人再和他主动提这事，他强迫自己不去想，也就过来了。

可今天，这帮人在他面前三番五次地奚落妈妈。

他深吸了一口气，朝着门口走去。

"站住，你给我站住！"嬴风在他身后喊道。

"爸，别生气。"嬴折听到嬴骐乖巧地安抚着他的爸爸。

他笑了一声，抹了把脸，转过了身，冷冷地说："你有一个这么好的儿子，你干吗还要把我领回来呢？"

"你说什么？"嬴风不可置信地瞪着嬴折，好像自己把他领回来是多大的恩赐，可现在嬴折竟然不领情？

"我说，"嬴折强扯出一个笑脸，非要气死嬴风一样，"你有一个好儿子就够了，你就当我跟我妈一块死了吧。"

嬴折笑容还没收回去，一阵风过，脸上就狠狠地挨了一下。

"你妈死了，我可怜你，不想你成了野孩子我才把你带回来，

·030·

你现在跟我说这种话，你有没有良心？"嬴风指着嬴折，吼道。

这还是嬴折第一次听这个父亲跟他说这么多话呢。

一个在妻子怀孕的时候出轨、在儿子没满周岁的时候就抛妻弃子的男人，在这儿跟嬴折谈良心，这两个字从嬴风嘴里蹦出来，嬴折都觉得这人该遭雷劈。

"没有，怎么了？"嬴折想笑，扯得嘴角生疼。

他的脸应该是肿了。

"好，你没良心，没良心……"嬴风是真被气到了，他来回地重复了好几遍"没良心"，最后指着大门，"你给我滚，滚出去！"

嬴折心想着这三个字你要是在我刚进门的时候就说了该多好。

嬴折退了一步，又扫了一眼这场闹剧的每一个参与者，最后跑出了嬴风的家门。

出来了真好，他想着。

就是胃开始疼，嬴折分不清是刚才吃饭吃得太快了还是被气的，一般心情不好的时候他都选择去大吃一顿。

比如现在，他想起来游野跟他说过春苑街有家烧烤特别好吃，嬴折打车去了。

这家店果然生意特别好，屋里都坐满了客人。

北方的秋天已经开始冷了，嬴折没穿多少衣服，有些瑟缩地蹲在外面的小凳上，等着自己的烧烤。

不一会儿，老板就把烤串给他端了上来。嬴折吃了两口，又抬手叫了两瓶啤酒。

　　游野今天拍片子结束得晚了点，游柯电话里又有些不高兴，不过没太表现出来，只是话有点少，说自己困了要早睡。

　　他路过一家还开着的果茶店，给游柯买了两包果茶，游柯喜欢喝这个，甜不甜酸不酸没什么滋味，泡一包游柯就能喝一天。游野看这样妹妹能每天多喝点水，他就也总往家买。

　　游野刚出了果茶店，骑上电动车还没拧把，就看见不远处瘫着个"死尸。"

　　"死尸"还穿着嬴折的外套。

　　游野把电动车脚架支上，走了过去。

　　嬴折以一种特别奇特的姿势伏在地上，两条长腿一前一后跪在地上。游野看到差点笑出声来，这柔韧性也是没谁了。

　　"嬴折，嬴折，"游野伸手拉了拉他，"你怎么了？"

　　"嗯……"那人一声长哼，"我没事……"

　　"没事你在这儿趴着……"游野抬头看到旁边有一家地下酒吧，再加上闻到嬴折一身熏天的烟酒味，心想这得喝了多少啊。

　　"我没事……"嬴折说话含混不清的，游野费劲才听明白，"我刚绊了一下，在这儿，歇会儿……趴会儿，一会儿我就起来了，我自己能起来……"

　　"能起来？"游野笑了一声，他直起身子，"你起来我看看。"

　　"你不信我？"嬴折也听不出来身边跟自己说话的人是谁，他就感觉自己被人挑衅了，挣扎着就要从地上起来，扒拉了好几下，刚起来一点，又栽了回去，这回游野还听到"咚"的一声，是脑门和水泥地接触的声音。

　　"行了你，"游野又弯下腰要把嬴折拉起来，可能也是在地上磕疼了，这次嬴折挺配合，就着游野起来了，"你知道我是谁吗？"

游野这才看清嬴折，醉眼蒙眬的，脸颊红红的，眼圈也泛红，好像哭过了一样，看着还有点可爱，比平时凶巴巴的虎样可爱多了。

嬴折跟没有骨头似的整个人都倚在了游野身上，像是要看清这个人到底是谁一样，还摸了两下游野的脸。

游野哭笑不得，一把拉住了嬴折的手。

"你站好了，我对醉鬼没什么耐心，"游野看着嬴折醉得几乎不省人事的样子，顿了一下，"对长得帅的醉鬼耐心也不多。"

游野扶着嬴折上自己的电动车，折腾好久才让嬴折老实坐好，然后游野赶紧跨上去，紧接着嬴折的头就重重地抵在了游野的后背上。

"也不知道我是谁，就被我捡走了，"游野歪头看了一下后面呼吸愈发沉重的嬴折，"哎，你别睡啊，我一会儿怎么把你弄进我家啊。"

他骑出去一段路，微凉的风吹得他清醒不少，游野才反应过来自己干了什么——他把喝多了的嬴折捡回家了。

那天，嬴折给游柯过完生日之后他们就没说过话了，两个人连微信都没加，最最最普通的同学关系，他把嬴折捡了。

游野笑了一声，好看的醉鬼。

第 二 章
这个人有点野啊

　　游野把人弄进家门的时候，游柯那屋没有动静，他就放轻了
声音，把赢折拖进了自己的房间。

　　把人放到床上，游野才去开了灯，这会儿才看清赢折灰头土
脸的，应该是在地上摸爬滚打蹭的。

　　游野捂着脸，深吸了一口气，把赢折身上的外套扒下来。

　　他去厕所拿了块沾了热水的毛巾，坐在床边上，给赢折擦脸。

　　游野替赢折把额头擦干净，那块红肿着的地方是刚才磕在马
路牙子上了。他离近了一点，听见赢折打起了小呼噜。游野叹了
口气，又抓起赢折的手，给赢折擦手。

"妈……"嬴折叫了一声。

"什么？"游野没听清。

嬴折睡梦中又特别给面子地叫了几声，这回游野听清了，嬴折在叫妈妈。

"我不是你妈，别叫了，消停点睡吧。"游野抬手把嬴折头发上粘的一片树叶子拿下来，把人塞进被子里，起身出了房间。

游柯就坐在客厅里，大眼睛滴溜溜地转着。

"我把你弄醒了？"游野过去，坐在她身边。

"是赵肆还是薛良？"游柯问。

"是嬴折，"游野说道，"你还记得他吗？"

游柯点点头，指了指电视柜上放的皇冠，那天蛋糕没吃完，但是皇冠她拿回家了，把上面的奶油洗干净之后就放在了那里。

"他怎么了？"游柯往哥哥身上凑了凑，小声问道。

"他……"游野笑了笑，"他想他妈妈了。"

"那他妈妈一定对他很好。"游柯说道。

游野挑挑眉。

"我不想妈妈，是因为没有妈妈对我好过，你不想是因为她对你不好，"游柯笃定地说着，"所以，嬴折想他妈妈，一定是因为他妈妈对他很好了。"

听她说完，游野"呵呵"地笑了两声，抬手揉了揉妹妹的脑袋："还分析得头头是道。好啦，你该去睡觉了，明天不是还要去图书馆吗？"

"那明天你会和我一起去吗？"游柯抬头看向游野。

还没等游野回答，她就又把头低了下去："算了，我明天和

洋洋她们一起就行了，你别陪我了，要是有事你就去忙，没有事……就多睡一会儿吧。"

看着妹妹倔强又懂事的样子，游野失笑，他把游柯搂过来："明天我没事，咱们一起去。"

"真的？！"游柯惊喜地回头。

"嗯，"游野点着头，"所以你现在该去睡觉了吧。"

"好，"游柯站起来，又看了一眼游野的房间，皱着眉头，"那你晚上睡哪里啊？"

"这里啊。"游野拍了拍沙发。

游柯回了自己的房间后，游野抱了被子和枕头出来，关了灯躺进了沙发里。

赢折第二天醒来的时候，肚子跟被人打了一宿似的酸疼，等他坐起来，一阵头晕目眩过后才发现，这里不是他家。

对面书架上摆着的相框让他怔住。

这里，是游野家？

他从床上下来，刚踩到地，腿一软就跪在了那里，他抬手扶住椅子，椅子也一块砸在地上，还弄倒了游野放在一边的吉他。

劈里啪啦，热闹得像过年一样。

游野从沙发上惊醒，冲进屋里来，看到赢折跪在自己身前，眼睛红红的，一副可怜巴巴的模样。

"我昨天把你领回家又是给你擦脸又是把床让给你的，"游野皱着眉头，"你怎么这副我虐待了你的样子？"

"你昨天……"赢折刚开口，就发现自己嗓子哑了，就那种变了调的沙哑。

游野注意到了，转身出去给他倒了杯水，等赢折从地上爬起来，塞到他手里。

赢折接过水，有些不好意思地看着这一屋狼藉。

游野让他坐床上，自己一边动手收拾，一边给他讲了自己昨天是怎么捡到他然后把他带回来的。

赢折十分尴尬，他坐在床上，听游野说完，想死的心都有了。

昨天晚上他吃完烧烤之后，沿着路边遛食，一个没想开就进了那间酒吧，半瓶野格下去，他胃里就开始翻江倒海了，他跑出来吐，之后就没意识了。

野格真害人，赢折想捂脸，之前从没喝过酒，昨天确实是心情太糟糕了，一时不知如何排遣。

赢折还在悔不当初时，张千语的电话就打过来了。

"昨天晚上你干什么呢？我给你打了那么多电话你都不接！"女生的尖叫声从听筒里传来，一下子就把赢折吼清醒了。

"我昨天晚上喝多了……"赢折捏着眉心，声音疲惫。

"噢，我说你微信语音哭着喊着求我复合呢，早知道你喝多了，我心软答应了多好，哎，不过我还是明智地拒绝了。对不起小折折，姐长大了，不喜欢你这一号的了。"张千语在那边说得绘声绘色，全然忘了昨天联系不上赢折自己有多着急。

"你怎么不死呢，难道我微信没记录吗？"赢折骂道。

他和张千语是发小，初中年少轻狂的时候还交往过两个月，后来两个人清醒了，就决定放过彼此，两人还是好朋友，一直到现在。

"你昨天为啥喝多了？"张千语问。

赢折抬眼看了一下正在收拾房间的游野，苦笑一声："昨天见识了一屋子傻×，为了庆祝一下自己彻底成了孤儿，就喝多了。"

"你爸？"张千语有些诧异。

"嗯，具体的我以后再跟你说。"赢折道。

"行吧，那你先缓着，我昨天就是想告诉你店铺装修好了，我商标注册也下来了，等味散得差不多了就能开业了，"张千语有些兴奋，"赢老板要不要来参加开业典礼？"

"行，哪天开业你提前告诉我，我订票。"

赢折挂了电话，那边游野也收拾好了屋子，正抱着手臂靠在墙边看着赢折，嘴角挂着笑。

明明大家都没洗脸，都是一副蓬头垢面的样子，但游野那一笑，就有一种清晨刚起床的自然凌乱美，怎么看都好看。

赢折都不敢照镜子，怕自己宿醉样子吓人。

"你们刚才在打架吗？"听到了动静的游柯也过来了，她早就收拾好了自己，衣装齐整地在游野和赢折之间来回看着。

"没打架，他摔了一跤。"游野说道。

"噢，"游柯点点头，又看向赢折，"你眼睛怎么这么红，生病了吗？"

"没……"赢折还想说更多，奈何嗓子实在是哑了，只能摇头。

"粥熟了，我再煎两个鸡蛋，然后就吃饭，可以吗？"游柯看看游野又看看赢折。

"好，别烫到，"游野摸了摸妹妹的头发，又对赢折说，"我们去刷牙。"

游柯出去，游野带着赢折去院子里刷牙，赢折听见厨房里油烟机的声音，有些惊讶地问道："她会做饭？"

"嗯，"游野吐了嘴里的泡沫，"我平时不在家，都是她自己做饭。"

"你可真放心。"赢折说道。

游野有些无奈地笑了一声："不放心怎么办，我得打工，她就要自己照顾自己啊，我俩一直都是这样的。"

赢折刷牙的手顿了一下，没再说别的。

赢折姥爷早年是山西那边有矿的煤老板，就他妈妈一个女儿，什么都留给了他妈妈，他妈妈自己又有买卖，不少的积蓄都留给了赢折。

赢折没过过一天苦日子，昨天算是他十几年顺当人生路过得最灰暗的一天之一，姥爷去世算一天，妈妈走了算一天，还有就是昨天他彻底成了孤儿算一天。

游野家是在市中心老城区的一条小巷子里，这边都是平房，看着都有年头了，住户稀少。

他们刷完牙进屋，游柯的早餐也准备好了，三碗白粥，游柯和赢折的碗里有鸡蛋，游野的没有，零星撒了点咸菜。

赢折以为他们已经拮据到这个地步了，便把鸡蛋夹给游野："我不吃。"

游柯把碗伸了过来："那你给我。"

赢折看了一眼游野，那人慢条斯理地喝了一口粥："我也不吃鸡蛋。"

嬴折把鸡蛋放进游柯碗里。

"他从小就不吃鸡蛋，我也不知道到底有什么怪味，"游柯皱着小眉头看向嬴折，"你呢，你为什么不吃？"

嬴折张了张嘴，没说出来话，闷头喝了一口粥。

游野则在那儿笑。

吃完饭，游野把碗筷收拾进厨房，准备洗碗，嬴折跟了进来，想着帮忙。

游野抬头看了他一眼，从头上橱柜里拿出一块巧克力："喏。"

"干吗？"嬴折看他。

"我们家还没到吃不起鸡蛋的地步，"游野笑着，"为了证明一下，请你吃巧克力。"

嬴折接过来，愣了一下，撇撇嘴："我刷碗吧。"

"你歇着吧，"游野拿起海绵，"我还没看我那吉他坏了没有呢，那么大动静，谁还敢让你碰这易碎品。"

嬴折"啧"了一声，赌气一样把筷子还有勺子抢过来，大声说："我刷这些行了吧！"

嬴折小学之后就再也没有来过图书馆这样学习氛围浓厚的场所了，跟着游野进了一楼的咖啡馆，一下子还有点不适应。

看到游柯找到自己喜欢的书然后乖乖地坐在地上看起来，游野才把目光收回来，看向嬴折，问道："所以，你就因为昨天跟你家里……不是，跟你爸闹翻了，才喝成那样的？"

"我喝成什么样了？"嬴折瞪着游野。

游野静静地看着他，笑了一下。

嬴折自觉理亏，愤愤地把头撇到一边，半天，才别扭地说了句："昨天谢了啊。"

"道谢不看人吗？"游野语气带笑。

"你差不多得了啊，"嬴折转过头来，"我知道我昨天丢人了，这事过去了，行吗？"

游野笑了笑，低头咬了咬吸管："其实，不算丢人。"

嬴折看着游野。

"咱俩算朋友了吧，"游野摊摊手，"在朋友跟前撒撒酒疯很正常，更何况，你昨天还挺乖的。"

嬴折脸有些红，他不自然地清了清嗓子："那你是我朋友里面学习最好的了。"

"噢，"游野笑起来，"你不是我认识的学习最差的。"

"哎，你这人。"嬴折"啧"了一声。

"真的，薛良跟赵肆学习比你差多了。"游野认真地说道。

"你们怎么认识的啊，"嬴折有些纳闷，"我以为你这种三好学生就不太愿意跟我们这种差生一块儿玩。"

"我以前被学校里的小流氓欺负的时候，他俩帮过我。"游野说道。

"他们俩人挺好的。"嬴折说。

游野点点头，继续说道："薛良其实挺可惜的，他学美术的，艺考的时候卷子被人糊了胶水，就在他眼皮子底下被毁了。"

"天啊！"嬴折叫了一声，反应过来这地方有点小资，自己太高调了，便压低了嗓子，"不是，那他直接跟监考老师说不就得了？"

游野有些无奈地摇了摇头："他在考场里直接打掉了那人两颗牙，然后就被取消考试资格了。"

"唉……"嬴折叹了口气。

"赵肆就更有意思了，"游野说着，"他爸早年沉迷东北风云，非把自己唯一的儿子送到东北去混社会，后来赵肆实在混不下去了，就跑回来了。"

嬴折眉毛高高挑起，心想，这也行？

"然后他爸嫌他没出息，给了他一笔钱让他自己做点买卖。"游野说着说着也苦笑了。

"他就是你说的那个不会做题就拔头发的朋友？"嬴折问道。

"对啊，"游野点头，"后来他为了跟他爸斗狠，直接把头发都剃了。

"有一回他跟薛良都喝多了，非让薛良在他光头上文条龙，薛良真就开了机子，醉得拿着笔的手都在发抖，我都怕他给赵肆文条蜈蚣。"

嬴折听完，笑得都趴在桌子上了。

"第二天他们酒醒了，还跟我说，我耽误他们创作了，说《兰亭集序》也是王羲之醉酒之后写的，"游野笑得无可奈何，"这俩小混混还都挺有文化的。"

嬴折跟游野在那儿坐了一上午，游柯还想多待会儿，他们两个就先出来透透气，这时候嬴折还有点跟做梦似的，他也有跟朋友在图书馆坐着聊天的时候啊。

噢，他在这儿有朋友了。

"加个微信？"游野把微信名片二维码递给赢折。

赢折一边扫着一边说着："我们年轻人都玩 QQ。"

"那也加了吧。"游野迅速把 QQ 二维码也找出来。

赢折一并加上。

游野的微信还有 QQ 名就叫游野。

"哎，你为什么叫赢折啊，"游野问了一句，"能说吗？"

"有什么不能说的，"赢折想了一下，"我本来是要叫哲学的哲的，后来是我一舅爷给我上的户口，那天他喝多了，我就叫这个了。"

"喝酒误事。"游野另有所指地眨眨眼。

"这事能过去了吗，"赢折看他，"我喝多是因为之前在烧烤摊上还喝了啤酒，去酒吧又喝了野格，才成那样的好吗！"

"嗯？"游野愣了一下，"你说你喝的什么？"

"野格！大鹿头！"赢折没好气地说道。

游野反应过来，把手扶在赢折肩膀上笑起来。

"你……你笑什么呢？"赢折不爽道。

"没事，没事……"游野擦着眼角笑出来的眼泪，摆摆手，是他自作多情了。

原来那天赢折嘴里念叨的不是他的名字，是大鹿头，这就好，要不然以那天赢折的行为，游野都担心赢折哪天喝多了又惦记着他，多危险，多图谋不轨。

游野拍拍衣兜，在赢折有些诧异的目光下，拿出一根棒棒糖。

赢折："……"

"怎么？"游野把棒棒糖塞进嘴里，"你也要？"

"不用了⋯⋯"

赢折的"谢谢"还没说出口，就听到游野说："想要也没有了，最后一根，游柯我都没给。"

您还挺骄傲？赢折挑眉。

"戒烟呢。"游野说道。

"你还抽烟啊？"赢折说。

"嗯，"游野点点头，"以前在酒店值夜班整宿整宿的睡不了觉，不抽烟顶不住。"

"你们家是⋯⋯"赢折有些犹豫。

游野看着赢折笑了笑："也没什么不能说的，我家就剩我们兄妹两个了，老妈病死了，老爸躲事死外边了，奶奶也重病去世了，奶奶生病住院时还欠了亲戚他们一大笔钱。"

赢折看向游野，又觉得不太好，把头低下去。

"没事，我们现在过得不也挺好？"游野嘴角扬着。

"薛良帮我找了个概念书店的工作，"游野回头看了一眼还在那边坐着看书的游柯，"老板就想找年轻人，能给她想想活动的那种，挣得还挺多的。"

"那你就不用那么累了。"赢折说道。

游野笑了一声："我得养她一辈子呢，多少钱感觉都不够用。"

"其实还好吧，"赢折想起张千语来，"我有个朋友，她现在不上学了，就自己创业呢。"

"女朋友？"游野把棒棒糖用两根手指夹着，那动作，就差弹烟灰了。

"不是⋯⋯"赢折忙解释，"以前不懂事在一块过，后来老吵架，然后就惜命了，我现在对女的都挺抵触的，一相处就想起以前跟她搞对象的时候，太可怕了。"

游野笑了两声："那怎么办，孤独终老？"

游野下午还有活，他们就在图书馆分手了，游野带游柯回去吃饭，嬴折自己打了个车，回了他租的房子那里。

嬴折路过楼下那家快餐店时，在门口停了一会儿。

他突然觉得那家店的食物也没多好吃，也不知道那几天为啥天天晚上跑下楼来点几个菜，边吃边看那人站柜台后面看书，跟着了魔似的。

他进了屋，客厅里摆着两个纸箱子，是他在原先那个地方的东西，刚刚寄过来的。

很多东西他能扔就扔了，他不是念旧的人，其实也挺怕看见那些有他和他妈妈一起的记忆的物件的，那些东西都在提醒他，他现在是一个人了。

挺难过的。

有几本相册，嬴折没扔，他把它们拿出来。

妈妈以前不怎么让他看这些，她自己也不多看，嬴折记得，她一看就哭。

他翻开其中一本封面看着最旧的，里面都是妈妈跟嬴风谈恋爱那会儿的照片。

妈妈留着长头发，穿着红裙子站在人民广场上；嬴风则一身西装，戴个墨镜，两个人看着就特别般配。

又翻了几页，翻到了他们婚礼的照片。

两个人都笑得眼睛眯成了一条线，嬴风把妈妈头上的红花头饰拿下来戴到了自己头上。

嬴折看不下去了，"啪"的一声合上。

"这些我十一回去看你的时候都烧给你得了。"嬴折说道。

他特意把有嬴风的照片的相册找出来，有两本，其中一本里还有一张嬴风抱着刚出生的嬴折的照片，只不过嬴风脸上没什么表情了。

嬴折把这张照片抽出来，看了看，然后抬手撕了。撕成几片又揉成一团，抛进了不远处的垃圾箱里。

他不知道嬴风跟妈妈是怎么走到离婚那一步的，他现在一点都不好奇了，他感觉自己受了很大的欺骗，本来以为这里还有个亲爹，后来发现其实是有一家子傻×。

姥爷还有妈妈留给他的钱到底能用多久，嬴折没有什么概念。张千语曾说，这些钱可以供嬴折吃喝嫖赌抽到二十五岁，如果没有后面那三个项目，再自己做点买卖的话，一辈子奔富裕是没什么问题的，万一以后谁看走了眼嫁给他了，生个孩子，那孩子还能算个富四代呢。

恭喜嬴折打破了富不过三代的老话，张千语是这么说的。

所以他可以自己生活。

也就不需要爸爸了。

挺好的，嬴折想着，真挺好的。

从来没想过来这里会是这么个局面，太"惊喜"了。

嬴折靠到了沙发上，抬手挡着眼睛，深呼吸了一会儿。

这一段时间游野没什么活，只想着给边晚出方案，平时来学校的时间也多了，第一回看游野一整天都坐在教室里，班主任还挺惊奇。

抽了个课间，老宋把游野叫到了自己办公室。

"坐着？"老宋给自己倒了杯热水，握在手里，指了指对面空着的教师工位。

"不用了，您直接说得了。"游野笑着。

"行，那我就直接说了，"老宋也是个痛快人，教了这么多年书了，什么样的学生都见过，游野这型的还是第一个，"你之前跟我说你就想随便考个咱们这里的大学，你现在还是这种想法吗？"

"是。"游野点点头。

老宋皱起眉头："那我就想不明白了，如果你就想随便考个大学，你高中三年何必费力去争第一呢？你知道自己什么水平，平时考试怎么不随便考？"

游野愣了愣，随即又笑起来："我没想那么多，我就觉得考第一这事我能做到，那我就做了。"

"那你就没想着再考个状元，然后上个985、211，读个全国一流的专业吗？"老宋以前也想跟游野谈这些问题，可总也抓不住人，现在捞到他了，才发现，这孩子想法就是挺特别的。

"我妹妹还在这儿呢。"游野摊摊手，表示自己真走不出去。

上课铃响了，老宋重重地看了游野一眼，把"可惜"两个字都写脑门上了："行了，你回去上课吧。"

游野回去的时候，赢折正趴在地图册上睡觉呢，口水都从大

洋洲到了亚欧大陆了。

"哎，醒醒，"游野笑着把人拍醒，"晚上不睡觉吗？"

"你也没少在学校睡。"嬴折困倦地爬起来，不服气地瞪了游野一眼。

"这么凶吗。"游野笑笑，在他身边坐下。

"你最近，有点闲啊……"嬴折抬眼，他算着，游野已经连着三整天都在这儿好好地坐着上课了。

"我现在就两个兼职了，一个书店，一个模特，"游野说道，"前几天特别忙是因为在把其他的活做交接。"

"噢，"嬴折点点头，游野一提模特，他就想起来那天看游野光着膀子躺在浴缸里的样子，嗓子有些干，"你那天，就你妹妹生日那天，你在拍的照片，就是你那个模特的活？"

"对啊，"游野点点头，"给杂志做平面。"

"哎！后面那两个！"地理老师是个脾气不太好的女老师，她把那本厚厚的高考练习册直接砸到了讲台上，"你俩都快亲上了知道吗，怎么了，下午睡迷糊了？拿着书，给我出去清醒清醒！"

游野和嬴折刚要出教室，就又听见地理老师吼了一嗓子："其他人，看什么看，做题！"

楼道里，嬴折算是被游野故意撩拨连累的，这会儿躲在窗户下边，看也不看游野。

一旁的游野靠在栏杆上，有些感慨："唉，好不容易有空来上学，结果被赶出来了，这事闹的。"

嬴折不想理他。

赢折翻开崭新的地理练习册，想尝试着了解一下季风洋流的奥秘或者板块运动的奇妙，看了几道题，他就把练习册合上了，算了。

　　"不会吗？"游野眯着眼睛看他。

　　赢折鼻孔里出了个声，算是应了。

　　"你要是这会儿还不补，真打算随便上个大专技校吗？"游野走过来，跟赢折一块在地上蹲下。

　　赢折没说话，谁都看得出来他不甘心。

　　"你是不是自己钱挺多的？"游野又问。

　　赢折有些不解地看游野。

　　"考不考虑给自己请个家教，语数英史地政都能补的那种，按小时收费的那种。"游野笑眯眯的。

　　赢折竟然真的想了一下，就听见游野接着说。

　　"比如我。"

　　"你？"赢折看这人一脸认真，不像是在开玩笑。

　　"对啊，反正我最近没什么活，白天在学校可以给你讲，晚上你也可以去我家，"游野算着，"现在离高考还有二百三十多天，我前期给你把知识点梳理一遍，后面带你做题，你考上个本科不是问题。"

　　"你怎么说得这么简单……"赢折有些不信服地撇嘴。

　　"这事就是这么简单啊，"游野从地上拎起那本地理练习册，翻到目录，"你看吧，一共就这么几个板块，我用一周就可以给你讲完。"

　　"你以前当过家教？"赢折问。

"没有。"游野答得理直气壮。

赢折："……"

"要不，我先从自然地理给你讲起，你听听，"游野把地图册翻开，递到赢折眼前，"就从这儿开始吧。"

地理老师在教室来回转着圈，一会儿再看窗户外面就看不到两个高个男生了，她气冲冲地从后门出来，刚要骂人，突然顿在那里。

楼道里，两个男孩坐在窗户下面，一个拿着地图册在勾画着什么，另一个在练习册的扉页空白面记着。

"寒流是从高纬流向低纬的洋流，水温比流经海区温度低，暖流是从低纬流向高纬的洋流，水温比流经海区温度高，"游野说着，把寒暖流交汇处形成的渔场在地图上标了出来，"寒暖流交汇形成渔场。"

"我讲明白了吗？"看着赢折记完，游野问道。

赢折想组织一下语言，表达一下就是他没听太明白，不是因为游野讲的不明白，而是他差得太多，所以跟不上，听不太明白。

"没事，"游野又看出来赢折在想什么，笑了一下，"慢慢来吧，你可能就是对这些太陌生了，之前都没怎么听过课吧。"

赢折捏紧了手里的练习册，半天，才点了点头。

自从姥爷去世后，妈妈的精神状态就不是很好了，有段时间甚至一宿一宿的睡不着，到后来就开始跟赢折说一些胡话。

那时候赢折读高一，也就是从那时候开始，赢折就没心思学

·050·

习了，每天在教室坐着，心早就不知道飞哪里去了。

他没法专心学习，也不敢想妈妈的事，更多的时候是和张千语他们厮混，晚上怕回了家见妈妈还开着灯在客厅坐着，他宁可睡KTV、睡大马路，也不想回家。

他挺害怕的。

后来妈妈住院了，赢折就不上课，每天在病床旁边陪着妈妈。有时候妈妈清醒了会让他去上课，赢折嘴上应着，出了病房就到楼道里坐着去。晚上妈妈跟请的护工都休息了，赢折才能放松下来，坐在走廊里，看着窗户外面的月亮。

其实他是想考大学的，因为妈妈进抢救室之前，还跟他说，让他要上大学。

"小折，"妈妈整个人都瘦脱了相，但是强撑着微笑，"妈妈希望以后，无论妈妈还在不在你身边，你都可以过得快乐一点，我是想你高考，然后上大学的，希望你有那段经历……"

"想什么呢？"

赢折感觉有人把手放在自己头顶，然后轻轻地揉了两下。

"没……"赢折摇了摇头。

游野把手收回来："别想那么多了，慢慢来，肯定能赶上的。"

"我想上大学。"赢折低着头，闷声道。

游野愣了片刻，点点头："好，那就上。"

他们两个一直在那儿坐到下课，等打了铃，两个人还没来得及起身，老宋就从办公室出来了，他看到游野在给赢折讲题，就笑盈盈地走过来。

"怎么样，最近感觉跟上点了吗？"他先是问赢折。

"嗯……"赢折咬着牙，应了一声。

"嗨，我之前天天看不见他人，我也就忘了这事，你这同桌学习好，你有什么不懂的，就让他给你讲，别怕影响他学习，"老宋说着，还扫了一旁笑得无奈的游野一眼，"他天天不上课还能考第一呢，给你讲点题没问题的。"

"好。"赢折点头。

老宋又跟赢折说了两句，就哼着歌走了。

两个人进了教室，游野在赢折身后问了一句："怎么样啊，我来给你补？"

赢折盯着他："行吧，先来一个月吧，我、我想试试。"

"好啊。"游野弯起嘴角。

"你，怎么收费，"赢折掏出手机，"支付宝还是微信，转多少？"

游野把赢折摁在座位上："先不收费呢，让你看看成效，满意的话，再给我钱。"

"白教我？"赢折知道游野之前恨不得二十四小时都兼职挣钱，现在让游野拿出时间来白教自己，不太说得过去。

"不算吧，"游野摆摆手，"下个月的周考，成绩出来你要是有进步再给我转钱也来得及。"

赢折还要说什么，被游野打断。

"要是你还觉得过意不去，可以请你的家教老师吃顿饭，"游野笑着，"赢同学。"

第 三 章

你会什么？你就会写个"解"！

　　在之前赢折一个人喝闷酒的那家小而破的烧烤店里，赢折坐在小桌子的一边，旁边是游野，对面是社会你柯姐。

　　看着游柯小手提着茶壶，往盘子、碗还有杯子里都倒了点水，涮了涮，又把筷子泡在里面涮了一下，最后再把水都倒在水泥地上。

　　赢折正看得入神，就听到旁边游野一阵低笑。

　　"你笑什么？"赢折歪头看他。

　　"笑你看她涮个餐具都能看直眼，"游野眯着眼睛说了一句，随后又板起脸一本正经地看着赢折，"不许对我妹妹有什么非分

之想。"

嬴折反应了一下:"你有病啊!"

游野笑得更欢。

老板端了一盘烤串上来,游柯眨着眼睛看着自己哥哥,不知道他为什么笑得那么开心。

嬴折翻了个白眼,拿了一把串放到游柯盘子里:"吃,别管你哥!"

嬴折自己也拿了一串,拿筷子把肉都从签子上面剔下来,然后夹着吃。

"真讲究。"游野在旁边感叹道。

"您也吃。"嬴折咬着牙拿了烤串递到游野跟前,就想他闭嘴,别笑也别说话了。

嬴折刚来这里的时候,每天就是上学放学,程池开车接送走的都是大路,后来他自己也没怎么在周围溜达。

今天游野带他过来的时候他才发现,自己租的房子和这家烧烤店才隔了两条胡同,而他租房子的小区跟游野家也就隔了一条胡同。

吃完饭,游野问嬴折要不要今天晚上就给他讲题,是去他家还是去游野家。

嬴折想着之前游野回家晚游柯都会不高兴,便说道:"去你家吧,我那屋子太乱了,回头我收拾了你再来我那儿。"

上次来的时候,嬴折是被游野拖进屋里的,人清醒了之后碍着不那么好意思,也没好好看过游野家,这回再来嬴折就好好地打量了一下。

这片都是平房，游野家还有个小院子，里面有个光秃秃的葡萄架，应该是平时没人打理，房子一共九十平方米不到，一个客厅，两个房间，游野和游柯一人一间。

嬴折还记得上回清醒过来时手忙脚乱地拆了游野半边屋子，这回他再进游野房间，就有些小心，生怕碰到什么。

"不用那么小心，"游野看他这样，在后面笑着说道，"你就坐椅子上就行，我去给你倒杯水。"

嬴折坐下来，看着游野收拾得井井有条的书桌，书桌上面有个小书架，书架上都是一些小说、漫画之类的书，课本、练习册都摞在桌面上。

嬴折随便拿起一本书，翻了两页感觉不太对，合上看了眼封面："高等教育自学考试？"

他正念着，游野就端着杯子进来了。

"这是自考的书？"嬴折问。

游野点了点头，把水递给他，从他手里把那本自考的书抽出来，然后把桌面上的自考书都收了起来，打包装在一个袋子里，扔到了门口。

游野抬头对上嬴折不解的目光，笑了一下，说道："没事，之前买回来看着玩的，都看完了，觉得没什么意思，回头全卖了。"

嬴折"嗯"了一声。

"今天晚上你想看点什么？"游野从餐厅搬了把椅子进来，在嬴折身边坐下，"你是不是有一回数学测验只考了二十七分，那卷子你还记得吗？"

记得，怎么不记得？选择题都选C，所以对了五个；两道问

答题都写了个"解"，得了两分，一共二十七分。

嬴折撇撇嘴，看着游野从文件袋里拿出一张卷子，是游野自己的，上面的分数只比嬴折多了个一，一百二十七，还是因为游野后面两道大题没有做完。

"我先把这些题都给你讲一遍，然后再找同样的题型，你再做一次。"游野不知道从哪儿摸出来一副眼镜戴上，又拿出一支红笔。

"你近视？"嬴折问。

游野点点头："有点散光。"

"那你平时怎么不戴？"

"我又不总看黑板，用不上，有时候不记得戴。"游野说道，"过来看题。"

嬴折下意识地有些紧张，这还是他第一次补习，还是上的家教。

他两只手不知道放哪里，只能扶着自己的大腿，腰挺得直直的，头往前伸着，盯着游野手里的红笔指着的地方，眼睛都眨得慢了很多。

"你看这里，它给了你一个最后等于零的公式，那么……"游野一边说着，余光瞥到嬴折僵硬的坐姿，没忍住笑出声来。

嬴折顿时脸就红起来："你干吗？"

游野摇摇头："没事……"

"我知道我差得挺多的，"嬴折急道，"我真的想学，我也在学了……"

"你别嫌我笨……"最后一句话，嬴折语气有些低落。

游野愣了愣，收了笑，抬手揉了揉嬴折的头。

"我没笑你这个，"游野轻声说道，"你不笨。"

游野都讲了一遍，然后翻出题让嬴折自己做。

"你怎么算的，还有小数点？你自己看看选项有带小数点的吗？

"等比数列，你代等差公式能算出来？

"奇变偶不变，符号看象限啊！"

游野喘了口气，拿起手边的杯子喝了口水。

"那不是……那不是我的杯子吗？"嬴折抬头看他。

游野像是没听到，盯着嬴折那几道问答题，抬手点着题下面大大的"解"字："你敢……你敢就给我写个解？"

嬴折咬着嘴唇，不说话。

最后，游野看不下去了，抬手捏住嬴折的下巴："别咬了，都快咬破了，在我这歃血为盟呢？不就一道题吗，不会我就再讲一遍。"

嬴折下巴被人捏住，眼睛眨了眨。

游野叹了口气，松开他，说道："过来，我再讲一遍。"

嬴折凑过来。

最后那道大题，游野来来回回讲了三遍，并且左手公式右手例题地带着嬴折又做了一遍，最后嬴折终于能下笔写点什么了。

时间过得特别快，游野觉得自己嗓子有点干。

"这里，你看……"游野听到旁边的人呼吸声有些重，他看过去，就看到嬴折半截身子趴在桌子上，在那"磕头"。

游野看了看，抬手推了嬴折一下。

　　嬴折猛地颤抖了一下，坐正了身子，瞪大了眼睛看向游野，试图用这一连串的操作迷惑游野，掩盖自己睡着了的真相。

　　"十一点了。"游野摁亮手机。

　　"嗯……"嬴折含糊着回应道。

　　"今天就先到这儿吧，"游野起身拉开椅子，"你困了，再讲下去效率不高，不如早点休息，明天我再讲。"

　　"好……"嬴折还是有些不好意思自己睡着了。

　　"听我这么干讲肯定容易困，"游野笑了一下，把嬴折的校服外套递给他，"穿上吧，晚上冷了。"

　　游柯早就睡了，游野去她房间轻轻地开门看了一眼，然后轻轻地关上门，回头对嬴折说："走吧，我送你。"

　　"不用，我自己回去就行，"嬴折抓抓头，"你也早点睡得了。"

　　"没事，我坐久了，出去吹吹风，"游野跟着嬴折一块儿出去，"我晚上还得写那个概念书店开业活动的方案呢，早睡不了。"

　　嬴折看了游野一眼："你给我补习挺耽误时间的吧？"

　　"我是收费的，不算耽误时间，"游野笑了笑，"倒是你，我讲的你要过脑子，不然最后你又花了时间又赔了钱。"

　　"知道了。"嬴折点头。

　　他们出了屋里，嬴折看见墙边停着一辆明黄色的电动车。

　　游野一看到电动车就嘴角上扬，说道："那天我就是用这辆小黄蜂把你弄回来的。"

　　"什么？"嬴折抬头。

　　"你喝多了啊。"游野说。

　　"不是，"嬴折摇头，指着这个电动车，"我是说，你刚才说什么小黄蜂？"

"对啊，"游野点头，认真地说，"就是它啊。"

嬴折又仔细地看了眼小黄蜂，问道："你起的名字？"

"游柯起的，"游野想起来，笑了一下，"那天看完《大黄蜂》出来，去买电动车，游柯一眼就相中它了，跟我说她要个小黄蜂就行。"

嬴折点头。

"怎么，你还想坐？"游野问他。

"我没有！"嬴折抬头瞪游野。

"这儿离你那里很近，走过去就行了，"游野带着他出了院子，"你要想坐，明天早上让你坐。"

嬴折又瞪了游野一眼。

"两公里的路你天天打车也太有钱了吧。"游野说。

"……我早上起不来。"嬴折愤愤地小声说，六点四十到校，闹铃六点十分的，他能硬生生拖到六点半起床，然后套上衣服到楼下打车，每天班主任老宋都六点五十左右才到教室，正好能让嬴折在被逮住的前一秒坐到座位上。

以前妈妈在的时候，嬴折就从来不用担心这种问题。

有点想妈妈了，嬴折吸着鼻子仰起头。

"明天六点半我在你家楼下等你，"嬴折肩膀被人拍了一下，"我家小黄蜂跑得快，六点四十肯定让你坐在座位上。"

这是嬴折来这里之后睡得最安稳的一夜，早上是被手机的响铃和振动弄醒的。

"喂。"他有些烦躁地接起来。

"还没起？"那边是游野平静好听又带着笑的声音。

"嗯……"嬴折鼻子哼了一声，把手机放在自己耳朵下，又把被子扯上。

游野无奈笑了一下道："赶紧起来吧，五分钟之后下楼。"

"嗯……"嬴折应着。

他坐在床上愣了愣神，才反应过来今天是游野叫他起床，还要接他去学校……

"啊！"嬴折的起床气无处发泄，号了一声后，冲进厕所去刷牙洗脸。

他单肩背着书包跑下楼，一眼就看见那辆明黄色的电动车停在门口。小黄蜂的主人正跨坐在上面，笑盈盈地冲他招手："早。"

嬴折怔了一下，闷声地说："早"。

他走过来，刚要上车，就被游野拉住。

"干吗？"他下意识地瞪游野，好像还是在生早上被人吵醒的气。

"你头发还翘着呢。"游野笑了一声，抬手抚了嬴折后脑勺一把，把他后面翘得高高的一撮头发给压了下去。

游野手离开后，嬴折自己又抬手抓了抓，嘴里不满地"啧"了一声，抬腿坐到了小黄蜂的后座上。

"你可以扶着我。"游野说道。

"不。"嬴折倔强地抓住车座。

游野笑了一下，猛然拧把，小黄蜂冲了出去，嬴折猝不及防，吓得整个人都贴到了游野背上。

"游野！"赢折有些生气，抬手拍了一下游野的背。

前面骑着电动车的人又发出一阵笑。

和昨天游野承诺的一样，赢折真的在六点四十分坐到了教室里。

今天正好又赶上了赢折这组值日。

"呵，你今天来得挺早啊，算你……"之前被赢折塞抹布的王贺飞看到赢折进来，一脸嚣张地晃过来，一副轻蔑嘴脸，他话还没说完，就看到了赢折身后的游野，他的表情立马就收敛起来。

赢折看也不看王贺飞，过去放了书包，从后门角落拿了墩布，扭头跟自己组扫地的女生说了一句："我去涮墩布。"

游野看着赢折拿着墩布走过去，又扭头看了一眼王贺飞，冷冷地说："那我也去涮墩布。"

赢折站在那里，水龙头开得很大。游野走过去，把自己拿的墩布也凑过去。

"你过来干吗？"赢折看着游野，有些不解地问。

"我也和你一组的啊。"游野真诚道。

他确实和赢折是一个值日组的，只不过他很少能按时来学校，所以没怎么做过值日，他拿着墩布出来，班里其他人看到了都很意外。

"那个，王什么那个……"赢折说，他只记得那男生个子挺高，长得挺丑，好像是姓王。

游野接道："王贺飞。"

"嗯，王贺飞，"赢折看着被水淋湿的墩布，"他挺怕你的？"

刚才那个王贺飞看到游野的时候表情瞬间就变了，赢折看

到了。

"没有吧，"游野笑了笑，"他怕我做什么。"

"就是感觉。"赢折摇摇头。

"他们有的时候就是会幼稚一点，你别当回事，顾好自己就行，"游野顿了顿，"别和他们一般见识了。"

"我上次没想动手，"赢折皱起眉头，"是他说我妈……"

游野了然，点了点头："没事，他以后不会了，虽然幼稚但也有记性的。"

赢折"嗯"了一声，拧了拧墩布，把它拿起来。

两节课后的课间，赢折去厕所，刚洗了手，抬起头就看到王贺飞站在他身后，靠着墙，一脸不爽地盯着他。

赢折没想理他，甩甩手，刚要踏出厕所，就被王贺飞拦下。

赢折是在操场边上的厕所里，想着一会儿去操场旁边小卖部买点吃的，这会儿没什么人来这边，厕所里就他们两个人。

赢折挑眉看向王贺飞。

"你跟着游野混了？"王贺飞一脸兴师问罪的模样。

"你有病吧！"赢折对这个从自己一来就各种找事的傻大个一点好感都没有，早上游野说了不要和他一般见识，可是这人就非得自己撞上来。

"他不是什么好人，你离他远点。"王贺飞说。

赢折冷冷地看着王贺飞，撇撇嘴："游野是什么人，我用你说？"

"他得罪了峰哥，你跟他混，早晚跟他一块被人收拾，"王贺飞对嘴里的"峰哥"尊崇之情溢于言表，应该是对这种社会混子文化十分推崇，"你不知道吧，游野欠了峰哥十几万块钱，峰哥说了，他再不还，就收拾他。"

赢折看着王贺飞严肃的神情，特别想笑。

"让开。"他抬手推开王贺飞，大步走了出去。

赢折早就饿了，被王贺飞耽误这么久，还要去操场买点吃的，回来肯定就上课了。赢折骂了一句，快步往小卖部走去。

他买了两盒豆奶和两袋面包，把外套的兜还有裤兜塞得鼓鼓囊囊的，等他走到半路已经打了上课铃，到教室时，脾气不好的地理老师已经站在讲台上开始讲课了。赢折硬着头皮，弯腰溜进去，心里暗暗庆幸自己坐最后一排。

"干吗去了？"游野歪头看他。

赢折没说话，从兜里掏出豆奶还有面包，往游野那边递。

游野笑了一声。

"笑什么？拿着。"赢折没给人买过早饭，业务生疏，他也不看游野，只是一味地把东西往那人怀里塞着。

游野接过来，看了看，又笑了笑，冲赢折仰仰下巴。

"干吗啊……"赢折顺着游野指示，把手伸进桌肚，摸到了什么，拿出来一看，是一杯紫米粥，还有个手抓饼。

"你趁热吃吧，面包还有豆奶等下午饿了再吃。"游野小声说道。

中午的时候，游野带着赢折去了学校附近一家叫"沸腾鱼店"的餐馆。

"草鱼，微辣的，行吗？"游野拿着菜单问。

赢折点头。

很快，菜就上来了，游野伸手拿漏勺把里面的花椒、辣椒之类的配料捞出来许多，然后又夹了一大块鱼腹那里的肉放进赢折盘子里。

"这块刺少。"

赢折看着盘子里的鱼肉，愣了一下。

游野笑了笑："我跟游柯一起习惯了，每次都会先把刺少的鱼肉夹出来给她吃。"

"我不是小孩。"赢折撇嘴。

游野比赢折大一个年份，游野是冬至的生日，赢折是第二年四月份的。

"没把你当小孩，"游野弯弯嘴角，"我习惯了，你快吃吧。"

"那个，"赢折把鱼肉塞进嘴里，"上午王贺飞跟我说……"

"什么？"游野嘴角笑意微收。

"他说你欠一个叫峰哥的人十几万啊？"赢折问道，他有些心虚，不知道自己能不能和游野提这事，也不知道游野会有什么反应。

他以为游野会生气，结果游野只是点了点头，没说什么。

等到两个人吃得差不多了，游野才开口。

"那人叫李峰，是我们这儿的一个大混子，他爸是原先的黑社会老大，后来让人给砍死了，他就自己拉了一帮人接着混。"游野放下筷子，往后面靠了靠。

"我爸那会儿就是得罪了他才跑了出去，"赢折听着游野苦笑一声，"一跑就是五六年。"

"后来有人说我爸死在外地了，他们就来找我，说我爸欠了他十几万块钱，要我还钱。"

那会儿游野才多大啊……赢折吸了一口气。

"噢，我奶奶生病住院时，我还找亲戚们借了一笔钱，有四十多万，我等游柯上初中住校了，就把房子卖出去，先把我亲戚的钱还上，"游野说道，"至于那个李峰，他没有欠条，红口白牙就要十几万，想什么美事呢。"

"他说要收拾你，"赢折看着他，"怎么个收拾法？"

"担心我？"游野又笑起来。

赢折咬牙坐直身子："你别笑了，我没跟你开玩笑。他会怎么收拾你，你说啊！"

游野摊摊手："还能怎么收拾我，他就是打死我，我也变不出十几万块钱来啊。"

"他没有欠条，这不就是抢钱吗！"赢折急道。

"跟他们讲道理没有用啊，"游野笑笑，"你怎么这么纯良。"

"从我上初中开始，他们就缠上我了，会把我书包里的书都扔河里，把我的校服拿烟头烫洞，派几个人打我一顿，这都是常事。"

游野异常平静地讲着这些。

赢折瞳孔散大。

"怎么，吓到你了？"游野轻轻摇摇头，"想不到我会被人这么欺负吧？"

游野继续淡淡地说道："他们不过是知道我要顾及游柯，不能跟他们拼命罢了。"

因为还有要照顾的人，所以游野能忍下这一切。

嬴折的心被用力地揪起来。

"行了，我知道你忙，我自己打车过去就行。"嬴折给张千语打电话说道。

嬴折背着背包从出站口出来，因为是参加开业典礼，他还专门打扮得正式了一点，头发打了发胶往后梳，白衬衫配薄风衣，穿着休闲皮鞋，整个人看上去都成熟稳重不少。

张千语这会儿正在店里忙得焦头烂额的，嬴折不想麻烦她，便跟她说自己打车过去。

他坐早上最早的那趟高铁回来的，再回到自己生活了十几年的城市，嬴折心情有些复杂。

嬴折那天从嬴风家出来的那一瞬间，真的是不想读了，可最后怎么又留下来了，他自己也不知道。

可能还是想读，想考个大学，户口跟着嬴风走了，也就真得在那儿生活了，起码先读完高三，等考了大学再说。

嬴折出了车站，在广场上拍了一张车站照片发给游野，说了句"到了"。

那边很快就回过来。

游野：看看折哥今天的斯文败类装？

游野：给看吗？

嬴折笑着"啧"了一声，这人真是……

他准备出门的时候跟游野说自己今天打扮得很商业，游野不愧是网上冲浪资深运动员，立马问他是不是穿的斯文败类装，弄得赢折还以为游野又在损他。

后来，游野直接把小鲜肉们斯文败类模样的照片发过来，赢折才明白。

他在广场上找了块反光的玻璃，拍了张照片发过去。

游野：存了。

赢折看着那两个字，愣了半天后，才把手机装进兜里。

赢折打车到张千语那家"千味"火烧店，小心地绕过门口地面上铺好的花形鞭炮，刚进店门，他就听到了张千语在二楼的吼声。

"你给我把那幅挂画拿下来放这边！

"那个灯灯泡还没拧上呢？你们寻思啥呢？

"厕所门口的脚垫呢？铺上啊！"

……

赢折站在那里笑了一下，张千语还是一点都没变。

"赢折！"张千语从楼上下来，一眼就看到站在门口的赢折，惊喜地叫了一声，飞扑到赢折怀里。

"辛苦了。"赢折抱住她，拍了两下。

"老娘都快累死了……"张千语狠狠地捶了赢折后背两下，再抬起头来眼圈都红了。

"哎，你可别哭，"赢折鼻子也有点发酸，他先抬手止住张千语，"你要是哭了，这妆可就白化了啊。"

"讨厌！"张千语嗔怪一声，仰头收了收眼泪，再看赢折，"你今天还穿得挺正式啊，人模狗样的，帅得我都后悔跟你分手了。"

赢折摆手，退了一步，看了看穿着红色长风衣的张千语，想

了想后说道："你穿得也挺喜庆的，我是不后悔。"

"不会夸人可以闭嘴，"张千语瞥他一眼，扭头问店里的员工，"火烧出来了吗？帮我拿两个出来，再来碗鸡蛋汤。"

嬴折早上着急出门，快到中午了都没吃东西。张千语安排他到角落的桌子上坐着，不一会儿店员就端了火烧和鸡蛋汤上来。

"你赶紧喝，一会儿让别的顾客看见你这鸡蛋汤里有结结实实两个鸡蛋，该有意见了。"张千语笑着把勺子递给嬴折。

嬴折低头喝了一口，就惊讶地问："你妈妈做的？"

"嘿，我就说小折这舌头好使，一尝就知道是我做的。"张千语的妈妈从后厨出来，拿围裙擦着手，笑着走过来。

"就阿姨会给我一碗鸡蛋汤里打两个鸡蛋了，我当然吃得出来。"嬴折说。

张千语妈妈让嬴折尝尝火烧，说道："小语这段时间天天琢磨这火烧店的事，你看看她累瘦了没？我眼瞅着是瘦了。"

嬴折又抬头看了眼张千语，原先的婴儿肥好像是瘦了点，也说道："是辛苦她了。"

"嗨，辛苦也是应该的，她好不容易有个能坚持干下来的事了，"张千语妈妈笑笑，"你俩聊吧，我再去看眼今天的火烧，一会儿准备开业了。"

张千语看着妈妈回了后厨，又扭头看嬴折："你最近怎么样？"

"还行。"嬴折说道，简单地给张千语说了一下最近的情况。

嬴折之前过得很不痛快，自从那天从嬴风家出来之后就舒坦多了，一直都在好好学习。

"你聪明，学习肯定能赶上去。我觉得你这脑子随你妈妈

·068·

了，你还记得那会儿你妈妈带着我妈妈炒股吗？你妈妈说买哪个，哪个就涨，我妈妈还挣了八万多块钱呢。当时我就觉得你脑子肯定也好使。"张千语笃定地说道。

再提到妈妈，赢折心里更多的是想念，他呼了口气，点了点头。

中午闹闹哄哄的开业典礼结束后，店里客人不少，这里地处商业街，再赶上周末，又因为是快餐的原因，翻台特别快。

赢折看着来来往往的客人，想着张千语搞得还挺好。

一直忙到下午三点多钟，客人才慢慢少了起来。

"你干吗呢？"张千语把赢折安排到了二楼，走过去就看到他在那儿做题，"天哪，你在学习啊，我眼睛没坏吧？"

赢折懒得看她："我都说了要好好学习了。"

"我真以为你就是说说呢。"张千语不好意思地笑笑。

赢折翻了个白眼。

"哎，你说你一个人在那儿，怪孤单的，要不谈个女朋友得了。"张千语在他对面坐下，冲赢折眨眨眼。

"那我不如养条狗。"赢折头也不抬。

"你有病啊！"张千语气笑了，"狗能陪你聊天、吃饭、上学、逛街、看电影吗？还养狗，我真是服了你了，你这种母胎单身的人啊！"

"我有朋友啊。"赢折说道。

"男的？"张千语挑眉，"男朋友跟女朋友是一回事吗？"

这句话歧义太大，大得她说完自己都觉得不对。

"哎呀，"张千语一摆手，"反正你就找个人疼你就对了！"

跟张千语分开，赢折打车去了高铁站，路上给游野发了信息，

说自己要回去了，游野很快回过来一个"收到"。

"爱丽丝、疯帽子和兔子"里，游野正给赢折回着微信，薛良从后面拍他："干吗呢你？一天都盯着手机看，你养手机宠物了啊？"

游野笑了一声，没说话。

这会儿书店还没开业，只是开了书店前面的水吧，顾客可以点了喝的在店里或者外面的藤椅上坐着聊天，今天游野就在这儿学了一天的饮品制作。

跟游野一块学的还有两个男人，都三十岁的模样。边晚说那个看着懒懒的样子的叫秦疏，那个留着短寸的是她哥，叫边昀。

这两人跟薛良早就认识，他们的文身还是薛良文的。

"在谈恋爱呢吧？"秦疏趴在吧台上，笑着问游野。

"没有，是朋友。"游野回头笑笑。

今天赢折回家去参加火烧店的开业典礼，总是发照片过来让游野看看他们家那边的火烧，还有张千语妈妈做的鸡蛋汤，下午那会儿赢折做题有不会的还会问游野步骤来着。

"哪个朋友啊，"薛良一脸坏笑地凑过来，"有发展的可能吗？"

"是赢折，"游野无奈地把手机在薛良眼前晃了晃，"我俩真就是朋友。"

"嘁，"薛良翻了个白眼，"你这人啊，真有意思，反正跟谁都是朋友。"

游野收了手机没说话。

那边秦疏对他们小孩的八卦不感兴趣，专心研究黑暗饮品去了。

"他不是这儿的人，高考完了就走了，"游野过了半天，才沉声开口，"我也没打算跟他有什么，做普通朋友就挺好。"

薛良看他两眼，说："行吧。"

"哎，我今天做的那个秘密莓果还挺好喝的，还有那个蓝天棉花糖，"游野笑了笑，"等回头叫赢折过来尝尝。"

"我去，"薛良甩甩头，"什么人啊你。"

"好人，"游野看了眼手机，"你在这儿待着吧，我去接他了。"

薛良冲游野摆摆手。

游野出去后，薛良没事在门口抽烟，看见眼前过去个人挺眼熟，就是没想起来是谁。

赢折在车上跟游野说自己快到了，这次游野却没有很快回复，直到赢折下了车，游野还是没有消息，打电话也没人接。赢折还想问他自己是从东广场出去还是走西广场呢。

赢折站在出站口，突然感觉有点心悸，拨了之前存的薛良的电话。

薛良很快接起来，问游野接到赢折了没有。

赢折说："我没看到游野，他微信不回，打电话也没人接。"

突然，薛良大叫道："我 ×。"

薛良挂了赢折的电话，马上就打给赵肆，上来就是一句："游野出事了。"

秦疏、边昀听到动静都走了过来。

薛良捏着手机，脸色不太好看："我刚才看见一人过去，开始没注意，刚刚突然想起来，我之前好像在李峰那儿见过他！"

秦疏和边昀也听说过李峰，他们倒是比薛良冷静得多，让薛良在这里等赵肆，他们先去找找游野。

他们找到游野的时候，那个穿着书店咖啡色店长服的男孩靠墙坐着，被沉沉的夕阳光辉笼罩着。

游野半边脸都是血，手上也全是血，正拿着手机，一遍一遍地试着解锁、接电话。

赢折赶过去的时候，游野正在诊室里面缝针，楼道里是赵肆和薛良，两个人都一个姿势坐在那里，两只手托着头，一脸悲戚。

"游野怎么样？"赢折心里一阵无措，游野是因为要去接自己才出了事，要是游野有个三长两短……

"哦，他没怎么样，"薛良抬头看赢折，"就脑袋得缝几针。"

"那你们……这是什么表情？"赢折不解。

"刚玩手机麻将输了三百多块钱。"薛良冷漠道。

赢折无语了。

没一会儿，诊室门就开了，游野出来，看到站在门口的赢折，弯了弯唇："你来了啊，没去接你还让你联系不上，不好意思啊。"

赢折心里无名火腾地就起来了，要不是游野这会儿头上、胳膊上有好几块包扎的伤口，他非得揪着游野的衣领给他摁墙上去问问他说的什么屁话。

"我答应你的事，没做到。"游野看出赢折不爽，笑着解释。

赢折不想再和游野说话，怕气死自己，转身问薛良他们："打他的人，能找到吗？"

薛良越过赢折看了游野一眼，冷笑一声："怎么找不到，都在这片儿混的，今天这事，有一个算一个谁都跑不掉。"

"你们找到的时候，记得叫我。"赢折正色道。

赢折看着瘦瘦高高的，不像能打的人，可游野见过他一脚把课桌掀飞了砸在地上的模样。

"你凑什么热闹？"游野握住赢折手腕。

"我就要凑这热闹，"赢折顿了一下，"我看我朋友被打成这样，心里不舒坦。"

"给留点面子吧折哥，"游野失笑，"六个人堵我，我现在还能站着就算可以了。"

"你还笑得出来。"赢折瞪他。

"那不然呢，还哭吗？"游野说着，抬手扯住自己嘴角和眼角，往下拉了拉，做了个哭丧的鬼脸给赢折看，"哭啦！"

出了医院，薛良去开车，路上游野说自己去赢折租的房子那里。

"我这个样子回去该吓到游柯了，"游野挨着赢折坐，拿头没受伤那侧蹭了蹭赢折肩膀，语气放柔，"小哥哥收留我一下吧。"

赢折额前青筋凸起，半天，抬手轻轻地把游野推起来："你坐好。"

薛良在前面开车，强忍着不去看后面，赵肆则是一脸岁月静好地打着手机麻将。

薛良把车停到赢折小区门口，回头嘱咐游野："这件事我跟四儿给你搞定，看看能不能找上李峰，你这几天就别在外面晃悠

了，等我们信。"

"行，"游野点点头，笑着说，"谢了啊。"

"谢什么啊，赶紧滚吧，你看着点，伤口别碰水。"薛良把人赶下车。

赢折跟游野下了车，两个人在原地愣了半天，游野刚要迈步子，就被赢折搀住。

游野眉头轻皱："我被打的是头，腿没问题。"

赢折听他这么说，痛快地收了手："我看你这一身伤，下意识就想扶着你。"

到了楼上，赢折拿钥匙开门，进了屋，开灯，让游野先在沙发上坐着，他去找拖鞋。

"你这屋子……"游野打量着赢折的小公寓，茶几上堆着各种饮料瓶，沙发上乱堆放着赢折的衣物，阳台门打开着，他看见外面晾的衣服也都是胡乱搭上去的。

"怎么？"赢折把拖鞋"啪"的一声扔到游野脚下，不悦地看着他。

"浓浓的单身狗气息啊。"游野笑着换上拖鞋。

"说得跟你有对象似的。"赢折"喊"了一声，十分不服。

"确实没有。"游野语气有些发涩。

赢折抿抿嘴，没说话，看了看游野脏兮兮还沾着血迹的衣服，回屋拿了浴巾和自己新买的一套睡衣，递给游野，说道："你先去洗个澡吧，然后换这个，我没穿过的。"

"内裤呢？"游野把睡衣抖了抖，问道。

好在赢折也还有新的内裤，找来给了游野。

等游野进了浴室，听到水声，嬴折才瘫回沙发里。

这就是王贺飞说的李峰要收拾游野？嬴折听见自己把后槽牙咬得咯咯响。

他坐了一会儿，环视了客厅一圈，起身拿了垃圾袋过来，把茶几上的垃圾都收进去，然后把沙发上的外套扔进脏衣篓，把脏衣篓放到了阳台。

收拾完，他刚要坐下，就听到手机振动的声音，是游野的手机。

他看了一眼，不是游柯，是个叫陆离的，他不认识，就没管，那手机就一个劲地响。

本来他就烦得不行，那手机又响个不停，嬴折还是把手机拿起来接听。

"喂，游野……"嬴折想说游野洗澡呢，有什么事一会儿等他出来给你回电话，然后就听到那边有些焦急的声音传来，"游野！你怎么样！"

"游野洗澡呢，一会儿让他给你回电话。"嬴折说道。

"你是谁？"电话里的男声有些尖厉，"你怎么会跟游野在一起！"

这种兴师问罪的语气是什么情况？嬴折皱起眉头："我是他……"

嬴折话还没说完，游野就从浴室出来了，穿着嬴折的睡衣，一边擦着头发一边走过来，问道："谁找我？"

"不认识。"嬴折把手机递给他。

游野接过，看了一眼手机屏幕，脸上瞬间划过一丝不自然，但还是把手机放到耳边，语气淡淡地问："喂，怎么了？"

"你怎么会跟个男的在一块,还洗澡了,游野,你在干什么?"陆离声音大得赢折在一边都能听到。

游野难得没了笑脸,脸上满是不耐烦:"我能干什么?再说了,我跟谁在一起跟你有关系吗?"

"怎么没有关系?"陆离在电话里喊得歇斯底里的,完全忘了自己打电话来询问游野伤势的初衷。

游野今天过得实在糟糕,被陆离两嗓子喊得太阳穴都在跳,他沉下眼眸,冷冷地说:"我这段时间拍不了片子,你就别联系我了。"

他说完,就把电话挂了。

赢折在一边看得有些发愣,他还是第一次见游野这样……看着特别冷漠。

"他刚才和你说什么了?"游野坐下来,看了赢折一眼,"别当回事。"

"我就说了句你去洗澡了,然后他就反应特别大……"赢折说到一半,突然反应过来,有些惊诧地看向游野。

游野听到后,弯身笑出声来。

赢折脸上白一阵红一阵的,最后实在忍无可忍了,大声说:"游野,如果你再笑,我一定跟你打架,你身上有伤也和你打,我说到做到。"

游野这才止了笑,揉着眼睛起身。

赢折起身绕过游野,说道:"我也去洗澡了。"

赢折进房间之前,听到游野叫他,赢折回头,看游野坐在沙发上,长腿交叠,一副悠哉的模样。

"小哥哥，今天穿得挺帅的。"

赢折几乎是逃进自己房间的。

第二天，赢折是被厨房里做饭的动静弄醒的，他揉着眼睛拉开房门，食物的香气就扑过来，让赢折瞬间就清醒了。

"好香……"他语气依然带着困倦，从房间来到厨房，凑到煮锅跟前嗅了嗅，"这什么啊？"

正在一边煎鸡蛋的游野看赢折眼睛都舍不得睁开就凑到锅前面的模样，轻笑一声："你自己睁开眼睛看看啊。"

"那等一会儿吧……"赢折"唔"了一声，进了厕所。

等他刷牙洗脸完毕出来时，游野已经把锅里的东西盛了出来，热气腾腾的，奶白色的米粒散发着晶莹的光。这回赢折闻到了香甜的奶味，于是问："这是，奶粥？"

赢折有些不确定。

"是啊，"游野一边把早饭端上桌，一边说道，"奶粥、鸡蛋，还有葡萄干小蛋糕，快吃吧。"

"你还会做蛋糕？"赢折有些惊喜。

这间公寓不仅家具齐全，像微波炉、电磁炉、烤箱之类的电器也是一应俱全的，只不过赢折搬进来这么久，除了在厨房洗个苹果或者冲洗杯子以外，基本没进过厨房。

他没想到游野还会用烤箱做蛋糕，走到餐桌边拿了一个小蛋糕，是圆圆扁扁的形状，不是非常规则，应该是没有模具的原因，拿在手里还热乎乎的。

他咬了一口。

"怎么样？"游野问他。

嬴折没说话，一口一口地把蛋糕都吃完了。

"怎么了？"游野离近了一点看他。

游野看到嬴折靠着餐桌，低着头，死死地咬住自己的嘴唇，眼圈通红，眼泪大颗大颗地掉下来。

游野抽了两张纸，递给嬴折擦泪。

"怎么哭了？"游野轻声问道。

嬴折哽咽着说："我想我妈了……"

妈妈以前也会自己用烤箱做很多好吃的小蛋糕、水果披萨之类的食物，每次一出炉就会招呼嬴折过去尝尝，还在一边眨着眼期待着嬴折的评价。

嬴折喜欢吃葡萄干，妈妈的小蛋糕里就会放葡萄干。

他听见游野轻轻地安慰道："都会好起来的。"

吃过了饭，"游老师"给嬴折找了张卷子做，自己则撸起袖子，开始给嬴折收拾屋子。

嬴折中途出来倒杯水，看到自家客厅整洁得像变了个样子。

游野收拾完屋子，就去看嬴折做卷子。

"中午去我家？"游野坐在一边，拿着红笔看着卷子说道。

"你这头上的伤？"嬴折看着游野问道。

游野笑了一声，抬手解了头发，把长发散下来，正好能遮住伤口，隐隐的可以看到一小角白色的纱布。

"嗯，有进步。"游野出声，让嬴折一个激灵回过神，才发现自己盯着游野看了那么久。

"明天周考，你应该能有点进步了，"游野说着，把卷子放到桌子上，修长的手指指在几道赢折常错的题上，"这回这些都对了，说明你在好好听我讲了，赢同学。"

"……"赢折撇嘴。

"怎么，"游野弯眼，"不能叫赢同学吗？那叫什么，叫折哥？"

周一，赢折又是被游野叫起来的，他拿起校服就跑下楼去。游野在下面等着他，手上提着肉夹馍和豆浆。

两个人到教室后门看考场安排，看到游野后面的"0101"序号的时候，赢折扭头看了游野一眼。0101，第一考场第一个座位。

"你在这儿呢，"游野指了指最后一个，"2315，第二十三考场，在四楼呢。"

赢折点点头，又看了一眼考场安排。

每场考试之间都有半个小时的休息时间，赢折从自己的考场出来，正好看到隔壁考场出来往旁边厕所走去的王贺飞，他一言不发地跟在了后面。

王贺飞刚进了厕所，后背猝不及防地被人推了一下，整个人被推进了最里面的隔间，王贺飞还没回过神来，头就被狠狠地摁在了瓷砖墙上，"砰"的一声。

"不是说连我一起收拾吗？六个人抓单，挺狠啊。"赢折感觉自己的声音因为生气都在颤抖，他忍了两天，刚才特意多看了一眼王贺飞的考场，赶巧这个人也是个学渣，两个人的考场相邻。

"赢折！"王贺飞半张脸都被压变形了，气急败坏地挣扎着，"你松开我！"

　　赢折哼了一声，抬手把人往旁边水管推了过去，王贺飞就跟个破麻袋一样摔在了地上，整个人狼狈得不行。

　　"我松开你了，"赢折冷冷地看着他，"从现在开始，我再从你嘴里听见一个脏字，我就用这儿的水给你洗嘴。"

　　王贺飞听着，身子颤抖了一下。

　　"打游野的，有二中的人吗？"赢折冷冷地问。

　　王贺飞想瘫在地上装死，可还没等他开始，就被赢折踢了一脚。

　　"说话！"

　　"有！"王贺飞吃痛地蜷缩着身子，拼命地点头。

　　"谁？"赢折眼神冷峻。

　　"4、4班的詹伟！"王贺飞怕赢折再动手，一口气全都交代了，"本来峰哥这次没想动手，是、是詹伟找的他们，要打游野！"

　　4班？不是重点班吗？赢折皱着眉头。

　　"他为什么……"赢折的话还没说完，隔间的门就被人砰地踹开，门外是一脸阴沉的游野。

　　赢折是靠着隔间的墙站着的，王贺飞缩在门后的地上，那门猛地弹开，正好撞到了王贺飞，他又哀号了一声。

　　"你干吗呢？"游野看也没看躺在地上的人，直直地看向赢折。

　　"我想帮你出头"这种话说出来会显得太矫情了，所以赢折没说话。

　　游野这回是真生气了，皮笑肉不笑地呵呵两声，过来就把赢折拽出了厕所。

厕所门口还守着两个人，赢折看了一下，猜测应该就是这两个人叫的游野吧。

四楼有六间教室，五间考场，还有一个空教室，游野拉着赢折穿过长长的走廊，把人带进尽头那个空教室。

"你怎么回事？"关了门，游野回头压着嗓子低吼道。

"他以前说有人要收拾你，我没当回事，现在你真的出事了，我肯定得找他……"赢折梗着脖子说着，神情虽然不见服软，但还是有点心虚。

"找他有很多种方式，你知道把他堵厕所打一顿，这事闹大了你会被开除的吗？"游野咬着牙，"今天周考，休息时间里你老老实实地看书复习不行吗？考完试出了校门再找他不行吗？嗯？说话啊！"

"我！"赢折气不过，一屁股坐到后面的课桌上，把头扭向一边。

"你什么？"游野眼神有些冷，带着一些失望，"赢折，我给你补了那么久的课，考试的时候你给我干这个，你这么辜负我合适吗？"

"我没……"赢折听着游野的话，心里也不是滋味，他知道游野很看中他这次的考试成绩……

"你看见王贺飞的考试序号了吗？他在那个考场待了两年了，今年是第三年，高考之后他可能都没机会再进考场了，那种人连大学都上不了，"游野看着低着头一言不发的赢折，"你不想和他那种人一样烂下去，对吗？"

嬴折还是没说话。

"这件事不会这么算了的，我不会白挨打，早晚会找回来，"游野目光灼灼地盯着嬴折的眼睛，"我给你补课也不能白补，你不能永远在最后一个考场。"

"你得往前走，"游野继续说，"到我身边来。"

"嗯。"嬴折哑着嗓子应了一声。

"我今天太生气了，"游野叹了口气，抬手揉了揉嬴折脑袋，"一想到你不在考场好好复习，让不值得你动手的人耽误你学习我就生气，下回不要这样了，好不好？"

嬴折点点头，乖顺得像只小狗一样。

"还有三分钟打铃，"游野揉了揉嬴折的头，"折哥，数学要加油呀。"

下午考完英语，嬴折从楼上下来，看到游野靠在高三小院的月亮门那里等着他。

游野站在暮色里，头上顶着夕阳。

嬴折被自己吓了一跳，抬手用力地搓了搓脸，什么时候自己也有这么伤春悲秋的感慨了，太可怕了。

嬴折往游野那边走过去，正好迎上抱着一摞卷子的班主任。

"今天考得怎么样？"老宋看起来很忙的样子，还是停下脚步问了嬴折一句。

嬴折看了一眼那边冲他微微笑着的游野，跟老宋点点头，说道："还行。"

"行，明天看成绩啊，"老宋点点头，"晚上回去对着答案好好整理错题。"临走又嘱咐了一句。

等老宋走了，嬴折走到游野身边，说："老宋说明天看成绩？"

"嗯，"游野笑着点点头，"对啊，二中老师最牛的地方之一是他们能当天就把卷子全部改出来，第二天就讲解。"

"厉害。"嬴折张张嘴。

两个人往车棚走的时候，嬴折想起来王贺飞说的那个4班叫詹伟的男生，可他又怕游野骂他想了一天这事，跟在游野后边欲言又止。

他低着头，连游野站住都没注意，一头撞了上去。

"如果你是在想今天的考试，那我得欣慰死。"游野回头看他，意有所指。

嬴折咬了咬嘴唇，只好说道："你记得你得罪过一个叫詹伟的人吗？"

游野拧开自己的小黄蜂，站在那里想了想，说："詹伟，有点印象。我第一，他第二。"

游野说"我第一"的时候那种轻飘飘的语气，嬴折只能用狂来形容。

"他不会因为这个就想打你吧？"嬴折抽了抽嘴角。

"可能不只是因为这个……女生们都觉得我比他帅，"游野一副云淡风轻的模样，"人的嫉妒心是很可怕的。"

有那么一瞬间，嬴折觉得游野确实欠揍。

只是一瞬间，欠揍也只舍得轻轻打两下的那种。

"要是……"坐在电动车后座上，嬴折开口，"要是我明天的成绩一点进步都没有，你会生气吗？"

"会。"游野在前面说道。

赢折的手渐渐地抓紧了游野校服外套。

游野倒吸了一口凉气，"咝"了一声："你掐到我肉了。"

"啊，噢！"赢折连忙松手，"不好意思。"

"你是觉得我会说你所以提前打击报复吗？"游野有些无奈，"你肯定会有进步的，只要你这次数学大题没只给我写了四个'解'上去。"

"没有，我写了解题步骤的……对不对就不知道了。"赢折又把手扶了上去。

本来说好了晚上去游野家讲题的，可游野刚要拐进胡同，不知道看到了什么，直接把车头转回来，说道："算了，今天去你家吧。"

他刚要拧把，就听到身后有人叫他："游野！"

赢折扭头去看，是个打扮新潮的男人，看着有点眼熟，好像是那天在游野拍照的摄影棚里见过的摄影师。

赢折听到游野小声骂了一句。那男人快步过来，看到赢折扶在游野腰上的手就叫起来："你骑车带他还让他搂着你的腰？"

赢折有些蒙，坐小电动车不扶着腰是想要掉下去吗？这大哥也能脑补那种玛丽苏的暧昧情节？

不过他这两嗓子叫得让赢折听出他是谁了。

第四章

还有对猫毛过敏？

"我是不是在哪儿见过你？"陆离气冲冲地冲过来，站在嬴折跟前，居高临下地眯眼看着坐在电动车后座上的嬴折，"我想起来了，你跟赵肆他们一起来过！"

"那天你们就搞在一起了？！"陆离又尖着嗓子瞪向游野，一脸的委屈，算得上好看的眼睛还有点泛红，像是一碰就要哭出来的娇美人一样。

嬴折抬头看了一眼游野，心想游野品位真不怎么样。

游野攥了攥车把，不想再跟陆离纠缠，掉转车头就准备离开。

谁知道陆离那小身板突然就冲过来，挡在了小黄蜂前面："你

别走，你今天要不把话和我说明白了，你就是把我撞死在这儿我都不让你走！"

赢折实在是有些尴尬，他抓了抓游野的衣服，想要起身，就被游野反手摁住了。游野说："你不用走，我就和他说两句。"

于是，赢折又在陆离想要把他生吞活剥了的目光里坐下了。

"陆离。"他听见游野沉声叫那个男人。

"你要新鲜刺激，有大把的人可以陪你玩，你没必要非缠着我。"游野有些自嘲地笑了一声。

"游野……"陆离这回真是要哭了，双眼更红了一些，"你有没有心啊？你怎么能这么快……"

"快吗？"游野笑起来，"我陪你耗了两年，过一天看一天的那种，我早就不知道时间快慢了。我本来还想着我能拉你一把，你喜欢摄影我就给你当模特，陪你从籍籍无名到崭露头角，再到看着你自甘堕落。陆离，再热的一颗心都被你伤得冰凉了，你怎么好意思跟我谈心呢？"

赢折在游野身后，听着这一段话，不知道为什么，心紧紧地揪了起来。

陆离听了这一番话，脸都白了，弯腰伏在小黄蜂上，片刻后又抬头，目光恳切地看着游野，说："游野，我错了，真的，我不会再瞎玩了，我听你的，我会去看书，会考自考、拿文凭，你还是和我做好朋友好不好？"

游野愣了愣，轻轻地摇了摇头。

"陆离，咱俩真不是一条路上的人。"

"你别哭了，"游野淡淡地说着，那每一个字落在陆离心上，都能灼出个口子，"大马路上的，别在这儿闹了，赶紧回去吧，以后别再来找我了。"

游野认识陆离的时候，那个清瘦的男孩天天给各种摄影大赛投照片简历，之后那些他觉得势在必得的参赛作品都石沉大海，没了回信，那段低谷，是游野陪着陆离走过来的。

后来，陆离靠着拍游野给杂志投稿被选上，连着签了两本杂志封面，又经人介绍，参加了几个有些名气的比赛，他就算是正式进了摄影这个圈子。

之后的事情，就不受游野甚至陆离自己控制了，就像陆离的名字一样，光怪陆离的花花世界，让陆离沉浸其中，让他开始不再那么在乎陪他一路走过来的游野了。

可游野没计较这些，然而在游野陪陆离搬家的时候，看到那些自己为他准备的自考材料都被放在一个箱子里准备扔掉的时候，游野才真的难过了。

陆离扔掉的是他们两个能在一条路上走下去的友谊。

等游野把车停在赢折楼下的时候，赢折才回过神，发现自己把游野的衣服攥出了印子，手心里全是汗。

"怎么了？"游野看赢折半天都没动静，回头看他。

赢折低着头，没说话。

"我怎么觉得那个受伤然后求安慰的人应该是我呢，"游野轻笑两声，"见到我和你想象的不一样，吓到了？"

"没！"赢折被游野问得一激灵，立马否认。

"没有，肯定没有，我折哥见多识广，阅人无数，怎么可能看不透……唔——"

赢折起身，捂住了游野的嘴，并恶狠狠地瞪着他。

游野冲赢折笑起来，眨了眨眼，示意他松手。

"你别说话了，"赢折盯着游野，"你一说我就难受。"

心里难受。

刚才那番话，听得赢折心疼。

游野表示配合，赢折才松开了他。

上楼的时候，赢折跟在后面，半天才小声问了一句："你是因为他不好好学习才跟他绝交的吗？"

游野无奈地挑起眉头，回头看他。

"不是就不是，你什么表情……"赢折撇撇嘴，想挤开游野走到前面去。

游野横跨一步，挡住赢折。

"你这是怕自己不好好学习我会生气？"游野笑着问道。

赢折咬了咬牙，不说话。

"赢折，"游野语气突然正经起来，"你不是我，也不是陆离，你可以去更好的地方的。"

赢折抬头看游野。

"我要照顾游柯，或者说我们互相照顾，我离不开她，她也离不开我，我不能走，上个 H 大就够了，随便读个什么专业都可以，拿到毕业证就行，赚钱最重要。"游野说话间，离赢折近了些，赢折好像能感受到游野的一片赤诚。

"你和陆离也不一样，他要快活放纵、不要努力上进，他就一直这样了，二十岁这样，三十岁就会比现在更差，自甘堕落，他就会烂在这里。"

"而你，"游野勾勾嘴角，"你只是现在还不知道你想要什么而已，你可以查查你想去的城市有什么学校，或者你感兴趣的专业，下半年还有飞行员考试，你也可以参加，你的路很多。"

哪条都和我们不一样。

嬴折听出来了。

他很不高兴，抬手推开游野，径直上了楼梯去开门。游野跟在后面，笑着摸了摸头，跟了上去。

游野并没有夸大二中老师们的判卷效率，第二天两个人进学校的时候就看到大门边贴了光荣榜，正赶上高二高三都有考试，左右两边都是红榜，看着还挺喜庆。

嬴折揉着还睁不开的眼睛，随便瞟了一眼，就看到高二那边也围了一群人，其中就有自己那位同父异母的弟弟，他被众星捧月似的围在中间，旁边的光荣榜上写着他第三名。

"嚯，这阵仗，不知道的以为他是今年高考状元呢。"游野转着钥匙走过来，在嬴折耳边笑着说了一句。

嬴折歪头看了游野一眼，再回过头来，就对上嬴骐投过来的凉凉的目光。

嬴折"啧"了一声，没说话，直接就往教学楼走去，游野跟在嬴折身边，看都没看自己高三周考光荣榜第一的成绩。

刚进高三小院，两个人就被拿着一沓成绩单的老校长截住了，老校长兴奋地说："游野！你又是第一！"老校长嗓门很大，不

过没几个人看过来，大家对这件事都习以为常了，只有老校长还见游野一次说一次。

"您小点声。"游野笑笑。

"现在知道好好上学了？"老校长过来拍拍游野，"可以啊，现在知道努力还不晚，你不是想读北传的新闻学嘛，嗨，肯定没问题！"老校长笑得眼睛都眯成一道缝。

"谁跟您说的啊？"游野笑容有些尴尬，"我看 H 大工商管理也不错。"

站在一边的赢折听到后吸了口气，这两个中间差了一百分呢。

"以前你奶奶说的啊！你七八岁的时候不就指着新闻联播说你以后也要干这个吗！"老校长满脸期盼，"你还得努力，戒骄戒躁！"

上楼的路上，游野异常的沉默，赢折也没说话。

赢折大概能感觉出来这是一种什么滋味。

游野其实是一个非常优秀的人，一直自我催眠一样说要留在这座城市，可总有人在告诉他值得去更好的地方。

赢折也觉得，自己再努力一些，没准可以考上 H 大，而游野，就该去那样的最高学府。

破天荒的，游野一上午都没说话。

中午放学，游野还一直趴在课桌上，要不是赢折看见他胳膊缝隙里透出来的手机屏幕的光，还以为他睡着了，但赢折也没叫游野。

等到教室人都走光了，游野才抬起头来，问赢折："你不饿？"

赢折下意识就摇了摇头，摇完头就后悔了。怎么不饿，听说早上校长会在门口守着，两个人怕迟到饭都没吃，中途也没下楼去买吃的，这会儿早就饿了。

游野嗤了一声："不饿就做题吧。"

他说着，从嬴折包里拿出一沓天利三十八套，说："正好中午有两个小时时间，够你做一套数学卷子了。"

嬴折想着今天游野心情不好，自己不跟他一般见识，便接过来，伏在桌面上算起来。

游野看了嬴折一会儿，转身出了教室。

游野出去很久都没回来，嬴折放下笔，打算出去看一眼，刚出了后门，就跟回来的游野撞了个满面。

"写完了？"游野问他。

"没……"嬴折撇嘴。

"那是，饿了？"游野语气轻快。嬴折立马抬头看他，游野脸上不再阴霾，听游野这么说着，嬴折好像真的闻到了从食堂飘过来的饭香，肚子响起来。

"还没吃过二中的特色吧？"游野笑着，从外套兜里掏出两块卷饼，"二中美食，毕业了的同学都回来食堂吃的，大饼卷肠。"

他说着，把冒着热气、香气腾腾的卷饼递到嬴折眼前。

这天是那家名字特别长的书店开业的日子，因为游野早上六点多就去那里准备了，所以是嬴折来游野家接游柯。

他们约的是九点，八点半嬴折到游野家的时候，就看到游柯小小的一个人坐在院子里看书。

他推开栅栏门过去，游柯抬头冲他笑了一下，问道："你吃

早饭了吗？"

还没等赢折说话，游柯就转身进了屋，然后端出来一个保温桶，手里还提着塑料袋，里面是包子和油条。

"哥哥早上回来的，他买了三个人吃的。"游柯说着，又把勺子递给赢折。

赢折拧开保温桶，看着里面还冒着热气的豆腐脑，拿着勺子就吃起来。

"我哥说你是一个人住，你可以来我家吃饭啊，离得很近，哥哥不在的时候，我也可以给你做的。"游柯眨着大大的眼睛，说得特别认真。

还没等赢折说什么，游柯又补充了一句。

"我哥哥说他挺想和你做朋友的。"

赢折一口呛住，弯身剧烈地咳嗽起来。

游野这人……怎么什么都跟他妹妹说啊！

到商业街的时候，赢折远远地就听到了书店那边人声鼎沸的，相当热闹。他牵起游柯的手，说道："走，找你哥去。"

今天是"爱丽丝、疯帽子和兔子"正式开业，整个书店乃至外面的休息区都装点成魔幻童话风，还有很多活动，都是游野自己策划的。

在被命名为下午茶话会的休息区那里，赢折一眼就看到了那个瘦高的身影，他穿着修身的白色西服西裤，头发被打理好，头上戴着一对兔耳，随着那人俯身和小朋友沟通的动作一抖一抖的。

游野好像感觉到了有人在看自己，偏头过来，露出领口的粉色领结，他笑起来像贵公子一样优雅，又像只兔子一样可爱。

"来啦，"游野迎上来，发现嬴折的目光一直落在自己的兔耳上，有些无奈地抬手摸了摸，"没办法啊，本来是秦哥他们扮兔子的，后来他们感觉另外两套红蓝的更有 CP 感，就把这套给我了。"

"很怪吗？"游野眨眨眼。

嬴折别开脸咳了一声，他感觉自己脸发烫，半天才摇摇头，支支吾吾地说："挺、挺好的。"

"那就好，"游野笑了笑，"你带游柯进去玩吧，我就在这里，一会儿安置好她，你可以过来找我，我给你做喝的。"

嬴折跟游柯一起走进去，就看到穿着有红心图案的服装的店员在家长和孩子之间穿梭着，为客人服务。在二楼 DIY 手工区，还有一个穿着蓝白西服的男人坐在孩子中间，跟孩子们做着互动，旁边吊椅上坐着个戴着高帽子的男人，目光温柔地注视着他们。

游柯挑好了书，在二楼休息区找了小沙发窝进去，然后冲嬴折挥了挥小手，说："你可以去找我哥哥了！"

她说的音量不小，那边戴高帽子的男人看过来，对上嬴折有些局促的目光，笑了一下，嬴折也扯了扯嘴角，转身下了楼。

游野在吧台后面做着饮品，看到嬴折过来，便问道："游柯找到书看了？"

"拿了两本绘本，还有一本故事书，"嬴折点了点头，"在二楼呢。"

"那个戴帽子的是秦哥，跟小孩玩的是边昀，他是我老板的

哥哥，平时他们两个没事干就在店里待着。"游野说着，手上工作不停，很快，一杯飘着奶油的黑巧雪山就做好了。

"你喝什么？"游野看着赢折。

"我……"赢折抬头看了看后面黑板上的菜单，笔迹工整，中间偶尔穿插着花字，这是游野的字，他特别熟悉。

"我焦糖榛子拿铁做得好，你尝尝？"游野笑着，回身拿了一套漂亮的茶具，用毛巾擦干，摆在琉璃台上。

赢折目不转睛地盯着游野，看他纤长的手指动作着，香精加入，在热气腾腾的咖啡里，很快就飘起了榛子的坚果香气。

游野端起杯子拉花，看到赢折死死地盯着自己，笑了一声。

赢折被人发现，有些恼羞成怒："笑什么？你好好做你的！"

游野歪着头无声笑笑，从冰柜里拿出来一块趴着的小熊一样的棉花糖，轻声说："这可是今天最乖的小朋友才有的奖励啊，偷偷给你，你悄悄地喝，别让别人看到。"

小熊落进浮着拉花还有泡沫的咖啡里，相当可爱，赢折把手机伸过去，快速拍了一张，连带着游野漂亮的手也入了镜。

游野为赢折找了一处小沙发，就这样，一个在沙发上坐着，一个在水吧那里做饮品，一抬头就能看到对方。

中午的时候，书店里的人渐渐散去，楼上的那两个人也送孩子们下来，其他店员都去吃饭了，现在就剩他们几个还留在一楼大厅。

"你一直在这儿坐着吗？"游柯也从二楼下来，坐到了赢折身边，仰着头问他。

赢折点了点头。

突然，游柯"呀"了一声，很惊喜地说道："这里正好可以看到我哥哥！"

赢折下意识地挡住游柯，把食指放在嘴边用力地嘘了一声，游柯看到赢折紧张的模样，咯咯咯地笑起来。

"现在孩子怎么都这样？"赢折有些无奈。

"嚯，"薛良进门，就看到游柯和赢折坐在一起笑，惊讶道，"我跟咱们柯柯这么多年的交情了，她都没跟我笑得这么开心过。游野，你有没有危机感？"

游野正擦着操作台，呵了一声。

赢折看了游野一眼，还没来得及收回目光，游野也抬了头。

游野放下手中的活，从吧台出来，抬手摘了兔耳，戴到了游柯头上，而后伏在小沙发后面，问薛良："中午吃什么？"他说话的时候带起的风全都钻进了赢折的衣领里。

"叫外卖吧，"穿着蓝白西服的边昀走过来，指了指旁边戴帽子的秦疏，"这么多人呢，人少点就让秦疏做了。"

秦疏？这名……好耳熟。

赢折偏头看了看身后的游野。

"秦疏，是咱们二中出来的状元，省状元，"游野说道，"是不是觉得名字特耳熟，他人不在二中了，二中却还有他的传说。"

"旁边是边昀，也是二中的。"游野补充道。

中午是在店里点的外卖，吃饭的时候薛良挨着游柯坐，离秦疏、边昀两个人要多远有多远，弄得游野一直在心里骂薛良没出息，等到老板边晚进门，刚打了个招呼，薛良就恨不得找个地方

缩进去。

"他怎么了，怪怪的？"吃过饭，游野打算在小厨房做些蛋挞、曲奇，嬴折跟着他一块过来，有些纳闷薛良的反应。

游野打了几个鸡蛋，把蛋清和蛋黄分开，说道："他喜欢人家边晚，又怕自己配不上人家，然后现在就耗着呢。"

嬴折"哦"了一声。

蛋挞出炉，游野先塞给嬴折一个，看到嬴折一边吃一边点头，他又留出来三个，才把剩下的放进保温箱里。

薛良早早地跑回隔壁文身店了，边晚说自己戒糖呢，游柯咬了一口就把剩下的给了游野，多出来的两个蛋挞都是嬴折的了。

"胃口真好，"游野在嬴折身边坐下，推过来一杯拿铁，"你这么喜欢吃甜的，不怕坏牙？"

嬴折下意识地舔了舔后槽牙："我妈以前爱吃糖，老去补牙，她就从小盯着我少吃糖、好好刷牙，所以，我牙特别好。"

嬴折说着，呲了呲牙。

"小狗似的。"游野笑着撸了一下嬴折的脑袋。

下午，嬴折在书店帮忙给小朋友们分点心、端饮料，沾了一手糖渍，要去员工洗手间洗手的时候，在门口闻到了淡淡的烟味，还听到秦疏和游野说话的声音。

他听到秦疏说："那个嬴折，是你兄弟？"

"不是，"游野话里带笑，听着却是冷冷的语气，"你看我俩像是一路人？"

"我看你挺喜欢他的。"秦疏也笑了一声。

游野半天没说话，嬴折也挪不动步子，他听到游野吸了一口

气，然后轻轻地呼出来："他不是这儿的人，我祸害人家干吗。"

"你现在不想祸害他，"秦疏笑道，"最后谁也跑不掉。"

游野没否认。

嬴折转身就跑掉了。

当天晚上，嬴折躺在床上翻来覆去的睡不着，十分烦躁，他想着几杯拿铁就有这么大的力量吗，能让人睡不着？

还是因为游野的那句"你看我俩像是一路人"而睡不着呢？

嬴折有些愤怒地捶了两下枕头，恨不得拿手机给游野打电话，这都凌晨一点了，自己还睡不着，无论是因为游野做的拿铁还是游野说的话，终归都赖游野！

可嬴折再一想，大半夜的给游野打电话这是什么行为，难道还要特别委屈地跟他说"我睡不着"？

嬴折泄了气，抬手把被子蒙到了头上。

嬴折把自己蒙在被子里，怎么也醒不过来，闹铃已经响过了，紧接着的是嗡嗡的振动。

他手摸着手机，挂了一次又一次。

等到手机终于安静下来，他把手缩回来，左右滚了滚，把被子都裹在身上，歪头继续睡了。

还没等他彻底睡着，就听到屋内一阵声响，然后一只冰凉的手就摸进了他暖烘烘的被窝，搁在了他的胸膛上。

嬴折猛然惊醒，一睁眼，就看到一脸坏笑、目光狡黠的游野，那人的手还留在自己的被窝里！

"游野！"嬴折整个人都被游野弄精神了，气得头发都立起来了。

早上六点多的时候，游野跨在小黄蜂上，给嬴折打电话。

两次都是没人接，后面就是响两声就被挂掉。

游野摸了摸口袋，把小黄蜂停在楼下，上了楼。

他来的次数多了，嬴折干脆给了他一把钥匙，他就直接开了门，公寓里一片静谧，完全没人起来的迹象，那人还在睡。

游野悄悄地推开嬴折的卧室门，大床上，嬴折把自己裹成一个粽子的模样躺着，眼睛紧紧地闭着，死也不睁开的那种。

游野叹了口气，握了握自己常年冰凉的手，不做多想，就顺着被子摸了进去。他没想到，嬴折看着睡衣穿得好好的，其实胸口的扣子都被扯开了，他摸进去，就碰到了嬴折赤着的、滚烫的胸膛。

游野暗暗吸了口气。

紧接着，嬴折就醒了过来。

两个人到学校，毫无意外地迟到了，进了教室，班主任老宋正在讲台上讲课，看他们两个从后门动作熟练、神色坦然地进来，轻轻地咳了一下，又继续讲起来。

"都赖你。"坐到座位上，嬴折没别的话说了，就一直在说赖游野，说自己一整宿都没睡好，就是因为喝他做的咖啡喝多了。

"要不是我，你今天上午的课都得旷了。"游野笑道。

"我在家睡和在这儿睡有区别吗？"嬴折没休息好，两只眼睛红红的，说话声音小，语气幽怨，"睡床和睡桌子的区别吗？"

游野把自己的外套脱下来叠成个枕头，递到嬴折桌面上，道：

"睡吧。"

赢折撇撇嘴，却还是趴在了游野的外套上。

赢折很快就睡了过去。

游野也如他所说的，几节课都在那儿写写画画，整理了一部分笔记出来。

赢折再醒过来的时候，看到桌子上面摆了个保温杯，又看了看旁边还在写着什么的游野，便把保温杯拿了过来。

"头疼不疼？"游野问道。

赢折抿着嘴轻轻摇了摇头，小声嘟囔着："困……"

"喝点热水，"游野说着，抬手探了探赢折的额头，"看你脸都闷红了，跟发烧了似的。"

"哟，赢折这是怎么了？"游野话音刚落，老宋就从后门闪现出来，看到双眼迷离，脸蛋晕红的赢折，关切道，"怎么脸这么红，发烧了？手里拿的啥啊，吃药呢啊？"

"没有，"游野笑起来，又不能说是赢折闷头睡了一上午憋的，"他……就是有点不舒服，没发烧。"

"那就好，"老宋又摸了摸赢折额头，"没发烧就行，高三了，身体才是革命的本钱啊，你看你是不是最近学习压力有点太大了，这次周考进步很大，但你也别太拼命啊，劳逸结合，注意休息，只有把身体顾好了，学习成绩才能上去，知不知道？"他说着，又欣慰地拍了拍赢折肩膀。

游野忍笑忍得好辛苦，等到老宋又去了别的地方，他立马"扑哧"一声笑了出来。

"游野……"赢折端着保温杯，眯着眼睛看游野。

"你这次周考进步真的挺大的，"游野连忙岔开话题，"说明我给你补课还是有效果的对吧，赢同学。"

赢折没说话。

"折哥？"游野又逗他。

赢折放了杯子，把手机掏出来，说道："我给你转钱。"

然后，他抬头问游野："多少？"

游野低头看了一下那个转账界面，笑了一下，伸手摁了赢折手机的电源键。

"干吗？"赢折挑眉。

"我现在不缺钱，先记着吧，"游野顿了顿，目光移开，"而且，我也不是为了钱才给你补习的。"

那是为了什么？赢折一句反问就哽在了喉咙里。

赢折想起来游野在昏黄的楼道里说的那番话，他说他们不一样。

你给我补习，是想送我走吗？赢折咬了咬嘴角，把桌面上被自己睡得发暖的外套抖了抖，塞到了游野怀里。

放学的时候，游野推着电动车走在前面，赢折默默地跟在后面。出了校门，赢折抬头随意瞥了一眼，就看到马路对面有几个混混打扮的人，蹲在那里抽烟。

"游野，"赢折开口，"上次……那事，怎么解决的？"

游野早就看到了对面的那伙人，他推着车子，淡淡开口说道："没解决啊，和你从王贺飞嘴里问出来的一样，李峰那边说是詹伟找人动的手，和他没关系。"

"放屁！"赢折骂道。

南市区屁大点地方，跟着李峰混的都在这边，詹伟自己找的人？扯什么呢。

"真有意思，混得那么牛×的人，有脸为难一个高中生却没脸认？"嬴折虽然没混过社会，但这点路数他还是懂的。

"社会我折哥。"游野回头冲嬴折眨眨眼。

"你别嬉皮笑脸的。"嬴折不爽地瞪回去。

"高三呢，学习最重要，"游野说着，"他们又不会跑，现在找他们算账还耽误自己，大不了就等几个月呗。"

"噢，"嬴折看他，"你真会说话。"

"骂我呢？"游野笑。

"夸你呢。"嬴折回以冷笑。

游野骑上车，长腿支在那里，示意嬴折上来。

嬴折愣了愣，抬手拍拍游野，说道："你下来，让我试试。"

"你会骑电动车吗？"游野配合地下来，把车把递到嬴折手里。

"我五岁就会骑自行车了，我还会滑滑板、开卡丁车，带轱辘的就没有我不会的，我……"嬴折信心满满地坐上去，学着游野的样子轻轻拧了一下车把，然后连人带车就蹿了出去，吓得他一激灵。

好在他很快就刹车了，不然嬴折觉得今天晚上他就要在医院度过了。

游野追上来的时候，嬴折一脸惊魂未定的模样，看得游野又想笑又怕嬴折没面子，只好咬牙忍着。可他喉头轻颤，还是被嬴折敏锐地捕捉到了。

"你笑什么？"嬴折气鼓鼓的，"这是我第一次骑啊，我哪知道……我哪知道一拧把就飞啊！"

嬴折说完依然凶凶地盯着游野。

游野看嬴折气呼呼的可爱样子，抬手揉揉嬴折的头，说道："呼噜呼噜毛，吓不着……"

"你——"嬴折气得说不出话来。

"好啦，"游野捏了捏嬴折的耳朵，"下来吧，我带你回家了，回头找个车少的地方再教你骑电动车。"

嬴折这才下来。

不知道为什么，每次游野这样温柔地哄他的时候，他听得很安心，再大的脾气都没有了。

"晚上想吃什么？"游野问道。

"你做吗？"嬴折坐在电动车的后座，闷声道。

游野失笑："不然呢，你做吗，黑暗料理金牌厨师？"

"明明这么帅的男的却长了张臭嘴……"嬴折小声吐槽一句。

上次嬴折要炒个土豆丝，先是削皮的时候把自己的手也划了一道，再是切土豆时，满菜板地追着土豆砍，食材下锅后，酱油放多了，最后盛出来的都是黑色的半生不熟的土豆块。

"宫保鸡丁，金针菇肥牛，可乐鸡翅……"嬴折报着菜名。

"都是荤的？"游野说。

"金针菇不是素菜吗？"嬴折反驳道。

"再点个绿色的带叶子的菜吧，折哥。"游野笑道。

嬴折想了想，说道："香菇油菜。"

"行，那你从我兜里拿下手机，跟游柯说让她把米饭闷上……"他话音未落，嬴折的手就不知深浅地掏进了游野的裤兜。

"摸哪儿呢。"游野无奈道。

嬴折也意识到了，迅速地把手机拿出来，磕磕巴巴地问道："密、密码！"

"游柯生日，"游野说道，"0927。"

嬴折也记得这天，那个他擅自去接游野的妹妹，然后两个人勉强算是成为朋友的一天。

最后，嬴折都没有把游野的手机再塞回去，而是拿了一路，等下车的时候，就对上游野的笑脸。他把手机抛到那人怀里，转身就进了小平房，游野则跟在后面。

游柯跪坐在沙发上，先是看着嬴折快步走进来，后面是忍着笑的哥哥，有些好奇地问："他怎么啦？"

游野过来，看着嬴折进了自己的房间，笑了一声。

"没事，跟我闹别扭呢。"

"今天怎么样，上课能跟上了吗？"

晚上，嬴折坐在游野家的小院里，跟游野打着电话。

游野去海边拍片子了，他说这是他早早就签了的单子，不能不去，因为有点远，每天来回不方便，他就把游柯拜托给了嬴折照顾，让嬴折去他们家住几天。

嬴折还问怎么不找薛良、赵肆他们，游野笑了笑，回道："因为游柯喜欢你呀。"

嬴折来了后才发现，根本不是自己照顾游柯，而是柯姐照顾自己。

每天早上都是游柯把他叫醒的，起来就有早饭吃，晚上回家时，游柯也把饭做好了。

嬴折觉得这样不行，挣扎过两次想早起给游柯买早点，均以失败告终，可能自己的闹钟跟人家的闹钟不一样吧。

后来，嬴折也从游野那里问了游柯的喜好，放学回去的时候总是带一些游柯喜欢的零食回去。

听着游野的声音，嬴折吸了吸鼻子，他一直想问游野是不是和陆离一起去的，最后还是憋了回去。

"怎么，感冒了？"听到电话里的动静，游野问道。

"没有，"嬴折仰头望着阴沉沉的夜空，"我在外面坐着呢，可能是有点冷。"

"赶紧回屋，"游野说道，"在外面坐着干吗？这两天天气不好又很冷，你跟游柯都多穿一点。"

"好。"嬴折嘟囔道。

"听话，"游野低声说着，"明天周末，要出去玩吗？"

游野不说，嬴折都想不起明天就周末了，他可以带游柯出去玩啊！

"行了，我不跟你说了。"嬴折立马想挂电话。

"怎么？"游野有些意外。

"我去问问游柯想去哪儿玩，"嬴折酷酷地说道，"没空理你了。"

游野在那边低笑半天后，说道："那臣就退下了。"

听到电话里传来的忙音，游野才从沙发上起身，一转身就看到了站在房间门口一脸幽怨的陆离。

"有事？"游野从旁边拿了根烟，拿在手上，没有点。

陆离走过来，把游野手里那根烟拿过来，叼在嘴里点上，眼睛被烟雾熏得瞬间红了。陆离不怎么抽烟，吸了一口就呛得咳起来。

游野冷眼看着，然后把那根烟扔进了垃圾桶，又把桌子上杯子里的水倒了进去。

"游野，你和那个小孩……"陆离咳得脸都红了，眼里也有泪，他仰起头，盯着游野。

"没有。"游野摇摇头。

"你刚才是在和他打电话对不对？"陆离一开始只是听到了两句，后来听到游野轻声哄劝着什么，他的脚就彻底迈不开了。

"不是……"陆离轻轻摇了摇头，"你变了，你以前说过只有我一个兄弟的。"

游野微微怔了一下，呵了一声："我就只想挣钱养游柯，顾不上和谁称兄道弟。"

赢折躺在游野的床上，翘着二郎腿，一边用平板跟张千语视频，一边拿手机搜好玩的地方。

"图书馆啊……之前去过了，换一个，"赢折再次找到了自己的参谋，问她小女孩喜好的问题，"你能不能想个有创意一点的，就别什么游乐园、电影院的，跟约会似的，真俗。"

"你……"张千语一口气差点没上来，今天在店里忙得要死，忙完回来还得受赢折的气，"我哪知道现在小女孩都喜欢什么啊，我七八岁的时候在满小区追着臭小子打好不好！"

"你干吗对人家小姑娘那么好啊，有什么企图啊？"张千语斜睨他，"有病早治！"

嬴折"啧"了一声。

张千语想了想，说："要不你带她去猫咖吧，就是那种装修得跟咖啡馆差不多，里面有沙发、有喝的，然后还有好多猫。你搜搜，你们那边肯定有，这个现在可火了。"

"嗯，这个可以。"嬴折点了点头。

他记得游野提过游柯喜欢小动物，有时在路边遇到卖小动物的摊子，她都能蹲在旁边看半天，但她没想着养。

"我和哥哥都要上学，不能陪着它。"游柯以前是这么说的。

嬴折在网上找到了一家评分特别高的猫咖，嬴折满意地截图了地址，给游野发过去了，得意地说："我明天带游柯去撸猫！"

游野很快回过来："好。"

嬴折也没注意到游野有什么不对劲，噼里啪啦打了一堆话过去，说了一些关于这两天学了点什么，卷子做了多少，明天带游柯去吃什么之类的话。

他自己一个人说了半天，最后游野就回了一句："早点睡吧。"

嬴折看着，眉头微微皱起。

一会儿，手机又响了一下。

游野："衣柜下面还有一床被子，晚上冷的话就拿出来盖。"

然后又响了两声。

游野："明天早点起，别睡到中午。"

游野："晚安 [月亮]。"

嬴折这才满意地回了个"晚安"过去，然后把被子从身下扯出来，钻了进去。

床单被罩白天在院子里晒过，现在还有太阳的味道，睡着很暖和，赢折蹭了蹭，然后摁熄了床头灯。

第二天，赢折不负众望的九点多就从床上爬了起来，顶着一头鸡窝，穿过客厅到院子里洗脸，水凉得不像话，让他一下子就清醒了。

他进屋时，游柯就从房间里出来了。

"哥哥说你今天要带我出去玩？"游柯问他。

"对啊，"赢折在心里骂了游野一句，一点惊喜都没有了，"你早上做饭了吗？"

"没有。"游柯摇摇头，小朋友今天不想做饭了，想出去玩。

赢折点点头，抬手揉了揉游柯的头，说："你等我换个衣服，咱俩今天都在外面解决。"

下午的时候，赢折带着游柯来到了这家猫咖，店主是个小姐姐，一看到有小妹妹进来立马热情地迎上来，一边问游柯多大了，一边帮她消毒。

这家猫咖不算大，里面摆了六套沙发，桌子上、沙发上、猫爬架，还有书架上，都有毛绒绒的一团窝在那里。

赢折终于在这里看到了游柯作为一个七八岁小女孩该有的样子，她靠近一只胖胖的布偶，看了半天才伸手去摸，那只布偶眯了眯眼，就朝游柯怀里拱过去。

游柯惊喜地回头看赢折。

赢折冲她点点头："好好玩吧。"

　　他在吧台点了两杯气泡水，又要了两份蛋黄布丁，找了个位置坐下，很快，那只布偶就被游柯抱过来了。

　　嬴折坐了一会儿，感觉大腿突然一暖，低头一看，腿上窝了一只橘猫，整个缩在嬴折腿上打瞌睡。

　　嬴折也没动，拿手机给游柯拍了好多她抱着猫和猫玩的照片给游野发了过去。

　　店里还有几只小泰迪，黑黢黢的一小团，欺负嬴折坐在那里不怎么动，都趴到嬴折的鞋上待着，嬴折哭笑不得，又拿手机拍了腿上的橘猫，还有脚上的泰迪。

　　过了一会儿，游野回了消息，问怎么没有折哥的照片。

　　嬴折就给他发了张。

　　半天，游野回道："好腿。"

　　游柯后来玩累了，回来坐下，把布丁吃了，又喝了半杯水，两个人在猫咖坐了好久。

　　"累不累？"嬴折看她脸上因为兴奋粉扑扑的，笑了笑，不知道为什么，他啥也没干，头就有点晕。

　　"还好。"游柯说道。

　　这家猫咖还有个露台，嬴折坐得都困了，想出去走动走动，他跟游柯指了指外边，说自己就在那儿，有事叫他，然后就走了出去。

　　嬴折出来之后吹了吹风，头开始有些晕，而且他感觉今天穿的这件衣服也不舒服，身上总是痒痒的，特别是脖子那里痒得厉害，嬴折就使劲地挠了两下。

　　"你怎么啦？"游柯抱着猫出来，看嬴折一直在挠脖子。

"没……咳……"嬴折转身捂嘴打了个喷嚏，又开始咳嗽。

"没事，可能有人骂我呢。"嬴折笑了笑。

游柯有些不放心地问："你是不是感冒了？昨天你在院子里坐了挺久的，别在外面了，我们进去吧，晚上回家我给你冲药。"

嬴折揉了揉游柯的头发，说："你怎么跟你哥哥一样都这么喜欢照顾人啊。"

游柯冲他笑了一下。

进了屋之后，嬴折感觉更不舒服了，他说不上是什么感觉，去卫生间洗脸的时候才发现自己脖子被挠得通红一大片，还有零星的红色小点。

他出来，迎面遇上店长姐姐，把人家吓了一跳："呀，你这是怎么了？"

"不知道，"嬴折怕游柯发现，轻轻摇了摇头，"应该没事。"

"你过敏了吧，"小姐姐皱着眉头，"都起红疹子了，别挠了。"

"过敏？"嬴折愣了愣，他从小到大都没什么过敏的东西，"我不过敏啊。"

"你去医院看看吧，过敏不是小事。"小姐姐严肃道。

嬴折想了想也有道理。他走到沙发那里时，正好游柯把气泡水喝完，游柯站起来问他是不是要回家，嬴折捂着脖子点了点头。

跟游柯一块回了家，嬴折陪她等外卖送来，才说有事要出去一下。

他打车去了医院，还没等到门诊叫号，就越发觉得胸闷，有些喘不过气来，脑袋里嗡嗡的，走路也都是轻飘飘的。

这时，正好迎面过来个医生，见这情形便让嬴折赶紧去急诊

科看看。

赢折到了急诊科，医生问他有对什么过敏没有时，他已经没什么力气了，只迷迷糊糊地听那医生说是过敏性哮喘，然后就让护士带他去了留观室。

护士姐姐先是给赢折吸上了氧，又给他静脉注射，最后还挂上了水。

他在那里面躺着，也不知道过了多久才缓过来，抬头看了看那输液瓶里面还有半瓶药水。

游野接到游柯的电话时正在跟摄影棚的人一块在海边吃饭，听游柯说赢折有些不对，一直在咳嗽，脖子红红的一片，刚才还自己打车走了后，他立马扔了手里的碗筷，请求摄影组的一位大哥送自己回市区。

游野打电话给赢折的时候，赢折正在门诊排队挂号。

"你在哪儿呢？"游野有点着急。

赢折说了自己在哪家医院后，电话就挂断了，再打就没人接了。游野急得只能去急诊科打听，一推开留观室的门，就看到赢折靠在床头，旁边挂着输液瓶。

赢折看游野风尘仆仆地进来，愣了愣，问道："你怎么回来了？"

"你都把自己折腾进医院了我还不回来？"游野喘着气，说话有些急。

赢折没想到游野会回来，他以为游野打电话来问是想让薛良他们过来看看，没想到游野会自己回来，那个摄影工作那么重要……

嬴折抿着嘴，没说话，眼睛也看向一边。

游野以为是自己态度有些不好，叹了口气，过来坐到嬴折身边，看了看他输液的手，低声说："游柯说你一直在咳嗽，脸色不好，脖子也是红的，然后就自己走了，你让我怎么放心啊。"

"我没事……"嬴折觉得自己耽误了游野工作，情绪也很低落。

"我的部分前几天加班加点的拍得差不多了，要是再有需要，我再去补吧，"游野说着，又凑过来看了看嬴折的脖子，"嗯，看着不是很红了，主要是你挠成这样的吧？"

游野说话时温热的气息铺在嬴折敏感的肌肤上，让他缩了缩脖子，可他也退不到哪里去，只能被游野控制在很近很近的距离里，感受着对方的呼吸。

等他们从医院出来的时候，已经是晚上九点多了，嬴折还没吃东西，胃里一阵一阵地泛着恶心。

游野回头看他，把自己外套脱下来递给他，说道："穿上。"

嬴折没推托，默默地穿上之后，游野还抬手给他拉了拉衣领。

路灯下，嬴折看清了游野今天穿的是绸缎面的花袖衬衫，领口开得很低，能看到他的胸膛。

游野脸上还带着妆，头发绑在脑后，再加上他本来就眉眼深邃，鼻梁高挺，神情忧郁时，就像欧洲贵族的小王子一样。

"看什么呢，嗯？"游野看着嬴折的眼睛。

"没、没什么。"嬴折慌忙错开目光。

只有嬴折自己知道，见到游野推门进来的那一瞬间，他有多

开心。

"走吧，饿不饿？带你去吃饭。"游野问道。

赢折点点头，跟在后面。

上了出租车，游野把自己手机递过来，赢折抬头看他。

"给游柯打个电话，告诉她你没事了，要不她会担心的。"游野解释道。

赢折拨过去，游柯很快就接了，开口就问："哥哥，赢折有没有事？"

"我没有事，我没有事。"赢折立马说道。

游柯听出是赢折的声音，语气平缓许多："你没事就行。"

"没事的，别担心……"赢折不知道该说些什么。

游野把电话接过来，语气柔和地说："赢折没事了，你把门锁好，早点睡觉吧，明天中午我们一起吃饭。"

"她就是很敏感。"游野挂了电话，偏头和赢折说了一句。

"挺好的，真的，"赢折看着两边不断掠过的景物，语气发涩，"总比我一个人要好。"

半天，他听到游野开口。

"你不是一个人，你有我，有游柯，"游野在昏暗的车里看向赢折，眼里泛着光，"你不是一个人。"

很久之后，赢折轻轻地应了一声。

两个人找了家餐馆，游野说这家餐馆晚上九点多钟才开始营业，他们进去的时候，应该是刚开餐，人还很少。

游野没拿菜单，跟老板说了两句，然后就带着赢折找了个位置坐下。

这会儿人少，菜上得快。

第一道，清炒西芹。

赢折看着，面无表情。

第二道，蒜蓉西蓝花。

赢折扯扯嘴角。

第三道，干煸豆角，还没放辣椒。

赢折瞪着游野。

游野正一脸无事发生的模样在拆餐具，感觉到一股腾腾杀气，他抬头，看到赢折的样子笑了，问道："怎么了？"

"你说怎么了？"赢折翻了个白眼，"我要吃肉。"

"过敏这么严重了你还要吃肉？"游野失笑，"我问了医生了，你这是对猫毛过敏，引发了过敏性哮喘，你这几天注意下饮食吧，吃点清淡的。"

"……我以前不知道我有这病。"赢折说道。

"要是你明知道还带游柯去猫咖那你就是有点傻了，"游野有些无奈地扬扬眉毛，递给赢折筷子，"尝尝吧，他们家菜很好吃的，再说，我还点了瘦肉粥，是有肉的。"

过了一会儿，赢折捧着粥碗，委屈地说："鸡肉不算肉！"

游野等赢折喝完把空碗接过来，又盛了一碗给他："回头补偿你。"

吃过了饭，两个人回了赢折那里，游野进门开了灯，环顾屋子，又回头意味深长地看了赢折一眼。

赢折也学会了装傻，迅速地把门口那几双脏鞋都塞进鞋柜，然后就大大咧咧地进屋了。

"我发现这屋子不管我给你收拾成什么样，你都有能力把它恢复到最开始的模样。"游野感慨道。

"这两天在你家住的，不然还能更乱。"赢折吃饱喝足了，有精神对付游野了。

游野白了赢折一眼。

"除非我以后就在你家一直住着，或者你来我这儿天天给我收拾屋子。"赢折摊摊手，一副"这么乱我也很无奈"的样子。

看赢折来了精神，游野也有了逗人的兴致，毕竟今天是赢折把自己招回来的，坐了那么久的车，有点累，要讨点赏。

"跟你算算账啊，"游野笑了笑，"我在你这儿又给你补习又给你做饭收拾屋子，当了家教还当家政，你该怎么回报我呢？"

"你要多少钱。"赢折干巴巴地问道。

游野一阵低笑："我不要钱……"

"欠着吧。"

等游野进了浴室，赢折拿手机给张千语打了视频。

"干吗？"那边立马就接起来，声音懒洋洋的。

"找你算账来了，"赢折冷笑着，"我对猫毛过敏，从猫咖回来就进医院了。"

"啥，还有猫毛过敏？"张千语觉得赢折在欺负自己没文化。

赢折懒得跟她废话，直接问她："问你个事啊，如果有个人，他在做一件……挺重要的事，然后知道我去医院了，他就赶回来看我，这是……"

"这是什么神仙友情啊。"张千语酸酸地说道。

"可是他明确说过我俩不是一路人啊……"嬴折喃喃道。

张千语愣了愣："大哥，我以为你这是个假设，如果是真的，可又为什么会发生在你一男的身上呢？"

"他是我的好朋友。"嬴折说道。

张千语瞪大了眼睛："这么好的朋友怎么我没遇到过？"

"我没……我也不知道！"嬴折气急败坏道。

张千语难得安静地听嬴折大概形容了一下，然后以她同样母胎单身的高贵身份下了定论："我觉得他应该就是想和你交朋友。"

"那我呢？"嬴折有些苦恼。

"你？"张千语冷眼看着他，"你觉得你要不是喜欢他会跟我说这些吗？就你这脾气，你对于你不喜欢的人，尤其还是男的，你会让他靠近你身？？"

游野从浴室出来，路过嬴折房间门口，看嬴折衣服都没换就躺在床上睡着了，手边的手机屏幕还亮着。

他动作轻缓地走过去，先是把嬴折的手机关了放到床头柜上，又把被子扯过来给嬴折盖好。

他关了灯，把门拉上。

"晚安。"

第二天早上，楼下坐在明晃晃的小电动上晃着一双大长腿，正在低头玩手机的游野，听到嬴折出楼道的动静，抬头冲他笑。

"早啊。"

"早。"

　　嬴折走过去，才发现游野今天穿了校服，深蓝色的运动裤还有蓝白的外套，拉链拉到顶把领子翻下来。

　　人长得帅，能把校服都提一个档次。

　　"你今天怎么穿这么全？"嬴折顺着游野手指的方向拿了豆浆，然后坐到后座上，"有活动？"

　　"嗯，今天高二清北班开班仪式，我要去发言。"游野说着，拧了车把。

　　"清北班？"嬴折叼着吸管，"听着就挺厉害。"

　　"嗯，不过和我没什么关系。"游野道。

　　大课间的时候，游野准备去阶梯教室，临走前给嬴折留了两张卷子，说有空闲的时间就做卷子。

　　游野到阶梯教室的时候，门口站了一堆老师，游野认出来里面有校长，还有年级主任们，一些高二的老师不熟。

　　只听老校长吆喝一声："游野来啦！"

　　大家都纷纷看过来。

　　老校长声音刚落，旁边就有几个老师脸上露出了不屑的表情，游野一点都不在意，就凭他混日子的学习态度和第一名的学习成绩，有人看不顺眼是很正常的，不必计较。

　　老校长过来拍了拍游野的肩膀，说："嗯，今天穿校服了，真精神！"

　　游野笑着跟老校长打了招呼。

　　老校长原先和游野的奶奶在同一所附中教书，奶奶退休后，老校长又被返聘回二中，他们几十年的情谊了，游野也算是老校长看着长大的。

"演讲稿都准备好啦？"老校长笑眯眯的。

"记这儿了。"游野指了指自己的头。

老校长哈哈笑了两声："行，一会儿好好说给高二那帮小崽子听听，你把话说狠一点，高考再把成绩考好一点，让他们看看咱们二中也有个神级人物！"

"哎，好嘞。"游野点点头。

开班仪式后就是重点班的老师进行的每天两个小时的分科授课，主要是把历年各大名校的难题拿出来练习，游野留在那里也做了一份。

"同学，带多余的笔了吗？"游野拿着卷子随便找了个地方坐下，问旁边的高二男生，一抬头，感觉那人有点眼熟。

"有的，"那个男生冲游野笑了一下，直接把自己手上的笔递给了游野，"学长先用这支吧。"

"谢谢。"游野接过。

那男生又从旁边拿了一支笔出来，歪头看了看游野，说道："学长刚才讲得很好，很振奋人心。"

游野点了点头。

他知道自己为什么看这个男生眼熟了，因为这人跟赢折长得有点像，可能是气质差别太大的原因，不仔细看还看不出来。

"我叫赢骐，高二1班的。"赢骐报了名字。游野终于坐直了身子正视他了。

"我是赢折的弟弟，学长，你和他是好朋友吗？"赢骐笑得人畜无害，眼里却闪着精光。

"没听赢折说过你。"游野勾了勾嘴角，手下利落地填上了

一道选择题。

"我以为像学长这样的人，是不会和嬴折那样的人走得近的。"嬴骐轻声说道。

游野半天没说话，手下飞快地算着题，很快就写完了半面试卷。他放下笔，扭过身子来对着嬴骐，看着他比嬴折还要漂亮许多的脸，笑了一声，凑近了些，在嬴骐耳边低声道："你觉得我是什么人？"

"很优秀，很有实力……"嬴骐自以为从容自然的回答被游野抬手制止，他看到游野眯起眼睛，嘴角笑容渐渐消失。

"嬴折，是特别好的人，我不知道你所谓的'那样的人'是指什么，和我也没关系，"游野把笔推到嬴骐那边，"至于我，也和你说的那几个词没什么关系。"

"嬴折虽然没和我说过太多，但我知道他给你们留过一句话，'当他死了'，对吧？"游野站起身，抬手扶住嬴骐肩膀，俯身在他耳边小声道，"麻烦你就当他真的不存在过就好了，别拿什么哥哥弟弟这样的词出来恶心人。"

游野说完，便向门口走去，在门口和老校长打了招呼后，就离开了。

嬴骐的手紧紧地攥着，旁边不明所以的同学凑过来，一脸兴奋地问："哎哎哎，嬴骐，学长和你说什么了，他是不是认识你，知道你是咱们年级的前三名啊？"

嬴骐抿着嘴，没说话。

教室里是自习课，嬴折正一边敷衍地听着张千语发牢骚抱怨最近生意不好，一边做着游野给他安排的卷子。

"咳。"身后突然传来一声咳嗽，赢折吓了一跳，手里的手机没抓住，一下子掉了出去，他刚要接，就看到自己的手机被人先一步捞进了手里。

"没收了，"游野笑着把赢折的手机揣进自己的裤兜里，"什么时候做完，就什么时候还给你。"

赢折玩手机被抓，自知理亏，悻悻地转回身子。

"我刚才看到赢骐了。"游野坐下，把刚才在阶梯教室的事说了一遍。

赢折呵呵两声："他们一家人都有病。"

"我倒觉得，他还挺可怜的，"游野笑笑，"他从小就知道有你这么个哥哥，并致力于让自己比你强。如果你很优秀，那就越能激发他的斗志，可现在发现你并不像他以为的那样，反而让他质疑自己这些年都在做什么。"

"真好奇他到底受了什么教育，能让他臆想的能量这么大，"游野看着赢折，莞尔一笑，"也庆幸你没和他在一个环境里长大。"

赢折抬头看了游野一眼，又匆匆挪开目光："你别跟我说话了，让我专心做题。"

"好好好，"游野抬手表示自己打扰了，"你做吧，不会的跳过，一会儿我一块给你讲。"

放学的时候，游野才把手机还给赢折，赢折点开微信，张千语发来了三十多条消息。

赢折刚回过去一条"我刚下课"，张千语的电话就打过来了。

"赢折，你猜我刚才看到了什么！"

还没等嬴折猜，张千语就开始说起来："你们那儿不是有个游乐场嘛，我刚刷微博，说那个游乐场从现在到十一月份都有夜场活动，万圣节狂欢夜的时候还会有几个主题鬼屋，里面还有闹鬼的区域，反正我最近也不忙，我过去找你玩吧！"

"哦，你来可以，"嬴折听到鬼字就拒绝道，"但我不会去那里的。"

"哎呀，你还有心理阴影啊？"张千语叫道。

初中的时候，嬴折、张千语他们一共五个人，一块儿去了一家靠布置道具和灯光音效营造恐怖气氛的相当简陋的鬼屋，他们五个人排队进去，张千语在前面，最后一个是嬴折。

也不知道是嬴折太高了的缘故还是有点背，他好好的走着，突然就飞来一个冰凉的物件贴到了他的脸上，前面几个人就听到嬴折传来一声惨叫。

等嬴折惊魂未定地抬起头，正好对上那张惨白的道具脸皮。

又是一声惨叫。

后来嬴折再也不去鬼屋了，密室逃脱也不去。张千语还知道嬴折因为那一次鬼屋的经历让他拒绝坐电梯两个月，嬴折家住在十几楼，嬴折每天走楼梯。

一个十分敷衍、十分 low 的鬼屋都能把初中那会儿个头有一米八的嬴折吓成那样，更别提游乐场精心准备的万圣节活动了。

看到嬴折脸色不好，游野问道："怎么了？"

"啊！我听到有人说话了，"张千语在电话里听到了游野的声音，有些激动，"是不是你说的那个小哥哥啊，我想跟他打个招呼！"

"我朋友，打个招呼？"嬴折看到游野笑着点头，把手机开了免提。

"你好，我是游野。"游野先自我介绍道。

"我知道，嬴折和我说过你，"张千语对游野低沉又酥的声音完全没有抵抗力，"我是张千语！"

"那个，嬴折，我没和你开玩笑，我过两天真来找你玩！"张千语说道。

"嗯，知道了。"嬴折冷着脸，把手机都交给了游野。

游野无奈地举着手机，回道："欢迎你来玩。"

"好呀，对啦游野，"张千语嘿嘿笑了两声，"你们那儿的游乐场最近有万圣节的夜场活动，要不要一起去玩啊！"

"可以啊。"游野随口应着，抬头就对上嬴折杀人一般的目光。

"太好啦，嬴折还不想去呢，他就是活得跟个老年人似的，我们得多让他出来走走！"张千语欢呼一声，强调了一下她要去订票了，然后就挂了电话。

"什么万圣节活动啊……"游野拿出手机搜了一下。

"三大主题鬼屋，六大鬼域，死亡修女，诡异兔子，丧尸齐舞……感觉挺有意思的啊，可以叫上薛良他们一块去玩。"游野和嬴折说道。

"我不。"嬴折咬着牙。

"怎么了？"游野看嬴折一个人在前面走得飞快，快步追上去，拉住嬴折。

"你看看，这儿还有个宣传视频呢……"游野说着，把手机放到嬴折眼前，点开视频，还没等嬴折反应过来，漆黑一片的屏

幕里突然闪出来一个面目狰狞的女鬼。

嬴折猛地一颤。

"折哥。"游野凑过来问，"你怕鬼啊？"

这周末是学考，高二高三沾了光，早早地就放了学，游野让嬴折帮他接下游柯。

小学的门口熙熙攘攘、热闹非凡，一会儿听到了下课的铃声，然后就看到学生以班级为单位排着队，有的唱着歌，有的背着古诗，浩浩荡荡地从学校里面走出来。

嬴折站在天桥上，一眼就看到了游柯。

他走过去把游柯的书包接过来，一手拉着她，一手给游野发微信说接到游柯了。

"你哥干吗呢，半天也不回信息。"嬴折"啧"了一声，把半天都没动静的手机塞回兜里。

"今天是奶奶的生日，他应该是去看奶奶了。"游柯解释道。

"他……"嬴折本来想问"他怎么也不说一声就自己一个人去了"，想了想后，又把话咽了回去。

"每年哥哥都是自己去的，他都没有带我去过，"游柯拉了拉嬴折的手，"他只去那儿待一会儿，回来会带我去吃好吃的。"

"我们没事的。"游柯捏了捏嬴折的手指。

一瞬间，嬴折觉得自己鼻头发酸，不知道是因为被小妹妹安慰了，还是因为心疼。

游野和游柯兄妹俩，温暖嬴折心里最荒凉的地方。

"哎呀，我又来看你了……"

游野还没转到奶奶墓前，就听到静谧的墓园里响起一个苍老的声音，是老校长。

"嗨，这一年一年的，过得真快，一转眼啊，游野都该考大学了！"游野看到老校长穿着褐色的小棉袄，盘腿坐在墓碑前，跟奶奶说着话。

"我还记得啊，那会儿的游野还只有柯柯这么大，在咱们学校里到处跑，拿本书卷着当成话筒，逮人就说要采访人家，学电视上学得像模像样的。噢对了，他有次还问我为什么不跟你结婚呢！"老校长说到这儿，一拍大腿，哈哈笑起来，笑着笑着，身子开始微微发颤。

"那时候你就查出病来了吧？我问你你什么也不说，我都把户口本递你跟前了你也不答应，"老校长低低地哭泣着，咬着牙，紧紧地闭上了眼，过了很久才叹了口气说，"婉书啊，你怎么那么糊涂啊……"

"嗨，今天你过生日呢，我这是干吗呢……"老校长抹了把脸，抬起头来，"说点让你高兴的吧，你家游野现在长得又高又帅，模样可好了，不过有没有女朋友我可不知道啊，柯柯也长高了不少，在班里成绩也好，这兄妹俩……"

过了很久，游野才走过去，弯身扶住老校长，说道："爷爷，起来吧，地上太凉了。"

老校长抬头，看见游野，微怔了一下，随即又点点头，用力握着游野的手，站了起来。

"我带着垫子呢，"老校长弯腰把地上的垫子捡起来，"现

在坐久了也不行了，是老了……"

游野没说话。

老校长好像看出了什么一样，微微笑了笑，抬手揉揉游野的脑袋，说："都长这么高了，我都快够不到你了……"

"谢谢您……"游野低着头，哑着嗓子说道。

"嗨，谢什么，"老校长摆摆手，"我平时也没个说话的人，我乐意来这儿陪你奶奶说会话！"

游野张了张嘴，被老校长止住了："行了，我走了，你跟你奶奶说会儿话吧，早点回去啊。"

游野目送着老校长提着塑料袋晃晃悠悠地离开，揉了揉眼睛，强挤出个笑容，到了奶奶跟前。

"奶奶，生日快乐啊。"他说道。

那天，游野回去得很晚，进屋的时候，看到都洗漱完毕了的赢折和游柯两个人盘腿坐在沙发上打扑克，听到动静，两个人都回头看过来。

"游野，管管你妹妹，都赢了我七块钱了！"赢折点开手机，让游野看自己给游柯的转账记录。

"玩什么呢？"游野走过来问。

"憋七，抽对，钓鱼，都玩。"游柯说道。

"噢……"游野站在沙发后面，摸了摸下巴，抬手从赢折的牌里抽出一张，扔出来。

"哎你！"赢折刚要说他，就看到游柯扣了一张牌，便收了声，小声嘟囔一句，"谁用你帮我……"

"我洗澡去了。"游野又揉了揉妹妹蓬松的短发，转身去了浴室。

等游野再出来的时候，游柯已经回房间睡觉了。嬴折穿着游野的睡衣，蜷在沙发上玩手机。

游野到他身边坐下。嬴折感觉到自己肩膀上落了个沉沉的脑袋。

"累了？"嬴折往后坐了坐，让游野靠着他。

"有点……"游野出了口气，"可能是今天想的有点多了。"

"想什么？"嬴折歪头，对上游野泛着水光的眼睛。

游野讲了老校长和奶奶的事，说完，有些涩涩地开口："你说，他一个人，这么多年是怎么过来的啊？"

"不知道，"嬴折闭了闭眼，"我是真不知道，可他们还是一个人挺过了那么久，你看我妈……"

他有些嘲讽地低笑一声："嘿，要是她知道我爸现在这么个德行，估计能半夜去撕了他们。"

"我们不会一个人的。"半晌，游野轻轻地开口。

嬴折看着游野，暗淡的光线里，游野的眼睛特别亮，嬴折看了好久，强迫自己挪开目光，抬手用力地搓了搓脸，说："跟你说了这么久的话，我都不困了！"

"不困？"游野弯了弯唇，扯过旁边的书包，"《天利三十八套》《五年模拟三年高考》《高考必刷题》《小题狂做》……"

游野话还没说完，就被嬴折起身把书包抢了去。

"闭嘴。"嬴折凶道。

"折哥好凶啊。"游野看着嬴折，身子往后靠了靠，"你现在这样，特别像个欺负苦命人的臭流氓。"

　　赢折被气得把头扭向一边，过了一会儿突然肩膀一沉，游野把头靠了过来。

　　"谢了，赢折。"

第五章

你哪条路的啊朋友

　　张千语这个雷厉风行的劲赢折是真的佩服，前两天说要来找他玩，周末就背着个小包过来了，出了出站口，一见到一起过来接她的游柯就"呀"了一声："好酷的小妹妹呀！"

　　张千语和游柯打过招呼以后，抬头看了看游野，又看了眼赢折，笑了一声："你朋友比照片上好看。"

　　赢折正看别处，听这话"啧"了一声，瞪了张千语一眼。

　　回去的路上，游野开着赵肆的那辆骚包的红色越野车，趁着红灯的工夫，凑过去跟坐在副驾驶的赢折小声说道："你还把我的照片给你朋友看过？"

嬴折小声嘟囔道："是她自己吵着要看帅哥……"

"噢，是这样啊。"游野呵了一声，若有所思地点点头。

尽管嬴折百般不愿意去那个游乐园的万圣节惊魂夜，在看到张千语特别期待的眼神的时候他还是不愿意，但是一扭头又看到游柯也在看自己，嬴折只好咬了咬牙，说道："走。"

他们到的时候，赶上了游乐园的下午场，从激流勇进、镜子迷宫出来，张千语抬头就看到了那个空中秋千一样的飞天扫帚，拉着游柯就过去排队了。

嬴折落了一步，只能跟游野一起坐。

虽然跟普通的秋千差别很大，但两个长腿帅哥一块坐在上面还是很吸睛。

嬴折有些不耐烦地接受着周围投来的目光，突然看到张千语和游柯在他们前面回头看他们。

转椅渐渐升高，然后开始转得飞快，嬴折感觉自己已经失去脖子以下的部位了。

游野偏头就看到嬴折面如死灰，叹了口气，伸手过来握住了嬴折死死扣在安全杠上的手。

嬴折的手头一次这么凉。

"害怕了？"空中因为旋转带出来的风让游野的声音变得特别缥缈。

嬴折红着眼握住游野的手，紧咬着嘴唇没说话。

全程嬴折都是僵着身子，只有被游野握着的手是有感觉的，暖和又很踏实。

飞天扫帚慢慢降落下来的时候，嬴折还是不说话，游野想逗他，伸手揪了揪他的胳膊，问道："想什么呢？结束了。"

赢折牙咬得咯咯作响，缓缓地把头转向游野那边，说："我在想一会儿怎么才能让张千语死得痛快一点。"

他嘴上这么说，事实上他并没有这个机会。

等张千语拉着游柯从座椅上下来，生龙活虎地朝他们跑过来的时候，赢折却双腿发软，一个不稳就扑进游野怀里了。

"干吗呢你们？"张千语立马捂住游柯的眼睛，惊讶道，"小孩子还在这儿呢！"

"我们什么都没干！"赢折拽着游野站直身子后，指着张千语捂着游柯眼睛的手，"你给我把手撒开！"

他们玩了几个项目后，就去游乐园里的麦叔叔吃东西。

赢折飞天扫帚的劲还没缓过来，脚底依然发虚，什么也吃不下，只要了杯草莓圣代边走边吃。

这时候天开始黑了，游乐园里的人渐渐多起来了，路边有给人化鬼妆的小亭子，张千语在征得了游野同意后，跟游柯一人化了一个丧尸脸。

后来她再想跟赢折说话时，发现他只顾低头吃冰激凌，根本不理她了。

"折哥，不至于吧……"游野在一边笑。

他话音未落，夜场的广播就开始了，一阵阴风吹过，然后是瘆人的怪笑声，小孩子在唱的童谣中夹杂着女人难听的哭声。

游野看着赢折打了个寒战。

"放心，你妹妹就交给我了，你负责照顾赢折吧！"顶着一脸丧尸妆，嘴边染着红色的张千语拍着胸脯说道。

游野又听到了嬴折咬牙的声音。

夜场里一共有三大鬼屋，往前走离他们最近的就是一个像阴曹地府一样的主题鬼屋，嬴折对上游柯投过来关心的目光，梗了梗脖子，心一横，抱着"反正也是人假扮的，能怎么样"的心态，跟着张千语和游柯走了进去。

鬼屋里面漆黑，只有角落里闪着诡异的、绿色的、幽幽的灯光，刚拐了几个弯，前面就出来了一个披着白袍的人。

因为有张千语她们在前面挡着，嬴折也没有吓一大跳，只是往后退了一步，踩到了游野的脚。

越往里走，拐角越多，嬴折心理准备本来就做得不充足，一个接一个的鬼怪闪出来，他到后面深吸了一口气，抬手抓住了游野的胳膊，不知不觉，他整个人都贴到了游野后背。

嬴折还想闭着眼靠游野带自己出去，后来发现这样更恐怖，不知道什么时候会有人过来拉自己。

嬴折本以为前面就到出口了，刚要松一口气，突然响起一声凄惨的叫声，凄惨到嬴折也吓得叫出声来。

他惊魂未定，扭头就看到了游野有些无奈的表情，再往前看，张千语在那儿笑得不行。

"张千语——"

嬴折顾不上还在鬼屋里了，直接就追了上去，前面张千语一边笑，一边带游柯跑着。

鬼屋出来就是游乐园的纪念品商店，终于进到了明亮又充满毛绒玩具之类的美好事物的地方，嬴折长长地出了一口气，为了掩盖自己的尴尬，他从货架上拿下两个毛绒玩具，问游柯："哪个好看？"

赢折一抬头看到游野在看自己，没好气地白了他一眼："怎么，你也想要啊？"

全然忘了刚才在鬼屋里自己死命地拉着人家了。

"赢折，"游野呵了一声，"以前觉得你是条独狼，我现在只觉得你是白眼狼。"

赢折像没听见一样，拉着游柯接着去挑纪念品。

等他结完账，看见游野和张千语正站在门口说着什么。

赢折把一只玩偶给游柯抱着，另一只自己用胳膊夹着，一只脚刚迈出纪念品商店的门，左右两边就冲出来两名扮成鬼的工作人员，直接把赢折吓回了商店。

"游野——"赢折喊道。

"在呢，"游野冲他招招手，"谁让你记性不好呢？"

赢折低头看了看游柯，突然觉得人世间最后的美好都在她这儿了。

游乐园很大，路上总能碰到扮成鬼怪模样的工作人员，有修女、丧尸，还有个无头人，他把头拿在手里，头上还系了根弹力绳，不时会把自己的头往人群扔。

赢折远远的就看到了，飞快地走位离开。

"哎，赢折，这儿有个什么生化实验室！"张千语指着那个有人排队的鬼屋说道。

"滚！"赢折骂道。

他们还是过去排队了，一次只放进去几个人，快排到赢折他们的时候，能听到里面时不时响起的尖叫声。

张千语问工作人员："这是鬼屋的音效，还是进去的人叫的啊？"

工作人员回了她一个高深莫测的笑容。

嬴折看到后，默默地从队伍里走了出来。

"干吗啊你？"张千语看他。

游野笑了笑，也走了出去，回头说道："你看好游柯吧，我陪着他。"

张千语缩了缩脖子，在两个人之间来回看了看，笑了一下，拉着游柯大步就进了这个叫生化实验室的鬼屋。

嬴折和游野站在一边，接受着后面排队人的注目。

嬴折一脸"老子就是不敢进，怎么了，有问题吗"的表情，抱着手臂看着黑洞一样的入口，"啧"了一声："游柯的胆子挺大啊。"

"她什么都不懂，只知道那些都是人扮的，觉得好玩，肯定不会害怕了。"游野说道。

"那你害不害怕？"嬴折问道。

游野看了看嬴折，有些不好意思地笑了："说实话啊折哥，像你这么容易一惊一乍的人我真是第一回见。"

嬴折转过身去不理游野了。

这回再从纪念品商店过的时候，嬴折特意探头去看了看门口有没有人，在确认安全之后才走过去。

"哎，快九点了，咱们先去坐摩天轮吧，下来正好就可以看花车巡游了！"张千语拿着手机看着时间说道。

摩天轮入口那里扎着一排稻草幽灵，嬴折多看了好几眼，才从旁边走过去上楼。

张千语和游柯快他们几步，中间隔了一拨人。张千语听到工作人员说一次最多能坐六个人的时候，想也没想，直接带着游柯上去了，把赢折和游野两个人落下。

"哎，她怎么不等一下……"赢折看着张千语进了摩天轮之后还向自己挥手，恨不得把她拽下来暴打一顿。

两个大老爷们一块坐摩天轮比下面放的那个营造氛围的声效还诡异呢！

赢折再一次在众目睽睽之下，跟游野一起钻进了摩天轮的小包厢。

随着摩天轮旋转，包厢缓缓上升，下面的景物变得越来越小，灯光越发绚烂夺目。

"好漂亮啊……"赢折靠近窗户，看到游乐园入口那里炫彩的灯光，感叹道。

赢折正往下看的时候，摩天轮突然卡顿了一下，"咣当"一声，游野想也没想就伸手扶住了赢折。

赢折还没从卡顿中回过神，就被人稳住了。

在沉沉夜幕中，一片灯火上。

游野在面对赢折时，永远有着最下意识的举动。

等摩天轮转回原点，赢折率先钻了出去。

游乐园在为花车巡游做着准备，那音效越来越诡异，女人尖厉的哭叫声更加凄惨，可赢折已经没什么反应了，周围的一切都不那么恐怖了，因为这一切都不真实，只有前面怕他被吓到，时不时回头看他两眼的游野最真实。

花车巡游过来，车上怪异的兔子小姐姐给游野递了枝玫瑰，游野接了过来拿在手里，偏头看着赢折笑。

从游乐园出来，游野先送了赢折和张千语回去。

张千语跟着赢折上楼，一路上赢折的气压都很低，张千语还以为是自己脸上的妆吓到他了呢，一进屋立马就跑进卫生间去卸妆，等她出来，就看到赢折坐在阳台的藤椅上吹凉风。

"干吗呢你？"张千语走过去，把窗户关上。

"冷静冷静。"赢折别开头，低声说道。

"哎，"张千语蹲下身子去看赢折，扶着赢折的膝盖，"你没事吧，是不是吓坏了？你晚上都没吃什么东西，我给你煮点面条吧？"

赢折点了点头。

张千语不愧是做餐饮的，很快汤面的清香就从厨房飘过来。赢折在餐桌旁边坐着，等张千语把面端上来，便急不可耐地吹了两下，吃了一大口。

"烫！"张千语叫了一声，又从冰箱里拿了罐酸奶出来。

赢折把酸奶拿在手里，冰凉的感觉从掌心一点点蔓延，他抬头看着靠着桌子站着的张千语，她眼里的情愫有些复杂。

"我开始适应这里的生活了，也开始喜欢这里的人了。"他特别特别小声地说了一句。

张千语收敛了一下表情，又觉得自己太过严肃，于是扯了扯嘴角，说道："我看出来了。"

赢折看她，没有说话。

"你知道你有的行为特别像小狗吗？就会自己圈领地、打标记，"张千语在赢折对面坐下，"你看不上谁，你就冲他呲牙；要是谁惹了你，你就去咬谁。

"对你喜欢的人呢，你就欢快地摇尾巴。"

赢折低头喝了口面汤，冷冷地说："我同意你的说法，但我不喜欢你这个比喻。"

"意思就是这么个意思，"张千语摊摊手，"我不是你妈，我是你朋友，所以只要你不违法犯罪、败坏道德，你做什么我都支持你。"

"而且，"张千语继续说，"我觉得林静阿姨知道了也会支持你的，毕竟，她也希望你快乐、健康。"

"你还记得我说我不想读了的时候，你当时跟我说过什么吗？"张千语眼睛有些泛红，深深吸了一口气，"你说'这学，你上得开心你就上；上得不开心就不上了，大不了以后我连你一起养'，赢折，现在我也有话要给你说。"

"你喜欢和谁做好朋友都可以，不要顾虑太多，"张千语过来拉着赢折的手，重重地握了一下，"我永远都会支持你。"

赢折怔了怔，咬着嘴唇，低头又夹了一筷子面条，眼泪大颗地落进温热的面汤里。

第二天，赢折起了个大早，送张千语去了高铁站。

赢折本来还要再留她的，可张千语说店里有活，怕累到她妈妈。临进站前，张千语反复嘱咐赢折有什么情况及时和她沟通。

等张千语进了站，回身隔着透明的闸门冲赢折挥手，赢折才离开。

　　回去的路上，嬴折给游野打了电话，说自己一会儿就过去，有话和他说。

　　游野"嗯嗯"地应着。

　　嬴折听游野那边乱七八糟的声音特别嘈杂，正想着游野是不是在菜市场时，就听见游野大声地问嬴折："中午吃糖醋里脊还是糖醋排骨啊？"

　　到了游野家，嬴折一边打着腹稿，一边敲门。门开了，嬴折兴冲冲地抬头，却看到了一脸阴鸷的游野。

　　"怎么了……"嬴折愣了。

　　他往屋里看去，小小的客厅坐满了人，男男女女一屋子，正在七嘴八舌地对游野指指点点，嬴折隐隐约约听到了"咱妈""几万"……之类的字眼。

　　"嬴折，不好意思啊，来不及做饭了，"游野勉强地笑了一下，指了指院子里正往屋里张望的游柯，"你能不能带游柯出去吃个饭啊……晚一点再回来。"

　　"好。"嬴折什么也没问，转身去了院子。

　　看着嬴折带着游柯离开，游野整个人才松了口气，转身去面对自己家的这些叔叔婶婶们。

　　"游野啊，刚才那个是你同学吗？你就这么把你妹妹交给别人啊，那人靠不靠谱啊？"一个婶婶阴阳怪气地说道。

　　她刚说完，游野的小叔叔就接话道："你还研究别人靠不靠谱啊，你看看他们家有一个靠谱的吗？但凡有一个靠谱的，日子能过成这样？"

　　"各位，"游野深深吸了一口气，打断了一些人的附和，"你

·136·

们今天来，不是来关心我家日子过得怎么样的吧？"

"哎，小野啊，你这说的什么话，我们肯定是来看看你跟柯柯过得好不好、还缺不缺什么啊！"坐在沙发上的大婶干笑着打着圆场。

"噢，"游野点点头，"那我们过得怎么样你们也看到了，可以走了吧？我就不留你们吃饭了。"

游野冷漠的态度直接激怒了一个脾气暴躁的亲戚，那男人站起来，大声说道："游野，你别装傻，我们为什么来你能不知道吗？你们家欠我们的钱你打算什么时候还？"

"是呀，"另一个女人一拍大腿，"咱们家也不富裕，你看你借的那些钱，也不能一直欠着吧……"

"那你们想怎么样？"游野靠着墙，笑着看着这一屋子亲戚们，从他们身上一个一个扫过去。

"你看，不如你把这套老房子直接转给我们……"有人说。

游野像是听到了天大的笑话一样，不屑地"嗤"了一声："你们消息可真灵通啊，知道这片要拆迁了，就立马来找我要房子。那我把房子给了你们，我和游柯去哪里？"最后一句，游野的声音尖厉起来。

"这……"这真把这帮亲戚问住了。

有个会来事的女人直接说："你俩去我家住啊，三婶照顾你们，大家都是一家人，这不应该的嘛。"

游野嘿了一声："一会儿你们出门的时候可得离三婶远点，省得她被雷劈了再连累你们。当年我奶奶，也就是你们的亲妈住院，住院费是我问你们借的，白纸黑字还按了红手印打的借条借

的，你们现在跟我说一家人？"

"各位叔叔婶婶，"游野一字一顿地看着在座的这群人，"你们不恶心吗？"

"你也知道你打了欠条啊，这么久了，钱呢？"反正大家都撕破脸了，有个男人直接喊。

"欠条上写得很清楚，我在2025年之前还清欠你们的一共四十一万七千五百三十六块钱，"游野站直了身子，"还有六年。"

"你把这房子直接给我们不一样吗？"三婶喊道。

"不一样，"游野摇了摇头，"这是奶奶留给我和游柯的，和你们有什么关系。"

"你！"

耳边难听的讽刺谩骂游野已经听不到了，他脑海里又浮现出那个画面，一个小男孩趴在医院走廊的橘色椅子上，捏着笔，一颤一颤地，一边哭着一边写下——"今游野欠三叔家六万八千九百块，欠小姑家二十三万……"

哪怕那张欠条不在游野手里，可他也清清楚楚地记得那上面的每一个字长什么模样，因为那是他在一群怪物的注视下写出来的。

嬴折真的带游柯晚点回来，路过院子，就看到游野一个人坐在那里，拿手遮着眼睛，不知道是睡着了还是怎样。

嬴折拍拍游柯，说道："你先回去写作业吧，我陪你哥哥。"

游柯有些担忧地又看了游野一眼才进了屋，嬴折在游野身边坐下。

半天，他听见游野哑着嗓子开口："中午那会儿是我家的亲戚来讨债。"

"噢。"嬴折愣愣地点了下头。

"你想和我说什么？"游野坐直身子，嬴折看到他两眼通红，不是哭的，而像是气的、憋的。

嬴折张了张嘴，还没说出话来，游野又开口了。

"嬴折，咱俩不是一路人。"

"咱俩不是一路人。"

游野这句话把嬴折后面所有的话都堵了回去。

他说完，还冲嬴折笑了一下。

嬴折在心里骂了一连串的脏话。

嬴折之前特别特别想说的话都不想说了，他起身，居高临下地看了游野半晌，凉凉地说道："游野，你知不知道你笑起来也没多好看，尤其是你不想笑的时候。"

那天晚上，薛良在群里招呼游野和嬴折去撸串，游野没回复，嬴折回了个"不了"。

薛良看到之后疯狂私信游野。

骡："咋了咋了，你俩咋了？"

骡："吵架了？闹气了？"

游野回了他一个酒吧的名字，那是他们之前常去的酒吧，不过游野去了也不怎么喝，一是第二天还得兼职，二是吹牛玩牌没人玩得过他。

可这回不一样，游野去了直接要了两瓶野格。

薛良和赵肆互相看了一眼后，薛良开口问道："用不用把嬴

折也叫过来啊？"

"你喜欢他啊？"游野似笑非笑地看着薛良。

薛良白了游野一眼："我怎么可能喜欢他？"

"嗯，"游野点点头，一边拧着酒瓶子一边说着，"那我就放心了，要不我还得跟你干一架。"

正拨弄骰子的赵肆手僵在那里，像是听到了什么了不得的事一样，瞪大了眼睛抬起头。

"赢折？"赵肆感觉自己每次错过一些集体活动就像错过了全世界。

事实上不是这样的，薛良摆摆手："您来了也白来，反正您也看不出来他俩有啥事。"

赵肆愣了愣，端起杯子喝了口酒，说："你下回想说我不太敏感你就直说。"

"我跟你一个单身二十几年的人有什么可直说的。"薛良冲赵肆隔空碰杯。

游野听着他们两个扯犊子，突然感觉心里好受多了，不是那么空落落的了，他突然有点想赢折。

人果然不能带着情绪喝酒，单身二十五年的赵肆同学结结实实地被薛良喝趴下了，一大瓶野格喝完，薛良伸手想去开下一瓶的时候，被游野拦下来。

"我一个人扛你们俩太费劲。"游野看着薛良说道。

薛良撇撇嘴："你挺狂啊。"

"真不是我狂，"游野看了一眼靠在沙发上仰着头，眼睛都睁不开了的赵肆，"从咱们认识开始，你们扛过我几回，我一个人扛过你俩几回。"

"行行好吧，我明天还要上课呢。"游野弹了一下赵肆的脑门，站起身来。

"攒局的是你，叫停的也是你，"薛良把那瓶酒存上，过来穿上外套，把赵肆架起来，"我把他弄回我家了啊，你自己回去吧。"

"嗯。"游野点点头。

回家的路上，微信响了两声，游野掏出来看，是嬴折发来的。只有一句话。

"明天不用接我了。"

游野叹了口气，不知道回复什么，便又把手机装回兜里。

第二天，游野还是去嬴折楼下等嬴折，结果等到了六点四十还没有人出来，电话不接，微信不回，游野到了学校才发现人家早早就坐在教室里了。

"你怎么走了也不和我说一声？"游野过去坐下。

嬴折没说话。

"不打算理我了吗？"游野又问。

嬴折抬头看了他一眼，然后摇摇头。

游野轻叹了口气："嬴折，你生我气了？"

嬴折手下的卷子上被水笔画出一道横线。

他皱起眉头刚想让游野离他远点，就听见身后响起老宋的声音："你俩这是干吗呢，都快贴一块去了！"

游野讪笑着，在嬴折的怒视之下把自己的椅子归位。

"嬴折啊，先别写了，来趟我办公室，跟你聊聊，"老宋拍了拍嬴折的肩膀，又偏头看了看游野，"你也一块过来吧。"

现在是早自习时间，各班老师都去自己班了，办公室里就他们仨，老宋指了指他们身后的空办公桌，让他们搬把椅子坐过来。

"我先和嬴折说啊，游野你坐会儿。"老宋说完，转向嬴折。

"嬴折，你看你都来了三个月了，你家是什么情况我也没了解过，之前怕你不适应，也没好好地跟你谈这学习问题，现在咱俩正好聊聊。"老宋说道。

嬴折抿抿嘴唇，慢慢说道："我妈去世了，我……我爸在这边，他就给我转过来了。"

"那你现在跟你爸爸一起生活？"老宋听到嬴折妈妈去世，愣了愣，眼神里流露出心疼。

嬴折摇摇头："我自己过，我爸那边……他有自己的家庭。"

老宋看了游野一眼，游野点点头，表示他知道。

游野不仅知道这些，还知道嬴折特别坚强，这些都不能影响到他，他不会因为这些事就需要拥抱或是安抚。

"那你一个人……"老宋没想到有一个游野，现在又多了一个嬴折，游野是如何打工挣钱的老宋知道，很不容易，那嬴折呢？

"我妈妈留给我很多钱，我自己生活一点问题都没有，而且，"嬴折顿了一下，想让老宋放心，他看了游野一眼，"游野是我好友，我也不算孤单一个人。"

老宋把眼镜摘了，揉了揉眼睛："嗨，怪我，不该提你家里的，"老宋叹了口气，"你跟游野一块我也挺放心的，游野算是我教过的小孩里最成熟的了。"

嬴折瞥了游野一眼，没说话。

"行，那咱们再聊聊学习，"老宋把眼镜戴上，从桌上拿了一沓成绩单，是这几回周考的成绩，"你的成绩一直都是在进步的，说明你是在用心地学，照这么下去，你的成绩会越来越好的。"

"以后想上哪个大学？"老宋问嬴折。

嬴折摇摇头，自己还没有认真想过这个问题呢。

"那你有没有喜欢的专业啊？"老宋又问。

嬴折点了点头，说："我喜欢历史。"

倒不是他恭维教历史的班主任老宋，而是他真挺喜欢历史的，尤其是中国古代史。

"好，有喜欢的专业也行，"老宋笑道，"我就是咱们这儿的师大毕业的，你也来跟我当个校友怎么样？"

"师大分挺高的吧？"嬴折问道。

"去年511分，今年502分，"游野说道，"你能上的，再努力一下，说不定还可以挑专业。"

"你看，你离分数线不远啊，"老宋拍了拍嬴折肩膀，"咱们学校之前有个学生，一个高三从三百分涨到了六百分，你加把劲，肯定没问题！"他说着，还朝游野挤了下眼睛，表示感谢游野配合默契。

和嬴折谈完，老宋又看向游野，说："那天陈老校长又拉着我说了半天，主要谈了谈你的问题。"

"咱们学校已经好几届都没出过状元了啊，你要只是个校第一的水平，那我肯定不跟你说这个了，问题你不是，这回摸底考试，你打算考个什么名次啊？"

游野笑了一声："第一吧。"

"什么第一，校第一我还用你说？"老宋瞪了瞪眼。

"全市第一。"游野出了口气，抬头，认真道。

他们市区一共有三所省重点高中和四所普通高中，县里还有好几所名校。

"你说的？"老宋有些激动。

"我说的。"游野点头。

嬴折看向游野，游野身上好像发着光，他就喜欢游野狂放又志在必得的样子。

"好啊，"老宋一拍大腿，从抽屉里拿出两条红带子，递给他们，"操场旁边的那棵树，游野知道的，你俩也写两条系上去吧。"

这本来是开学典礼那天发下来的，结果游野发言完就跑了，嬴折拿了红带子也没当回事，早就不知道扔哪儿去了，现在老宋又给了他们两条。

大课间的时候，嬴折跟游野拿着笔，一块儿来到了操场一角的那棵系满了红带子的老树下，因为入秋，老树枝叶泛黄凋落，红带子迎风舞着，上面的字早就看不清了，但又可以统一叫作——梦想。

嬴折拔了笔盖叼在嘴里，想了半天也不知道写什么，无奈，抬头看游野。

游野笑笑，说道："我看师大真的挺好的。"

嬴折想了想，别过身去写。

"这么神秘啊，"游野说着，并没接嬴折递过来的笔，"我就不写了，我没什么高考目标。"

"随你。"赢折把笔扔进游野怀里，自己率先踩上台子，挑了处比较避风遮雨的地方，把自己的红带子系了上去。

游野还是写了两个字，然后站上台子，他贴着赢折伸出手去，把红带子系到了赢折旁边，他没去看赢折写的什么，赢折同样扭头不看他的。

游野突然说道："等我们都准备好，再来看彼此写了什么。"

前一阵游野跟了两个组拍了几次片子，很少在"爱丽丝、疯帽子和兔子"露面了。周末一大早，他就被老板边晚的电话叫醒了，电话里边晚姐姐笑得春风和煦，问道："游野，这个月工资不要了？"

游野瞬间精神，一边说着好话安抚老板，一边又抛出薛良最近的动向转移焦点。

"薛良过年要去日本？"边晚听到游野说的，顿时不淡定了。

"是啊，"游野歪头用肩夹着手机，一边从衣柜里拿衣服，一边说着，"他要去日本学画画，老早就定下来了，他没跟你说吗？"

边晚哪里还顾得上游野，挂了电话就去找薛良了。

游野松了口气，收拾好工作服，跟在客厅看电视的游柯说了声自己今天要去店里。游柯下午还约了同学，冲哥哥摆了摆手，就又扭头去看自己的电视了。

昨天晚上下了一场雨，温度更低了，游野紧了紧外套，想着

骑电动车会更冷，就去坐了公交车。

可能是因为降温了的缘故，这个周末商业街都没什么人，游野乐得清闲，拿了本书在水吧后面看。

中午的时候秦疏也过来了，不知道因为什么，他一脸愠怒，进来只跟游野点了点头，给自己倒了杯热水，就捧着去一边沙发上蜷着玩手机去了。

游野掐着表，果然，没过半小时，边昀也过来了，急匆匆地进了店里，看到秦疏在，才松了一口气。边昀刚想凑过去跟秦疏说话，就被一个抱枕砸了脸，再看到秦疏起身，面无表情地上了二楼。

边昀回头冲游野不好意思地笑了一下，然后又追了上去。

游野也笑了一下，过去把被秦疏扔远的那个抱枕捡起来，拍了两下，放到沙发上，直起身子，就看到嬴折在外面的街上站着。

"在外面站着干吗，不冷啊，"游野出去，冲嬴折喊道，"你怎么过来了？"

"什么我怎么过来了，"嬴折跟游野说话还是没好气，尤其是对游野这一副"你是来找我的"的表情气不打一处来，于是他别过头去看着书店旁边那个黑黢黢的小文身店，"我来找薛良文身不行吗？"

"行啊，"游野乐了，抱着手臂看着嬴折，"你打算文个什么？"

"管得着吗你？"嬴折绕开他，径直进了店里。

找了个离门口远的地方，嬴折坐下拿了个抱枕搂着，好让自己快点暖和起来，准备从包里掏题出来做。

今天嬴折一觉醒来就快到中午了，还是游柯给他发微信问他中午要不要过去吃饭他才醒来。他去了才知道游野一大早就走了，把游柯一个人留在家里。

"那下午我带你去找他？"嬴折一边收拾碗筷一边问道。

"你自己去吧，"游柯冲他挥挥手，"我下午和班长他们出去玩。"

"这么冷上哪儿玩去，"嬴折嘟囔一句，又说道，"那你出门记得多穿点啊，天黑前回来啊，去远的地方给我发个定位，我接你去。"

于是，嬴折就自己过来了。

还没等他翻出卷子，手机就响了。

是游野。

游野："我给你做了杯喝的。"

游野："你拿着东西过来吧，坐那么远干吗？"

游野："都看不到我了。"

嬴折猛然回头，愤愤的目光对上一脸笑意的游野。

嬴折最后还是拿着书包坐到了水吧对面的沙发上，面前摆着游野做的一大杯西柚果茶，身后的门也被游野过去关上了。

"好喝吗？"游野问道。

"……一般吧。"嬴折闷声说着。果茶酸酸甜甜的，因为天冷，游野还做成了热的，其实很好喝。

"一般啊，"游野说道，"那就是很好喝了。"

他说完又冲嬴折眨眨眼。

"又耍流氓呢，"秦疏不知道什么时候从二楼下来了，走过来凉凉地说了一句，又到嬴折身边，拍了拍他肩膀，"听哥的，

这种撩人成瘾还不负责的渣男就得晾着，晾成化石都别管他。"

"秦哥……"游野失笑。

嬴折有些尴尬，点头也不是，摇头也不是，最后只好冲秦疏眨了眨眼。

"嗨，算了，"秦疏又揉了一把嬴折的头发，"跟你说也白说，你肯定会被游野这大尾巴狼吃得死死的。"

关于游野是大尾巴狼这一点嬴折是非常赞同的，于是扫了一眼游野，只见游野无辜地举起手，表示自己冤枉。

下午没什么顾客，边昀和秦疏两个人就回去了，店员则在收拾书籍和一些商品文具。

游野坐到嬴折对面，伸手把嬴折做完了的两套卷子拿过来看。

嬴折的字属于写得特别有力量的那种，就光看着字你就觉得写字这人肯定特别凶，一笔一画都跟要找人打架一样。

黑笔是嬴折自己做的，红笔是他对了答案之后改的，同一题型，第二张卷子上的红笔部分就比第一张少了很多。

游野看完了卷子，就盯着嬴折看。

嬴折被游野看得写不下去了，扔了笔靠回沙发里，瞪着游野，问道："看我干吗？"

"还不让看了？"游野眯着眼，"要是考试的时候监考老师看着你，你还不写了吗？"

嬴折呵了一声："考试的时候监考老师要是这么看着我，那考完试我肯定让他爬着出考场。"

游野起身笑笑："好了，不闹了，你收拾一下吧，一会儿咱们就回去。"

等游野从休息室换下工作服，穿着卫衣出来，嬴折已经穿好外套等在那里了。游野一边跟店员说着什么，一边套上外套，开门走出去，笑着看着嬴折。

两个人也不着急坐车，就在大街上晃悠，谁也不说话，并肩默默地走着。

这一片都是像游野家那样的老房子，胡同七拐八拐的，他们俩走进去刚拐了两个弯，就看到从前面一个小破网吧出来了五六个叼着烟、神情凶狠的小流氓。

他们直接过来拦住了游野和嬴折的路。

"又走这条路啊？"带头的黄毛咧嘴笑，"哥们儿，你挺不长记性啊。"

游野脸色沉下来，这就是那天带头堵他的人。

嬴折也听明白了，这就是那天打游野的人，他四周看了看，两边都是居民楼，没有摄像头，很好，他抬头冲黄毛"嘿"了一声："不长记性的是你吧。"

"你谁啊？"黄毛吐了烟头，梗着脖子冲嬴折喊道。

"你祖宗。"嬴折说着，一巴掌就把黄毛伸出来的脑袋给抽到一边去了。

那伙人没想到嬴折会直接动手，还没等他们反应过来，嬴折就已经从旁边山地车上解了把锁下来，拿在手里绕了两圈，迎面打在了一个小混混脸上。

游野刚想过去拦，嬴折就把书包扔了过来，还对游野说："你给我站那儿，用不着你。"

嬴折确实用不到游野，那帮人上次打游野的时候手上拿着家

伙都没讨到好处，这回上来就被赢折的阵势吓愣了，让赢折撂地上两个，跑了两个。

"跑什么？站那儿！"赢折揪住一个人后领子，刚抬脚，结果踩到了昨天下过雨的积水坑里，脚下一扭，疼得直接就蹲下了。

被赢折拽住的那个人吓了一跳，以为赢折憋了大招，趁赢折撒手的工夫，连滚带爬地跑了。

游野见状，赶紧过来，看到赢折脸都白了，知道是崴了脚疼的。他把赢折扶起来，坐到旁边小卖部门口的台阶上，说："我看看你的脚。"

游野捏了两下，就听到赢折"嗞"了一声，于是马上问道："疼不疼，能不能用力？"

赢折点点头，心想着，丢死人了，打个人还把自己脚给扭了。

游野根本没想那么多，注意力全在赢折脚上，认真地说："骨头应该没事，回去先给你冰敷一下吧，要是不行还得去医院。"

"我没事。"赢折小声道。

游野拿出手机叫了个车，站那儿看了赢折一会儿，弯下身子，说："过来，我背你出去，这里车进不来。"

"不用，我自己能走……"赢折说着就要站起来。

游野却没有起身："快点。"

第六章

不再是自己一个人了

　　游野扶着赢折进了家门，两人一块栽在沙发上，游野还特别小心地没有碰到赢折的脚踝。

　　游野脱了外套，去卫生间拿了块毛巾，沾了水后放进冰箱冷冻层，又从里面拿了罐冰啤酒出来，说："冰的毛巾晚上再用，我先拿这个啤酒给你敷一敷。"

　　他说着，踢了个小凳子过来，坐在沙发跟前，把赢折的腿放到自己腿上，脱了鞋和袜子，把冰啤酒罐贴了上去。

　　赢折颤抖了一下。

　　"凉不凉？"游野抬头看他，"你这都肿成这样了……"

嬴折想着，帮好朋友手撕流氓，开场非常完美，挺帅的，就是最后一脚……都赖昨天晚上的那场雨。他把头埋进外套衣领，露出眼睛左右扫着，也不想看游野。

游野拿着啤酒罐给嬴折敷了一会儿，看嬴折快把自己塞进衣服里去了，才伸手直接拉下嬴折外套拉链，没好气地说："缩着做什么，忍者神龟？"

"你才是王八……"嬴折小声骂了一句，把头偏到一边。

"我是不是王八不重要，"游野笑了一声，"重要的是，嬴折，你想清楚了吗？"

嬴折没说话。

游野也不催促，抬手轻轻揉了揉嬴折红肿的脚踝。

嬴折咽了咽口水，抬头看看游野，看那人黝黑的眼睛沉沉地看着自己，他一开口，所有的情绪都跑了出来。

有因为脚踝疼的，有因为最后崴了脚觉得丢人的，有游野真心照顾他的，有对游野那句"不是一路人"失望的，有太多太多复杂的情感。

他一开口，就带了哭腔。

"不是，你想让我想清楚什么啊，"嬴折红着眼，忍着痛抬脚抵在游野心口上，"是让我想清楚我到底是不是想和你当兄弟，还是让我想清楚咱俩早晚也得分开啊。"

"游野，我说我要一个人的，是你来说我不是一个人了的，那凭什么现在咱们在一起，以后就不能在一起了呢。"嬴折打着战的声音落在游野心上，激起一阵心疼，游野抬手握住嬴折的脚，想让他别用力。

"现在不是你问我想没想清楚的事，"嬴折盯着游野的眼睛，好像但凡从那人眼睛里看出一点退却的兆头，他们两个就老死不相往来了，"是我问你，游野，你想清楚没有？"

"想清楚了。"嬴折听见游野笃定地回答。

游野把嬴折扶到了浴室，他怕嬴折站不稳再崴了脚，想跟进去，被坐在马桶上的嬴折用没受伤的那只脚踹了出去。

嬴折洗澡出来，缩在被子里去了。

游野则拿来吹风机给嬴折吹头发。

"你给我滚！"嬴折一巴掌拍在被子上。

游野没听见一样，给嬴折吹完了头发就坐在床边，抬手去掀嬴折的被子。

"你又干吗？"嬴折拽着被子。

"我看看你的脚。"嬴折这副如临大敌的样子让游野有些头疼，他叹了口气，看嬴折放松下来，才又把被子拉开，看嬴折脚踝消肿不少，他便把那块冰毛巾拿出来，给嬴折裹上。

"弄好了没？"嬴折抖了抖腿，"弄好了赶紧走。"

游野"哎哟"了一声："刚才还说要跟我以后都做好兄弟的，怎么现在就翻脸不认人了，你川剧变脸专业的？"

"闭嘴……"嬴折白了游野一眼。

游野笑了两声，说道："我不说了，你好好休息吧，我把外面收拾一下就回去了。"

嬴折把被子拉得高高的，不理人了。

游野笑着出了房间。

他把赢折扔在沙发上的脏衣服扔进洗衣机，又把茶几上的零食袋、饮料瓶扔进垃圾桶，最后再把赢折那七八双球鞋全塞进鞋柜，扫了一遍地之后，他又去了赢折房间。

床上的人正在看手机，听到游野过来的动静，立马扔了手机，像死尸一样僵硬又笔直地躺在床上。

"我走了啊，"游野走过来，俯身看着赢折，笑道，"不再睁眼看看我吗？"

赢折皱着眉头睁开眼，说："快滚。"

"那我真走了啊，"游野走到门口，突然停下脚步，回头道，"你把床头灯打开，我给你把大灯关了，你就可以不用下床了。"

赢折听话地开了床头灯，看着游野关了明亮的顶灯，背着光站在门口。

"你赶紧回去吧，我没事。"赢折闷声说道。

游野这才恋恋不舍地离开。

他进家门时，游柯早都洗漱完窝在沙发上看电视了，见游野回来，抬手拿起身边的作业本扬了扬，说："签字。"

游野走过去，翻开游柯的作业本，发现上面有赢折的签字。

"你还让赢折给你签过字呢。"游野一边说着，一边写下了自己的名字。

游柯目不转睛地看着电视，说："对啊，我觉得你们两个谁签都一样。"

"嗯，说得对，"游野抬手揉了揉妹妹的头发，"以后都让赢折签也可以，我们两个谁签都一样的。"

游柯听着，有些惊喜地转过头来，问道："赢折和你一样吗？"

"嗯，"游野笑笑，"赢折和哥哥一样，都是你的家人，他也是你的哥哥。"

提到哥哥，游野有些好奇："你为什么从来不叫赢折哥哥啊？"

游柯虽然不是个很嘴甜的孩子，但是也会叫薛良、赵肆他们哥哥，可从来没听过她叫赢折哥哥，游野还挺纳闷。

"不知道。"游柯又把头转向电视。

就在赢折跟张千语视频的时候，游野的微信来了，赢折就说要挂了。张千语还嘱咐赢折跟人家说话语气要稍微温柔点，脾气别那么暴躁，说完就挂断了视频。

游野："我到家了。"

游野："刚才和游柯说咱们以后是一家人了，让她以后作业都找你签字。"

YZ："噢。"

过了一会儿。

YZ："你早点睡。"

游野笑了笑，回道："想你呢，早睡不了。"

YZ："你不耍流氓能死吗？"

对好朋友要如何温柔？赢折咬着牙，深吸一口气。

游野自然能想到赢折咬牙切齿的可爱模样，又笑了笑，回道："你脚崴了，明天老老实实在家待着吧。"

半天，都没回信，游野以为赢折睡着了，就去拿了睡衣洗澡，回来的时候，微信有一条未读消息，是赢折发的。

YZ："我抛物线的题都不会。"

游野笑了笑，回道："知道了，明天过去，中午想吃什么？"

　　赢折的恢复能力是惊人的，游野还以为赢折伤筋动骨的，怎么也得歇一阵呢，结果人家周五下午放学就去操场打篮球去了。

　　游野回身去锁体育器材室门的工夫，就看到赢折抬手投了一个漂亮的三分球。

　　"可以啊。"游野走过去，把外套甩到架子上，撸起袖子做出要拦的架势。

　　"我初中是校篮球队的。"赢折说着，纵身一跃，扣篮。

　　"你注意点你那脚。"游野说着，接了球，弯身运了两下，也投了进去。

　　"我高一那会儿练了一年的四项，崴脚都不是事。"赢折舔舔嘴唇，冲游野张扬地笑了一下。

　　游野嘴角扬了扬，问道："那后来怎么不练了？"

　　"我连学都不上了，哪还顾得上训练啊，"赢折跳起来从空中接下球，拍了两下，"而且也练不出什么来，就我那会儿那点分，上我们那儿的学院都够呛。"

　　"现在不会了，"游野笑笑，"折哥出息了。"

　　赢折瞥了他一眼。

　　"我是真的在夸你，"游野抢了赢折的球，"你忘了上午杨老师还让你讲了两道题吗，她要是看谁不顺眼，连理都不会理，她还让你讲题，说明还是很喜欢你的。"

　　赢折看着游野投进去一个球，愣了一会儿，球在地上弹跳了两下后，他才小声说了一句："好久没有老师喜欢我了。"

　　之前读初中的时候，老师都还挺喜欢赢折的，就算他跟张千语天天厮混，老师也当他俩年纪小不懂事；升了高中一开始也还好，后来分了文理班，赢折天天不见人影，老师都觉得赢折废了，谁也没再在意过他。

"二中的老师都挺好的，不看你分数，就看你人，"游野说着，吹了一下自己额前垂下来的碎发，"你看我虽然次次考第一，地理老师也没给过我好脸色，因为她觉得我态度有问题。"他说着，有些无辜地撇了撇嘴。

"我上次去问她题，她一边讲一边看我，估计是觉得我会主动问问题挺新奇的吧。"赢折道。

"你这几个月进步是很大。"游野诚恳地说道。

"噢，"赢折进了一个球，"那我明天不想学习了。"

"这么不经夸吗？"游野失笑，"不学习干吗，约会吗？"

赢折看着这人明知故问，便冷笑一声："我明天带游柯出去玩。"

游野把球放下，凑过来，把赢折逼到了篮球架下。赢折后背抵着篮板支柱，淡淡地看着游野。

"游柯明天、后天都跟朋友出去玩，估计不能跟你一起玩了，你要不要考虑一下游柯的哥哥，嗯？"游野笑着问。

"咳，"赢折有些不自然地把头别到一边，"游柯的哥哥没朋友吗？"

"有朋友，"游野轻笑着，又问，"是不是啊，朋友？"

赢折的脸彻底红了，他推了两下游野，说："你离我远一点，在学校呢！"

"我不，"游野起劲了，"你先说明天要不要带我一起玩。"

"带带带！"赢折手忙脚乱地推开游野，抱着球就往外跑。

游野笑了一下，拿了两个人的外套和书包跟上去，路过主席台的时候，游野瞥见两个高二的男生缩在角落里，拿着个手机不知道在干什么。

见游野过来，两个人立马紧张起来。

游野有些莫名地看了他们一眼，就走了过去。

那两个高二的男生松了一口气。

"都是你，差点被发现！"

"被发现就被发现呗，不承认不就行了，他能把我们怎么样？"

"难道你不知道他是谁啊？他是游野，高一的时候咱年级那韩臣被他堵了半个月，后来哭着去他们班当面道的歉那事才算完。"

"啊，因为什么事啊？"

"好像是因为韩臣他弟弟欺负游野的妹妹来着。"

"反正这事要闹大了有人担着，怕什么。"

游野家里的抽油烟机呼呼地响着，游野在厨房一会儿涮锅一会儿切菜。

赢折跟游柯在沙发上打着扑克，赢折一边打，一边看着手机；游柯则是一边打，一边瞟电视。

游野端菜出来看见都气笑了："你俩要打牌就好好打，一个看手机，一个看电视，干什么呢？"

"赢折看淘宝呢，"游柯仰头看哥哥，说道，"他要买衣服。"

"什么衣服？"游野过来，看着赢折把一件羽绒服数量点了

"2"，加了购物车。

"这是'闺密装'？"游野弯了眼睛。

被发现了的嬴折有些恼怒，回头瞪他："滚蛋，你饭做完了吗？赶紧做饭去！"

"哥哥去做饭！"真好，连妹妹也变了。

游野叹了口气，又回到了厨房。

看人走了，嬴折才把手机递给游柯："你看这两件你喜欢哪件啊？这件？可以……啊，该谁出了？噢，对二！"

游野说游柯跟小朋友约好了出去玩耍不是逗嬴折的，大早上的，嬴折就被一阵砸门声吵醒了，然后就进来了闹闹哄哄的一堆小孩。本来嬴折把头埋在枕头里想继续睡觉，就听到游柯压低嗓子说了句："你们小点声，我哥哥屋里还有人在睡觉。"

她哥哥在厨房做早餐，屋里还有人在睡觉，有个小朋友问："是不是你嫂子呀！""你哥哥的女朋友！""游野哥哥的女朋友！"

嬴折额角突突地跳着，穿好衣服直接拉开门，环视屋里都愣住了的小朋友，然后顶着一头鸡窝头就去洗漱了。

"不是女朋友吗，怎么是个男的啊……"有个小朋友小声问道。

游野笑着倚在卫生间门口看嬴折刷牙，听到这句，笑了一声。嬴折刷牙动作一顿，转过头来，狠狠瞪了游野一眼。

吃了两口饭，游野跟嬴折就躲了出去，一屋子小孩实在没有他们的地方，两个人就在大街上溜达，准备去那个不远的商场。

嬴折问游野想玩什么，游野想了想，说："吃饭、看电影、

逛街？"

"男的和男的逛街也是这流程吗？"嬴折有些不敢相信自己的耳朵。

"我哪知道啊？我又没跟男的逛过街。"游野一脸坦然。

"那我也没有啊！"嬴折瞪他。

于是，两个人真的买了电影票，是新上映的一部小片，导演不熟悉，主演是俩演搞笑网剧的演员，据说演得是挺颠覆形象、演技炸裂的。

影院里人特别少，情侣也出奇的少，零零散散地坐着几个女孩，还有一个人来看电影的，嬴折跟游野到最后一排坐下。

因为前后左右都没人的缘故，嬴折就小声地跟游野说着话，问游野："电影里这小男孩是不是小女孩演的啊？这发型太丑了，咱们游柯比他帅多了。"

一会儿又看到小男孩找他后妈给他不及格的卷子签字时，游野笑了一下，问道："后来游柯是不是都找你给她签字？"

"嗯，她还说是你让……"嬴折反应过来，有些不好意思地咳了一声。

游野平静道："我和她说咱们是一家人了。"

电影结束后，两个人在放映厅又坐了好久才从最后一排走下来，打扫放映厅的阿姨用特别怪异的眼神目送着两个人出了放映厅。

"现在去干吗？"出电影院时，快中午十二点了。

"吃饭。"嬴折站在商场的地图前，想看着哪家饭馆好吃。

"铁板烧？火锅？烤肉？"游野问道。

"吃肉。"嬴折冷酷道。

"OK。"游野给嬴折做了那么多顿饭，对他的口味自然是了解了。

进了餐厅，两个人隔着桌子坐下，嬴折看菜单，游野拿出手机扫桌角的二维码点餐。

"板栗千张肉，炸云吞，"嬴折报着菜名，把最后点素菜的权利留给了游野，"剩下的你点吧。"

点好了菜，游野给嬴折倒了杯水，推过去，问："突然有了朋友，你会不自在吗？"

嬴折捏着杯子愣了愣，其实他和游野的相处没什么变化……

"还好吧，是有一点怪。"嬴折小声道。

"没事的，"游野笑笑，"习惯就好，毕竟酷哥突然有了朋友嘛，你的心情我理解。"

周末，游野跟嬴折稍微放松了一下，打游戏打到半夜，要不是后来嬴折在公屏骂街被举报禁赛两个小时，他们还会接着打。

"有病！"嬴折摔了手机。

"我就说你别跟他骂了，"游野困得不行，揉了揉眉心，"你骂也回泉水再骂啊，你说你在草丛打字，那打野不一捉一个准吗！"

嬴折就是那种玩游戏特别菜、骂人却贼溜型选手，而且还不听游野指挥，气得游野嘟囔："你跟我打游戏你不听我的……"

第二天，两个人浑浑噩噩地爬起来，到了学校接着睡。

早上两节语文过后，嬴折醒过来，发现身边的人没影了，他刚说了一句"游野呢"，前面的冻嘉嘉就扭头过来说："游野被主任叫走了，走了有半节课了吧。"

"噢。"嬴折愣了一下，没当回事，毕竟年级第一被主任关注也没什么不对的。

但事实上，特别不对。

游野还在睡梦中的时候，被语文老师拍醒，他揉着眼睛抬头，就看到主任阴沉着一张脸站在后门门口，冲他招手。

一路上，主任都没理游野。

游野还没清醒过来，也就没说话，默默地跟着主任去了办公楼，进了主任办公室。

办公室里坐着一个西装革履的中年男人，面相刻薄，黑发间有几缕银丝，虽然这么说嬴折知道后可能会不乐意，但是嬴折阴着脸的时候跟他爸真的很像，要不然游野怎么会一眼就认出这个中年男人就是嬴折的父亲呢。

"你就是游野？"嬴风眯起眼睛，看着跟主任进来的游野。

"是。"游野懒得说什么"叔叔好"装一装样子了，嬴折见了他都不一定叫一声爸呢，他干吗上赶着巴结？

"我是嬴折的父亲，"嬴风从兜里掏出一沓照片，"你能给我解释一下你和嬴折在做什么吗？"

游野瞥了一眼第一张照片就已经了然，就是他和嬴折在篮球场上的时候被拍的，照片上他和嬴折离得很近，看起来两个人关系相当亲密。

"我送嬴折来这里是为了让他学习的，不是让他跟你这种人称兄道弟做朋友的，"嬴风语气很平淡，却又特别刺耳，"我不管你们学校怎么处理这件事情，反正我是绝对不会容许的。"

嬴风是这座城市有名的企业家，主任只能说一定会注意、会提醒学生把心思放在学习上的场面话。

主要是，马上高考了，二中终于等来了能打一次翻身仗的机会，也不想因为这件事影响游野心情，嬴风再有钱能给二中塞过来一个状元吗？

嬴风没想这么轻易了事，他既然来了这里，就不会随随便便放过游野，更何况他认定是游野带坏的嬴折，话说得相当无情，又问道："贵校会怎么处理这种影响学生正常学习的事情呢？"

游野这才有所反应，他与嬴风对视，两个人都很平静，可周身的气氛却诡异得很。

主任暗暗捏了把汗，打着官腔道："是这样的嬴先生，这件事情的具体情况学校都还没有了解清楚，不可能这么轻易就做出决定……"

"哦？"嬴风冷笑一声，砰地将那些照片拍到了主任的办公桌上，"具体情况就是这个男生带歪了我的儿子……"

他的话还没说完，办公室的门就被人推开，嬴折大步进来，冷眼看着嬴风，问："谁是你儿子？"

"你怎么过来了？"游野看了嬴折一眼，小声问道。

嬴折怒视着嬴风，这个男人，总是妄图毁掉他珍视的，妈妈是，游野也是……不可能。

原来，嬴折醒来后给游野发微信，半天都没人回，然后就收

到了程池的微信，说："你父亲去你们学校了。"

赢折开始没反应过来是怎么回事，就听到班主任在门口叫他。他过去后，老宋一脸为难地说他父亲来了，然后给他看了主任发来的微信，大致意思就是游野和赢折勾肩搭背被人拍下来给了赢折父亲，赢折父亲直接找到了主任这里，主任都来不及跟老宋说什么，就带游野走了，只好在微信上通知老宋。

赢折问了主任办公室怎么走之后，一路跑了过去，正好听到赢风那句"我的儿子"。

"我不是跟你说当我死了吗？从小到大你都没养过我，我也不欠你什么，现在我就算到了这儿，也不用你管我，"赢折看到了桌子上散落的照片，他虽然智商确实不太高，也能猜到这些操作出自赢骐，"管好你的宝贝儿子就行了，让他少点心眼儿。"

"你之前说的那些我当你还小不懂事，没人要和你断绝关系，什么当你死了，你姓赢，就是我的儿子，我怎么管不得你！"赢风气得额头青筋凸起来，指着赢折怒吼道。

"那我把这个姓还给你，我跟我妈姓去，行吗？谁愿意当你儿子谁当去！"赢折也喊起来，气势汹汹地盯着赢风。

赢风脸上有点挂不住了，对于他来说，这就是家事，还有点家族秘辛的意思，他看了主任一眼，闷哼了一声说道："他就让你学校处理，你准备转学吧。"

还没等赢折反应过来，赢风就大步离开了主任办公室。

"你没事吧？"无视在场的主任，赢折扯了扯游野。

"我能有什么事。"游野笑了笑。

"我就说他们一家都有毛病。"赢折狠狠地骂道。

游野看了一眼在那儿欲言又止的主任，拍了拍赢折，说："你先回去吧，主任还有事找我。"

赢折皱着眉头，又看了主任一眼，才不甘心地离开。

他不知道游野留在办公室里要跟主任说什么，但是他一肚子的火没地发泄，只能堵在赢骐的班级门口，等着他们班下课。

下课铃响，老师的贴心小棉袄班长赢骐正准备去帮下节课的老师准备课件，就听见有人说门口有人找他，赢骐多精明啊，这时候除了赢折谁会来？

周末两天的时间里，赢骐都没拿出那些照片，偏偏在上学之前把那些照片拿了出来，哭丧着脸对赢风说自己这些天觉都没睡好，就是因为有人拿哥哥和游野这种不三不四的人厮混的照片威胁他，他不知道怎么办才告诉爸爸。

他就是要让赢风在上学这天直接来学校找到学校领导，他就想先毁了成绩优异的游野，毁赢折太没成就感了。

明明知道赢折来者不善，赢骐还是面带微笑地走了出去。

"哥……"

他后面的话还没说出口，就被赢折揪住衣领砸在了墙上。

这一下砸得不轻，赢骐疼得眉头紧锁，弯着腰缓了半天，才抬起头来，脸上还带着笑，问道："你生气了？"

"你到底想干吗？"赢折咬着牙，把赢骐拽到高二楼的门洞，旁边是车棚，这会儿没什么人。

"嗯……"赢骐歪着头想了一会儿，竟然笑眯眯地说，"我就是想让你过得不好。"

"谁和你一起，就连带着那个人也不好过……"赢骐的话没

说完，肚子就挨了赢折一拳。

"除了动手，你就没别的招了吗，哥哥……"赢骐弯下腰剧烈地咳嗽，抬起身时眼泪都出来了，嘴里还是说着烂话。

赢折愣了愣，气笑了。

"我有招啊，"赢折拿手机打开照片，"这是我妈的结婚证，1999 年的；离婚证，2002 年；我是 2000 年出生的，而你，是 2001 年的。"

他看到赢骐脸色变了。

"其实咱们之间没什么复杂的关系，就是关我屁事，或者是关你屁事而已。如果你非不，也行，不过你应该也不想被人指着说是小三的儿子吧。"赢折看着赢骐。

"赢骐，这次，是最后一次，"赢折收了手机，深呼了一口气，"再过半年，等我高考完，咱俩这辈子都不会再见了，况且平时在学校也碰不到，你再坚持坚持。"

"我不会图赢风那点公司、财产，也从来没觉得你跟你妈是破坏我家庭的罪人，咱们说白了，什么关系都没有。"赢折顿了顿，"但是，如果你再招惹我，我就让大家都知道咱们是什么关系。"

赢折回教室的路上，遇到了游野，两个人互相看着，突然同时笑起来。

"主任跟你说什么了？"楼道里，赢折拉住游野。

"没说什么，"游野笑了笑，"就是让我别被这种事影响，好好学习呗。"

他说着，一脸的得意："他才舍不得说我。

"但是，你爸让你转学那事……"

"他让我转我就转？"嬴折冷笑，"他哪位？"

游野"扑哧"一声笑了出来。

嬴折有记忆以来，和嬴风的第四次见面是在嬴风的公司里，他只见过这个男人四次，这次是第四次，而且以后可能也不会再见了。

嬴折坐在沙发里，转着手机，旁边是一边处理文件，一边时不时抬头小心看他的程池，对面的大办公桌后面坐着的是低头看着文件的嬴风。

过了很久，程池实在是觉得气氛诡异，又接了杯水给嬴折，然后跟嬴风说他要去准备一会儿开会的材料，就逃了出去。办公室里，只剩下了这对父子。

不愿意当他儿子的儿子和不配当他父亲的父亲，嬴折是这么想的。

又过了很久，嬴风才抬起头来，把眼镜摘下来揉了揉鼻梁，看向嬴折，冷冷地说："我为你选了隔壁市的一所学校，是一所名校……"

"我不转学。"嬴折坐正，深深地看着嬴风。

"我没有在和你商量。"嬴风淡淡的语气有了一丝波澜。嬴折感觉好像是古代帝王被人挑衅之后的不爽。

"真巧，"嬴折觉得自己现在和嬴风特别像，特别是在恶心人这件事上，"我也是。"

"我是你爸。"嬴风深深吸了一口气，像是在克制自己的怒火。

嬴折扬了扬眉，突然问道："你什么时候出的轨啊？"

嬴风脸上这才有了表情，十分意外嬴折会提这件事，他抿了抿嘴唇，干巴巴地说："这和你没有关系。"

"啊，行吧，"嬴折会意地点点头，"以前我跟我妈生活的时候，她没怎么提过你，更没说过你任何坏话，所以，我以前还对你抱有一点幻想。"

"我一直以为我父母只是感情破裂，我有一个爱我的妈妈，还有一个爱我的爸爸，"这话现在说来太可笑了，嬴折没忍住，笑出了声，"等我来到你这边，我才发现，原来天底下还有你这样的父亲。"

"我还真找不到词来形容你，"嬴折正视着嬴风看向自己十分愤怒的目光，翻了个白眼，"总结一下，你挺让我恶心的。"

"你……"嬴风扶着办公桌，气得哆嗦。

"反正话说到这一步了，我也不在乎再多说一点了。"嬴折起身走过去，双手撑在嬴风的办公桌上，"我特别恶心你，恶心嬴骐，恶心你们那一大家子，所以如果你非要不停地掺和我的生活的话，那我就只能恶心回去。"

"本来我想着离开这儿，谁也找不到我，失踪个几年，之后就没我户口了，也就再没我这个人了，"嬴折轻轻摇摇头，"后来我觉得这个主意不够好，太委屈我自己，凭什么啊，我一个人凄凄惨惨，你们一家四口跟人沾边的事一点不干还美美满满的，做你们的春秋大梦去吧。"

"冀城知名企业家抛妻弃子，扶小三上位，小儿子是私生子，你觉得这些题材够不够拍一部七十二集电视连续剧？

"反正我什么都没有，我什么都不怕，如果你再逼我，咱俩就带着你那小三跟她儿子一块出出名。

"我再跟你说最后一次。

"当我死了。"

赢折从赢风办公室出来，一关上门，就听到身后"砰"的一声，像是茶杯、摆件一类的砸在了自己身后的门上。赢折冷笑一声，迎上了一直等在门口有些忐忑的程池。

程池见赢折出来，又听到了办公室里摔东西的动静，皱着眉头说："其实，赢总他也是为你好，这件事总归是……"

"他连为我好的资格都没有。"赢折往电梯走去。

程池犹豫一下，就跟了过去，说："赢总他也不容易。"

赢折停下脚步，冷冷地看向程池，问道："那你觉得到底是谁有问题呢？是你出了轨的老板，还是那个小三，还是小三她儿子，还是我和我妈？"

"我和我妈才是最无辜的，"赢折抓抓头发，不愿意再跟程池废话了，说实话刚才在赢风办公室的那一个小时已经是他忍耐的极限了，"我最惨了。"

回家的路上，赢折坐在出租车后座上，眼泪控制不住地往下流。

前面司机师傅一边开车，一边想跟赢折闲聊，他说了半天赢折都没理，他最后说了句："我看你去的那个地方都是老房子啊，是不是要拆了，你家住那儿啊？"

赢折报的是游野家。

他吸了吸鼻子，哑着嗓子开口："嗯，是我家。"

　　车停到了胡同口，赢折下车就一路小跑，他就想赶紧回到游野家，赶紧看到游野。

　　刚才赢折在出租车上就给游野发了微信说要过去，游野早早地把院门打开了。赢折一路无阻地进了游野家门，他直奔厨房，撞在正在和馅的游野的身上。

　　游野愣了一下，刚想回身，就被赢折按住。

　　"你别动，"赢折的声音带着哭腔，"我现在在哭，特别丢人，我不想让你看……"

　　可游野还是挣开赢折，转过了身子，看到赢折两只眼睛红得跟什么似的，心里顿时就揪起来，他手在围裙上蹭了两下后，拍了拍赢折的背，说道："没事，想哭就哭，在我这儿怎么哭都行。"

　　"太没出息了……"赢折说完，咧着嘴，真的大哭起来。

　　游野的心疼得不行，他知道赢折是去找赢风了，而赢风大概说了些什么，游野也能猜到，他知道赢折在难过什么。

　　赢折虽然从小没有一个完整的家，但是只有姥爷和妈妈也很好，可是后来姥爷走了，妈妈也走了，在这儿等着他的是他从没见过面的陌生父亲。

　　能让他一次又一次的和自己的亲生父亲说出那句"你就当我死了"，他该是什么心情啊。

　　游野拥抱了一下赢折，以示安慰。

　　游柯听到动静，从自己的房间里出来，看到大哭的赢折，愣了一下，一脸担忧地把茶几上的抽纸盒递到了哥哥手里，又看了赢折一眼，回了自己房间。

　　游野抽了两张纸拿在手里，正准备递给赢折，就听到赢折闷声问："游柯也看到了？"

"看到就看到了，"游野蹭了蹭嬴折发红的脸颊，"她没把你当大人看过，你们俩算同龄人。"

"……真烦人。"嬴折拿纸胡乱地抹着脸，嘟囔着。

"好了，不哭了，"游野揉了一下嬴折的头，"今天我们吃饺子。"

嬴折哭累了，低头站着不说话，过了很久才小声说："我想吃猪肉白菜的。"说完就去沙发上窝着了。

游柯写完作业出来就和嬴折一起窝着，两个人啥也没干。

不得不说有些人做饭很有天分，虽然说游野学做饭是因为家里没人照顾，他被迫学会了做饭，但是他做饭就很好吃。

游野一个人忙活到中午，弄出了一锅饺子。他把多余的饺子冻起来，以后可以当早饭。

游野还翻出一瓶之前赵肆拿过来的白酒，嬴折接过来，看了半天没找到保质期，嘴上念叨着："饺子就酒，越吃越有。"说完就给自己和游野都倒了一点。

也不知道那酒多少度的，嬴折喝了两杯，头就有点发蒙，再加上跟前饺子的热气熏着，很快就上头了，捧着饺子碗靠在了游野肩膀上，冲对面的游柯傻笑。

游柯也呲呲牙。

"喝多了，嗯？"游野偏头，轻声问。

"唔……"嬴折想了一会儿，"有一点……没喝过白的……"他说着，打了个酒嗝。

游野叹了口气，看向妹妹，抬手给她又夹了两个饺子，说道：

"你别看他了，你多吃点。"

看着游柯塞了六七个饺子进嘴后，这边嬴折已经打上了小呼噜。

游野有些无奈地放了筷子，对游柯说："你来刷碗吧，晚上再让嬴折刷。"

游柯比了个"OK"的手势。

嬴折瘦高，这两天因为这些破事看着又瘦了不少似的，游野没费多大的劲，就把嬴折扶到了自己床上，扒了外衣，把他塞进了被子里。

"你说说你都在我床上睡过几回了。"游野报复似的捏住嬴折的鼻子，看着他张开嘴巴呼吸，便松了手。

游野心满意足地起身换了衣服，进了被窝，靠在床头，拿了本书来看。

冬至的早上，嬴折睁眼的时候见窗帘缝里透进的光特别亮，他以为自己又一觉睡到了中午，刚想骂游野不打电话叫自己起床，拉开窗帘才发现外面下雪了。

雪下得很大，风呼呼地吹，窗外都积了很厚的雪，看着就冷，嬴折缩了缩脖子，拿手机一看，才八点多，这是他自然醒得最早的一天，也可能是心里装着事的缘故，因为今天是游野生日。

游野是冬至这天过生日。

嬴折站在窗边给游野打电话，那边很快接起来，隐隐听到有抽油烟机的声响，好像在做饭。

"生日快乐。"嬴折道。

那边好像是没想到嬴折能这么早起，笑了一会儿，说："就一句生日快乐吗，没了吗，我过生日没点好听的话吗，折哥？"

"……没了，挂了。"嬴折哼哼两声。

游野知道嬴折脸皮有多薄，不好再难为人，又笑了两声："过来吃早饭吧，馄饨面。"

"等我换衣服。"嬴折说道。

"多穿点。"

他们本来准备带游柯出来玩的，结果却来了书店，因为边晚想趁着冬至搞个店员聚会，后来又听说是游野生日，就说更要庆祝一下了。

嬴折拉着游柯跟在游野后面，三个人都裹着黄黑色的羽绒服，游野的是长款的，他整个人显得更高了。嬴折和游柯都是短款的，还都穿着加绒的马丁靴，一边走在后面，一边踢雪。

路过书店玻璃窗的时候，游野看到边晚和赵肆看着自己这边笑得不行，一扭头才发现嬴折跟游柯抬脚踢着雪，玩得不亦乐乎。

"你们俩真是……"游野失笑。

三个人进了书店，把门关好后，游野给自己掸了掸雪，刚要去给妹妹弄，就看到嬴折把游柯抱起转了一圈，就把她身上的雪弄干净了。

游野微笑着，抬头看到薛良向嬴折比了个大拇指。

"这天不得煮个火锅啊，"赵肆拿了两瓶酒出来，指了指透亮的落地玻璃，"就在这儿，一边看雪，一边吃火锅。哎，边晚，考虑考虑开个火锅店吧，太美了！"

边晚正看着薛良研究酒的身影发愣，听到有人叫自己，回头

笑了一下，说："我开火锅店你帮我打理啊？"

"这不是有游野跟赢折吗，"赵肆努努嘴，"等他俩上了大学，不就还能接着给你打工吗？"

游野笑骂道："你什么时候成了我老板的狗腿子了，还撺掇她压榨员工？"

薛良把酒放下，看了一眼开边晚玩笑的两个朋友，没说话，去了室外点了支烟。

中午确实是吃火锅，锅是秦疏带来的，半米长的煮锅，另一边还放着长长的一个烤盘，正好从桌子这头摆到那头，桌上还摆着游野跟赢折洗的菜。

一帮人围着桌子坐下，赵肆负责倒酒水饮料，除了边晚和游柯，他给其他人都倒了酒，他刚坐下，就看到边昀和游野两个人默默地给各自身边的人换上了饮料。

"他胃不好。"边昀笑笑。

"他酒量不好。"游野解释道。

赵肆起哄起来，问游野怎么知道赢折酒量不好的。

"他是我捡回家的，"游野笑起来，目光炯炯地看向赢折，"那天趴在我背后还一个劲儿叫我名字呢。"

"你放屁。"赢折红着脸反驳。

"一口一个野，不是你叫的吗？"游野笑道。

"我说的是野格，野格，"赢折拽着游野的领子，"我酒量好得很，喝完一瓶野格我也能自己走出去。"

他话音刚落，就听到游柯在那里小声地和边晚说："那天赢折喝了一点白酒，然后就靠在我哥哥身上了……"

也没多小声，在座的人都听到了，纷纷笑起来。

嬴折咬咬牙，冲游野喊道："你不许笑。"

别人他管不了，他还管不了游野吗？

"好好好，我不笑，"游野举手投降，又扫了一眼赵肆和薛良，"你们闭嘴。"

"来来来，"边晚端起杯子，"咱们先走一个吧，祝游野十九岁生日快乐啊！"

"生日快乐！"大家的杯子碰到一起。

"生日快乐，高考加油。"秦疏补了一句。

"啊，他俩明年就高考了，"薛良一拍大腿，"我都忘了他们是要高考的人了！"

赵肆骄傲道："咱野儿这回摸底考试考了全市第一，牛。"

游野对薛良和赵肆这两个没读多少书的人来说，就是骄傲，是他们能挂在嘴边上跟人炫耀的资本。

"那大学去哪儿，想好了吗？"秦疏问道。

"没，"游野看了眼低着头不知道在想什么的嬴折，"我就想上 H 大。"

秦疏有些意外地挑眉，笑了一声，马上说道："守着家里人，也挺好的。"

他们热火朝天吃火锅的工夫，外面的雪越下越大了，商业街上没什么行人，门前街道洁白的一片，特别干净。

边晚跟游柯跪在沙发上往外面看了半天，两个人眼睛都亮晶晶的。边晚提议道："咱们出去打雪仗吧！"

"太冷。"

"幼稚。"

秦疏和赢折同时拒绝。

边晚有些委屈地看向边昀："哥……"事实证明，边晚长大了之后连卖萌装可怜的技能都是加倍输出的。

边昀笑着点了头，赢折看游柯也一脸兴奋，没话说了，去一边拿了在暖气片上烘烤的滑雪帽。

门前这片空地就成了他们的战场，他们一共八个人，四四分组，赢折带着游柯、赵肆、边昀一组；游野、薛良、边晚和秦疏一组。

不知道谁喊了一声，顿时只见雪花飞溅，随即就听到雪球砸到谁羽绒服上的声音，然后秦疏叫了一声："谁扔我脸呢？"

薛良把赵肆摁在地上往人脖子里塞雪，游柯在赢折的指使下攻击游野，又被哥哥追得来回跑。

一群人玩到最后已经分不出阵营了。

"上年纪"的秦疏和边昀只随便扔了几下，过了把瘾后就找了个避风的地方休息。

"咱俩以前打过雪仗没？"秦疏问。

边昀想了想后，说："记不清了，干过的事太多了。"

秦疏低低地"嗯"了一声，把自己冻得通红的手塞进边昀的口袋里，说道："今年过年去你家吧，跟你妈一块过年，咱们四个。"

边昀有些意外，愣了一下，又笑起来："好。"

那边正准备堆雪人，薛良指挥着赵肆把雪球滚圆一点，弄紧实一点，边晚从小厨房拿了根胡萝卜还有一把巧克力豆出来，留了两颗巧克力豆做雪人的眼睛，其他的都给游柯吃了。

赢折一个人蹲在另一边也堆起雪来。

"你这是打算做什么？"游野吃着巧克力豆走过来问。

赢折没说话，一点一点地按平雪团，弄出来一个圆台，然后又做了一个小一圈的圆台，这样的操作重复了很多遍。游野看出来了，赢折是要做个"蛋糕"。

刚才说玩雪幼稚的也是他，现在拿雪做蛋糕的也是他。

游野笑了笑，握了握赢折带着手套也冻得不行的手，问道："凉不凉，赢师傅？"

赢折的九层蛋糕有了雏形，他摘了手套，右手食指从最下面一层开始画着什么。

是用"Y"画出来的一圈花纹，边上还点缀着简易的小花图案。

赢折还没画完，听到身后一帮子人过来的动静，回头看到从商业街那头过来一群人。

为首的正是李峰，这是赢折第一次见到传说中的峰哥，他长相平平，不出众不特别，看人的眼神却十分犀利，嘴里叼着烟，朝游野走过来。

游野怔了一下，直起身子，站在了赢折和他的蛋糕前面。

"挺久没见了啊，"李峰把烟拿下来，吐了个烟圈，指了指游野身后的赢折，"这就是上回跟张子扬他们打架的那个？"

"跟他没关系，"游野拉住想过去的赢折，"你要找事，算我头上。"

李峰"哦"了一声，点点头："你比你爸有种。"

他又看了眼其他人，笑了一声："我不跟小孩计较。"说完

就带着人晃晃悠悠地离开了。

"什么情况……"赵肆有些意外。

"他的场子前一阵被清了两个,估计快混到头了。"薛良说道。

游野没回头,他还记得自己很小的时候见李峰,当时那人穿着一身皮衣,头发梳得油亮,手指头夹着烟,跟他说:"小子,你爹欠我钱,你让他赶紧回来。"

那时候的游野就敢站直了身子瞪李峰了。

这么多年过去了,李峰也老了,感觉现在像是个穷途末路的老混混。

"游野?"赢折皱着眉头喊道。

"我没事,"游野摇摇头,"你接着画。"

赢折哪还有心情画这个,可他还是做完了,最后在蛋糕顶层画了个"19"。

"游野,生日快乐。"

第 七 章

还好遇到了你啊

　　高三生活是很乏味的，就连下午的元旦联欢会也不是那么值得期待，艺术生都去艺考了，留下的学生唱也不会唱，跳也不会跳的。

　　可联欢会还得办，起码老宋很期待。

　　中午，游野捏着粉笔在后黑板上写着"元旦快乐"的大字。嬴折坐在桌子上一边看着游野写字，一边吹着气球，他身边还有几个留下来一起帮忙布置教室的女生，在那里嬉笑着吹气球。

　　游野写完后退了几步去看字写得正不正，转身过来看到嬴折鼓着腮帮子在很用心地吹着气球，小气球一点一点鼓起来，然后

赢折拿下来，在手指上绕了两圈，一弹，就把口子绑好了，还炫耀地冲游野扬扬头。

"哇，赢折，你怎么绑上的啊？你教教我！"旁边女生拿打气筒打了个大气球，怎么也绑不上，就把气球放到赢折手边。

赢折愣了一下，来这个班里多久，他就当了多久的透明人，每天除了游野，最多只和前桌冻嘉嘉说两句话，没跟其他人打过交道，这还是第一次有女生主动跟他说话。

赢折"嗯"了一声，接过来，很快就绑好了。

游野站在一边，看着赢折从身边女生手里接过各种形状的气球，然后修长的手指轻轻摆弄一下，就给气球的口子系上了结。

女生们一阵轻呼。

"业务挺熟练啊，折哥。"游野写完了字，沾着满手的粉笔灰过来，坐在赢折身边。

"张千语以前是宣传委员，我给她吹了三年的气球。"赢折系着气球说道。

"这样啊，"游野手臂往后撑着身子，看着他，表情晦暗不明，"我还第一次见吹气球、绑气球也能讨女孩子开心呢。"

语气酸酸的。

赢折马上就反应过来游野在说什么，皱起眉头，解释道："我没有，她们找我……"

"别解释，"还是游野先认输了，他怕赢折认真，于是抬手捏住赢折的脸，"我没多想，你都是我的好兄弟了，我也没那么小气。"

赢折还要再说些什么，突然看到游野一手的粉笔灰，瞪大了眼睛。游野见人反应过来，叫了声"小花猫"，然后飞快地冲出了教室。

嬴折低骂了一句，追了出去。

可楼道里没有游野的身影，嬴折往卫生间那边走，路过楼梯的时候，突然被人拦腰抱住。

"游野！"

"在呢。"游野把人放开。

两个人在卫生间洗了手、洗了脸回了教室，正好遇到生活委员从外面买了一兜花生瓜子、一兜砂糖橘，还有几包糖回来。

"来来来，大家布置教室辛苦啦，过来拿点吃的！"生活委员张罗着。

嬴折回到了自己的座位上，他和这个班没什么感情，也没想着跟一堆女生凑热闹去抢零食，刚要趴着玩会儿手机，桌面上就多了一堆吃的，有五颜六色的糖果、瓜子、花生和小橘子。

游野指了指那边的几个正在分零食的女生，说："她们给的，感谢你给她们绑气球。"

游野离他很近，说话间带着轻笑，弄得嬴折痒痒的。

"然后，"游野从书桌里又掏出一个袋子，"这是昨天跟游柯去超市，她什么吃的都拿了两份，说是要给你一份。"

嬴折看着那一袋子果冻、薯片、巧克力棒，笑了，打开一盒百醇，慢慢吃着。

教室布置得差不多了，班里渐渐安静下来，女生们都趴在桌子上小声聊着天或者玩手机，嬴折叼着一根百醇看着手机。

"我也想吃。"游野小声道。

赢折看也没看他，把那盒百醇递了过去。

下午的联欢会上，老宋红光满面地发表了一番讲话，表示新的一年新气象，他们班的成绩肯定能再上一层楼。

然后，班委带领全班同学唱了两首歌，又做了几个游戏，下午三点多，大家就散了。

冀城的冬天空气不是很好，赢折跟游野都戴着口罩去接游柯放学，小学生的联欢会就比他们的时间久多了，也丰富很多。

四点才陆陆续续的有学生出来，游柯出来的时候还欢快地蹦了两下，看上去心情特别好。她见到赢折和哥哥一起等在学校门口，飞快地扑了过去。

"我给你挑的零食哥哥给你了吗，你吃到了吗？"游柯拉着赢折问道。

赢折咳了一声，说："吃到啦，谢谢你。"

"不客气，"游柯一边走，一边说着，"哥哥说了，你喜欢吃甜的，跟我口味一样！"

赢折抬头看了游野一眼，游野背着游柯的书包走在一边，一直都看着他们，听着他们聊天。

晚上吃过晚饭，赢折带着游柯在沙发上一起跟张千语视频，等游野刷完碗过来，赢折摆开大富翁，三个人一起玩。

电视里放着不知道哪个电视台的跨年晚会。

十点多，游柯就开始哈欠连天了，游野让她去睡觉，小姑娘意犹未尽地看看桌子上的大富翁，又看看电视里唱歌的男团，还挺舍不得这个跨年夜。

游野没办法，哄道："给你玩个东西，玩完就要去睡啊。"

游柯点着头，看着游野拿了一袋子仙女棒出来。

他们到院子里，游野点了两根给游柯。

嬴折也拿了两根点上，火花四溅特别好看。

游柯惊喜地问："从哪儿弄来的？"

"赵肆给的。"游野看着他们两个玩。

等游柯去睡了，游野把电视声音调小，和嬴折瘫在沙发上，有一搭没一搭地聊着天，聊各自以前都是怎么跨年的。

之前跨年嬴折都是去外面玩个通宵，再醒过来就是新年第一天的下午了，这么老老实实地待在家里跨年，还是第一次。

他看了看身边的游野，感觉也还不错。

这一年他过得相当兵荒马乱了，可是他遇到了游野这个好朋友。

如果嬴风没把自己弄到这里来，他这辈子都跟游野没什么关系，他们会在不同的地方过着只能叫作"活着"的日子。

他想着，又往游野身边靠了靠。

"我本来以为，我以后的每一年都不会有什么不一样，就跟游柯一块吃吃喝喝，结果遇到你了，"游野小声说着，"还好遇到你了。"

嬴折沉默一会儿，回道："我也是这么想的。"

游野愣了一下，这还是嬴折第一次用这么温和的语气说话，有点突然，等他回过神，嬴折已经别开头去看电视了。

游野笑了两声，关了电视，从沙发上拽起嬴折："该睡觉了。"

游野上次的片子还有一点没有拍完，正好趁着元旦放假赶过去拍摄。

他把身上的毛衣脱下来，小心翼翼地不蹭到脸上的妆，然后又找出另外一件衬衫套上，掸了掸灰后，把扣子系上。

"上回看见陆离我们还问他呢，"魏叔眨眨眼，"你俩绝交了？"

摄影是个身材魁梧、留着络腮胡子的男人，四十岁不到，游野叫他魏叔。

游野扯了扯嘴角，呵了一声："我俩没办法做朋友了。"

"怎么这两回叫你出来玩你都不来了？"魏叔点上根烟，示意游野。

游野摆摆手："我不抽烟呢，我这不快高考了吗……"

他话还没说完，魏叔挥了下手："别扯淡，你那成绩还用学吗，要因为这个，以后你可都不能推了。"

闻言，游野无奈地叹了口气，魏叔是摄影圈里的老人，他和陆离都是魏叔领进门的，不给人面子也不合适。

于是，游野直接把嬴折搬出来了，说："真是因为快高考了，我朋友学习不好，我晚上得辅导他学习。"

"朋友？"魏叔愣了一下，"噢，就你朋友圈背景那个？"

游野微信的朋友圈背景是一张嬴折拉着游柯一起在雪地里走着的照片，一高一矮两个背影，迎着夕阳，在洒满金灿灿的光辉的白雪上走着。

"我早就想问那是谁，一直没碰见你就没问，"魏叔抽了口烟，"那就是你兄弟啊，挺高啊，看着也能当模特。"

"是啊，"游野点点头，有些炫耀的意味，"等我俩哪天想拍照片了，我肯定找你。"

他说完，回身收拾自己的衣服，又拿了保温杯去接水。

魏叔烟抽完了，看游野忙活，于是说道："哎，你怎么不找个助理啊？周末跟着你拍照片的那种，你自己来回收拾多费劲。"

游野整了整衣服重新回到镜头前面，一边理着头发，一边说："算了，我接活时间不定，没法请。"

"你找你兄弟跟着帮你收拾收拾也行啊……"

又是一个周末，游柯跟同学一起去了临市的科技馆。游野又接了个活，赢折用力地在卷子上写着，表达着自己的不满。

"周末秦哥他们去书店，要不你跟他们玩会儿？"游野过来，坐在赢折身后的床尾，"去薛良那儿也可以，赵肆那儿就算了，他店里有三只猫。"

"我跟他们有啥可玩的？"赢折有些莫名，回头冷冷地看了游野一眼，翻了个白眼。

"那要不，"游野想了想，"你跟我去拍照片？"

听着游野有些勉强的语气，赢折更加不爽了，他哼哼两声，没好气地说道："拉倒吧，我可不想耽误你工作。"

"我说认真的呢，我正好缺个助理帮我拿衣服接水，"游野看着赢折，认真地说，"要不你考虑一下，明天试试看？"

赢折点点头。

第二天，游野就带着助理赢折去了魏叔的工作室，今天那儿还有两组人也在拍。大家见游野带了个陌生人过来，都有些好奇，

毕竟以前在游野身边出现得最多的是陆离。

"我朋友，"游野拇指了指赢折，"今天给我当助理来了。"

"可以啊，"魏叔过来拍了拍游野，"他背影看着就挺飒，真人看着更酷了。"

"我朋友嘛。"对于别人对赢折的夸赞，游野也从来不谦虚。

赢折上次看游野拍照片的时候因为有些尴尬，没怎么仔细看，这回有机会了，赢折就没放过，目不转睛地看着游野。

闪光灯下面的游野和平时是不一样的。

在学校的时候游野总是浑浑噩噩，一副睡不醒的模样；在书店、快餐店的时候又特别懒散，可在这儿，游野是特别的。

有时候像蓄势待发的猎豹，一点点地接近自己的猎物，眼里的征服欲喷涌而出；有时又像单纯无辜的小兔子，眉眼下垂，无措又甜美。

游野的工作效率很高，他已经换了三套服装了，赢折还没顾上收拾那几件游野换下来的就又要给他准备下一套了，手忙脚乱的。

游野看赢折有些慌乱，走过去轻笑道："别着急，慢慢来。"

"你别捣乱。"赢折不耐烦道。

游野看了看乱糟糟的台面，指了指那件挂得最远的灰色卫衣，说："一会儿换这套。"

"知、知道了。"赢折把人推开。

"好的。"游野点了点头，笑着走开。

很快，游野又拍完了一组照片，赢折彻底乱套了，不仅不知道下一组配的是什么衣服了，就连游野的水杯、手机充电器去哪儿了他都找不着了。

刚才叠好了的衣服堆在箱子里又被他翻乱了，他蹲在那儿有些懊恼。

"你这么翻能找到什么啊。"游野过来，叹了口气，把赢折从地上拽起来，"找不到就慢慢来，我记得下一组穿什么衣服，没事，下回我提前给你拍照你就知道了。"

"你什么都记得，要我这个助理干吗。"赢折撇撇嘴，有些泄气。

游野抬手拉过一把椅子，把人按到上面坐下："要你来赏心悦目、缓解疲劳的，你要是拉着个脸，才真是要你这个助理没有用了。"

中午的时候又是游野自己订的餐，还给工作室的人都点了一份。赢折拿回外卖后，把餐盒都摆出来。

吃饭的工夫，魏叔开玩笑说赢折不是来给游野当助理的，反而是让游野一边工作，还要一边照顾着他。

赢折不好意思地咬着筷子，游野在一边给赢折夹了块带鱼，笑着说道："我就愿意照顾赢折，他是我最好的兄弟。"

魏叔笑着拿起饮料："来来来，敬你俩一杯吧，我也算认识了个新朋友啊！"

吃完饭，赢折挪衣架的时候把手划了，游野连忙过来抓着赢折的手看，没什么大事，不过也什么都不让赢折干了。

"你什么都不干，就在旁边玩手机，我拍得还能快点。"游野说道。

　　赢折有些懊恼，他感觉自己在游野身边待久了，降智又低能。之后，他就老老实实地坐在椅子上看游野拍照了，还悄悄地拍了一张发给了张千语，对方很快回了他个微笑。

　　工作室其他两组的拍摄结束了，人都散了大半，过一会儿有个女孩在赢折身边坐下。

　　"我之前一直以为游野跟陆离玩得最好呢，没想到他俩后来闹掰了啊，"那女孩的话在赢折听来怪怪的，"你俩怎么认识的啊？看着不像一路人。"

　　"不是一路人"已经被赢折列为他年度最讨厌的五个字了。

　　"我们一个班的。"赢折出于礼貌回答。

　　他本来想说游野和陆离才不是一路人，后来想了下，关陆离屁事，这个人在他和游野的故事里连个配角都算不上，表演浮夸还爱加戏，拍三个镜头回头导演也都给他剪了的那种。

　　他跟游野就是一根绳上的蚂蚱，是一条贼船上的，走的是不回头、没路口的路。

　　那女孩看赢折态度冷冰冰的，不怎么好相处的样子，自讨了没趣，很快就离开了。

　　游野结束了拍摄，把衣服交给赢折之后，自己进了化妆间去卸妆。赢折叠完了衣服，该收拾的都收拾好了，游野还没出来。

　　"卸妆呢，还是换脸呢？"赢折嘀咕一声，往化妆间走过去。

　　隔着门，他听见里面安安静静的，好像没有人在的样子，他推开门，看到游野有些颓然地仰坐在单人沙发上，一只手攥着手机，另一只手捂着脸。

　　"怎么了？"赢折连忙过去问道。

游野看了看嬴折，露出一个难看的笑，哑着声音说："李峰死了，今天早上出了车祸，是拒捕逃跑的时候被撞死的。"

嬴折瞪大了眼睛："死了？"

"嗯，"游野叹了口气，苦笑一声，"我就想，我爸因为躲他连家都不要了，最后还死在外面，现在这人也死了……这世界真是莫名其妙。"

"你说，人多有意思啊。"游野皱着眉头，眼里一片苍茫。

嬴折心颤了一下，他从没见过游野这个样子，一下子有些慌乱，手忙脚乱地抱住游野，拍了拍游野的背："都过去了。"

嬴折其实不懂游野说的"有意思"是指什么。

"嬴折。"游野闷声叫他。

"嗯。"嬴折应。

"我们回家吧。"游野轻声道。

高三的集会比高二还多了，好像是这帮孩子都急需打气一样。

主席台上主任说得吐沫纷飞，慷慨激昂，说到最后，他自己眼睛都红了，因为这回摸底考试全市第一的是游野。

操场上每天闷头学习的高三学生们也被主任说得热血沸腾起来，谁不想在二中历史上留下点什么呢。

回了教室之后，老宋又在讲台上说了很多掏心掏肺的话。

"除了你们家长，就是咱们二中的老师了，"老宋看着教室里一张张他觉得很可爱的脸，"没有人比我们更希望你们好了，无论是现在在外面集训准备艺考的艺术生，还是坐在教室里的纯文化生，你们都将有特别特别好的未来。"

"摸底考试的成绩我一直没提过，怕你们骄傲，后来我又想了想，咱们得有点士气啊，"老宋从手边上翻出来一个本子，上面记录着这回摸底考试的成绩，"这回咱们学校的第一名超了一中三十七分。"

底下一片欢呼。

一中、二中两个学校离得近，在考试成绩上一直都较着劲，这回游野把一中的第一名湛岐压得死死的，狠狠地出了一口气。

"咱们班呢，这回年级前十有三个，前一百有二十一个，年级后一百咱们班只有六个！"老宋扶了扶眼镜，看了下面的孩子们一眼，"这学期咱们班的新同学赢折，他的进步尤其大，平时他是怎么学的大家都有目共睹，这回他摸底考试的成绩也很好，除了他平时自己的努力……"

老宋顿了顿后继续说："还跟他同桌的帮扶分不开，这就是很好的共同进步的例子啊，你们也可以自发成立几个人的学习小组，一起学习，共同进步！"

赢折歪头看了看身边的游野，正好落入了那人温柔的目光里，两个人对视着笑了一下。

下课之后，赢折和游野就被人围住了，大多是女生。

"游野！咱们一起组个小组吧！"前桌冻嘉嘉回过头来，"你带你同桌学习，也别无视了前桌呀，应该一视同仁嘛！"

"是呀，赢折，你历史和地理成绩那么好，帮我讲讲题呗！"一个平时收作业时总有意无意跟赢折搭两句话的女生也过来，站在赢折的课桌前笑道。

"我我我，还有我，"班长也过来，"我这回才考了第五，这个班长实在是当得太没面子了……"

……

赢折已经好久没听这么多人围在他身边叽叽喳喳的了，他有些无助地看向游野，只见游野也笑得无奈，只能点着头答应着。

下节课的老师都站讲台上了，他们周围的人才渐渐散去。

赢折脑袋被吵得嗡嗡的，趴在桌子上小声跟同桌说："咱们下课后马上溜吧。"

"他们太热情了，"游野笑笑，点头，"快下课的时候咱俩就跑。"

还有两分钟下课，趁着老师去隔壁办公室拿练习册的工夫，游野跟赢折特别利索地从后门溜了出去。

"去哪儿待会儿啊，食堂？"游野站在楼梯口，问赢折。

赢折想了想，抬起头，看向操场那个角落，说："我想去那儿看看。"

他们走到那棵系满了红带子的树下，找到了他们的红带子。

"我能看了吗？"赢折问。

"看吧，"游野伸手把被风吹得乱飞的红带子拉住，"没什么不能看的了。"

赢折愣了愣，有些不安地抬起头。

他既怕游野的目标上没有自己，又怕和自己有关。

那个红带子上是他无比熟悉的字迹，还有让他眼眶发烫的字——赢折和第一。

"我以前觉得考第一挺有挑战性的，后来次次都考第一，也就没觉得有什么了，"游野凑过去拉赢折的红带子，上面写的"游

野"，他低低地笑了一声，"后来认识了你，让你成为我的好兄弟比得第一有意义多了。

"真的，嬴折，你最难得了。

"我不信什么命，也没想过自己命为什么这么惨，可我遇到了你以后，我就想我自己以前可能真的遭了很多的罪，吃了很多的苦，不然，怎么得了你这么大的奖励呢。"

嬴折低着头愣住了。

游野刚想问他怎么了，嬴折就仰起头，目光倔强又灼热。

"以后都不会了，"嬴折一字一顿，无比笃定，"我们以后再也没有苦，也不会再遭罪了，我们以后会很好很好。"

游野点点头。

两个人一回到教室，班长就拦住了他俩，问道："你俩干啥去了？怎么这么久都见不到人？"

"你怎么管那么多。"游野笑着把人扒拉开，坐下。

"你对嬴折咋这么好啊？大家同学两年多，你对我们也太冷淡了吧！"班长一声哀号，引得旁边几个女生纷纷点头。

游野叹了口气，目光里带着同情，说："你怎么能跟嬴折比呢？"

班长受伤地离开，过了一会儿又拿着数学卷子走过来，还搬了把椅子坐到一边，眼巴巴地瞅着游野。

游野本来没想搭理他，结果老宋突然从后门神出鬼没地闪现出来，大叫一声："好！"

游野惊诧地回头，只见老宋都快热泪盈眶了。

老宋激动地说："就要这样的学习态度，非常的好啊！你们这共同进步的同学情，太让我感动了！"

"好好讲，"老宋拍了拍游野肩膀，"来，你俩讲着，我给你俩拍两张照片！"

游野撇撇嘴，扯过班长的卷子，冷冷地问道："哪道啊？"

嬴折在一边憋着笑，桌面上就突然被人拍了一本历史练习册过来，他抬头一看，冻嘉嘉的星星眼正盯着他，满脸期待。

"我、我讲不明白……"嬴折摆手。

"没事没事，"老宋把头伸过来，"你给她讲，我给你看着呢，不明白的我给你俩补充！"

嬴折硬着头皮讲了两句，就感觉游野眼神凉凉地扫过来，他回敬了一个白眼，然后接着给冻嘉嘉讲。他讲完，老宋又补充了两句，然后一个劲地夸嬴折有进步。

那边，班长问了一道又一道，难得把游野的耐心磨没了，结果老宋一个大手拍到游野背上："耐心点，你也不能只给嬴折讲啊，不能差别对待！"

我就只想给嬴折讲！游野心里说。

放学的时候，还有女生要来问题，结果游野揽住嬴折的肩，冲那个女生笑了笑，说："不好意思啊，先走了，我俩晚上有事！"

他说完就直接拽着嬴折的胳膊，把人拉出教学楼。

嬴折觉得就这么走了不好，皱了下眉。

游野回头看他这副表情，问道："怎么，你还没讲够啊？"

"不是，只是觉得你直接把我拉出来，不太好……"嬴折看了游野一眼，游野正在车棚找着小黄蜂。

"没什么不好的,一帮人缠了我们一天,我现在烦着呢。"游野找到了小黄蜂,语气明显不爽。

"你生气了?"嬴折还是第一次意识到游野也是有脾气的,可能还需要安慰一下。

"噢,没有。"游野撇着嘴。

回家的路上,游野不跟嬴折说话,嬴折也没出声,只是安静地坐在电动车的后座上。

到了家门口,游野把车停好准备进屋,手就被人拉住了。

"干吗?"游野问他。

"你,没必要生气。"嬴折有些艰难地开口,他不会哄人,一般这事都是游野来做的。

游野才没那么大的脾气,最多是不爽,就想逗逗嬴折罢了,看嬴折这回这么豁得出去,就更想看看嬴折打算怎么哄自己了。

"我为什么没必要生气,我同桌今天都顾不上跟我说话了。"游野看着嬴折,强忍着笑意。

嬴折小声说:"你别生气了,行不行?"他一心想哄游野,没看出游野是故意的。

游野嘴角微微上扬。

嬴折看他不说话,语气更加温柔地重复一遍。

游野装不下去了,扶着嬴折弯腰笑起来。

嬴折这才反应过来游野又在逗他,有些恼怒地说:"你……"

游野好不容易才直起身,说道:"是你自己傻,我哪有那么大的脾气。"

他话还没说完,就被人狠狠拽住了双臂,嬴折用脑袋狠狠地磕了游野一下。

　　两个人在院子里推来推去，突然就听见房门开了，游柯愣在门口，有些不解地说："哥？"

　　嬴折努力地想在游柯面前表现得成熟一点，抬手把游野推开，两步过来揽着游柯进屋，说："走了走了，让你哥自己在外面冷静冷静吧，戏演得这么好，考虑考虑报考戏剧学院吧，演得跟真的似的。"说完还回头瞪了游野一眼。

　　游野直接跟上来，问："晚上吃什么啊？"

　　"吃屁。"嬴折又瞪了他一眼。

　　"哎，这可难倒我了，"游野笑笑，"超纲了。"

第 八 章

咱俩有什么可客气的

　　嬴折现在对闹铃还有手机铃声特别敏感，周六一早，手机刚振了两声，他就醒过来了，眯着眼睛把手机举起来，是游柯打来的电话。

　　他清了清嗓子，尽量让自己的声音听上去不那么像没睡醒的样子，按了接听键后开口道："喂，柯柯？"

　　"你，是在睡觉吗？"游柯声音又低又弱，还有点小心翼翼的感觉，和平时跟嬴折聊天时那种神采飞扬的语气完全不一样。

　　嬴折感觉不太对，马上坐起来，问："怎么了？"

　　游柯说了两句，嬴折让她待在原地，然后迅速起床，套上裤子，一边穿羽绒服，一边把鞋踩上，拿着手机就冲出了家门。

外面很冷，风吹得嬴折脸都疼，他咬咬牙，快步往游柯说的那家快餐店走去。

进了店，他一眼就看到了游柯，她穿着跟自己一样的羽绒服，小小一只，缩在角落里，怀里抱着书包，她看到嬴折来，眼里先是亮了一下，随即又低下头去。

"怎么了，"嬴折过来，坐在游柯身边，摸了摸游柯的头，"怎么自己跑出来了？"

游柯低着头，没说话。

"你吃东西了吗？"嬴折心一直是悬着的，刚才来的路上他给游野打电话也没人接，他也不知道出了什么事，只能先安抚游柯，"我去给你买个汉堡好不好？"

游柯抬头看了他一眼，然后用力地摇了摇头。

过了好久，嬴折柔声说道："那你告诉我，出什么事了？"

游柯张了张嘴，想了一会儿才问："是不是……要是没有我，哥哥就不会过得这么累啊？"

嬴折喉咙一哽，连忙笑着说："怎么会，你怎么会这么想呢，因为有你，你哥哥才能这么优秀啊，你是他的动力啊！"

"那你呢，"游柯紧紧地攥住嬴折的袖子，"你会不要我和哥哥了吗？"

"不会，"嬴折立马道，"不会不要你哥哥，也不会不要你，我们三个人不会分开的。"

嬴折的答案并没有让游柯惊喜或者意外，她只是平静地点了点头，没再说话。

"那现在，能告诉我怎么了吗？"赢折又问。

游柯过了好一会儿才点了点头。

"小叔叔和婶婶带了一个叔叔来我们家，跟……跟哥哥说房子的事情，哥哥就让我先出来待一会儿……"游柯抬头，看向赢折，"以前他们来的时候哥哥也会让我出来玩一会儿，可是这次我就特别害怕……"

"赢折……"游柯问他，"我会没有家吗？"

"不会的，"赢折立马否认，"你怎么会没有家呢？你有哥哥，还有我呢！可能……现在这个房子太老了，我们以后还是会换新的，总之不会没有家的，咱们三个在一起就是家。"

"这样吗，"游柯看赢折比她还紧张，想笑笑让赢折放心，扯了扯嘴角，却又笑不出来，"可我还是很害怕……"

赢折揉了揉游柯的头发，掏出手机，翻出照片来，语气柔和地说："给你看我的房子，这是我姥爷家，也是我和我妈之前住的房子，等我和你哥高考完，我就带你们去我家玩。"

游柯被他转移了注意力，两个人凑在一起看照片，然后赢折给她讲起了自己小时候的生活。

从快餐店出来，路过报刊亭时，赢折给游柯买了好几本漫画杂志，把她领到自己租的房子那里，又点了外卖，是家常的炒菜和米饭，还有奶茶甜品。赢折把游柯安顿好，就直接去了游野家。

院门大开着，房门也没锁，赢折轻轻一拧就开了，他一进屋就看到游野面无表情地在沙发上坐着，赢折看着特别心疼。

"游柯去你那儿了？"游野没看他，开口道。

"嗯，"嬴折关门走过来，坐在游野对面的茶几上，双手相交，轻轻出了口气，"说说？"

"没什么可说的，"游野呵了一声，"他们带着拆迁办的主任来跟我谈钱，告诉我这房子拆了给多少钱，我把房子转给她们能拿多少……"

"是不是，把欠的钱给他们结清了，他们就能滚蛋，再也不来烦你了？"嬴折一边问着，一边打开手机银行，查自己几张卡里面的余额。

"多少钱？"嬴折又问他，"给我个准确的数。"

游野抬头瞥了一眼嬴折。

嬴折有些生气地说："你别拿这种眼神瞅我，我把钱借给你不行吗？你先把亲戚的钱还上，起码可以让他们别再来烦你们啊！"

游野抿着嘴，没说话。

嬴折见游野这副样子火气更盛："你知道今天你把游柯吓到了吗，你不想想自己，你也要想想游柯啊，他们隔三岔五过来闹一场，游柯受得了？"

"我就是那么过来的。"游野看着他。

"那凭什么游柯也得跟你一样！"嬴折站起来踹了一脚沙发，吼道。

"她今天问我以后会不会没有家，我跟她说不、不会、不可能。"嬴折喘了口气，"游野，你别活得那么累行吗，你也别跟我较劲，真的，没必要，我把钱借给你，行不行？"

很久之后，游野仰到沙发上长长地叹了口气，说道："算了，

嬴折，别管我了。"

嬴折感觉要么是自己耳朵出问题了，要么就是游野脑子有问题，他难以接受地看向游野，问："你说什么？"

"我说……"

游野还要说，就被嬴折拽住衣领："你再敢跟我说什么算了、不用管你、不用我管一类的话，我就跟你动手。"

游野直直地看向嬴折，歪头笑了一声："嬴折，你没为钱发过愁，你怎么体会得到……"

"我怎么体会不到？"嬴折太阳穴突突地跳着，"我看你这个样子，我再看看游柯，我就体会得到了！"

"游野，你是跟我和游柯一块儿生活，不是就你自己一个人，你凭什么把我们的日子过成这样！"嬴折甩开他，直起身子。

"游柯在我家住两天，你自己冷静冷静吧，"嬴折把外套拉链拉上，去游柯房间拿了她的校服出来，塞进一个大袋子里面，"等你想明白了你再联系我，或者，等很久很久以后我气消了，咱俩再说吧。"

他说完，摔门离开了。

从游野家出来，嬴折给薛良打了电话。

他跟薛良问了问游野家的事。

薛良听说嬴折就差把钱堆游野面前的时候，倒吸了一口凉气："之前我跟四儿都不能跟他提这事，提一句他就翻脸，你今天这么跟他说都没事啊？"

"这次不一样。"嬴折"啧"了一声。

"嗨，反正游野就是倔，死倔，"薛良宽慰道，"你也别太生气，这事你得慢慢来啊……"

赢折都气笑了，跟薛良说："算了，别管了。"

赢折回家见游柯在看杂志，桌子上的外卖都吃了不少，他气才顺了点，把衣服给了游柯，跟她说在他这儿住两天。

游柯抬头问："你跟我哥哥吵架了？"

"不算……"赢折想了想，"就是有点生气。"

游柯就没再问了，晚上两个人一块看了会儿电视。

赢折把自己的房间换了床单被罩后让给了游柯睡，自己则在长沙发上睡了一宿。

第二天，赢折拿着手机等了一天，游野也没联系他，连一句"早"都没有，等到半夜，赢折咬着牙给自己定了很多闹钟。

他周一早早地爬起来，先出去给游柯买了早点回来放到餐桌上，然后拿了书包出门。

游野第三节课的时候才来学校，看着有些疲惫，没怎么睡好的样子。

赢折自己也没睡好，可看游野这样还是心疼，只不过他没想到的是，游野还在跟他较劲，一上午都没有理过他。

后面异常安静，冻嘉嘉都不习惯了，回头看了他们好几次，看他们俩真的不说话了，中午放学就问赢折要不要一起吃饭。

赢折看了游野一眼，见那人还是没反应，就点了头。

最后，还是赢折先憋不住了，打包了一份饭拎了回去，游野果然还在那里看书，他把饭撂到桌子上，说："你就不打算跟我谈谈了是吗？"

游野放下书，冷冷地说："我跟你谈什么，这事跟你有关系

吗，你什么事都往自己身上揽做什么？"

赢折清楚地听到自己后槽牙咬得咯咯响，游野到底能有多气人他今天算是见识到了。

"行，你可真行。"赢折再也说不出来什么别的了，他都恨不得给游野鼓个掌。

他直接出了教室，游野吃没吃他带的饭他也不关心了，要是他所有的好心、所有希望他们可以生活得更好的心意都被游野的倔劲拒之门外的话，那他真的没话说了。

两个人一直冷战着，这段时间游柯都在赢折家住，她有时候晚上给游野视个频，薛良也两边来回联系，可两个人谁也不松口。

游野自己也没想到，他跟赢折能这么久不说话，他尝试过跳过这个话题跟赢折聊别的，可赢折还是不理他。

期末考试完的当晚，他去了常去的酒吧里。

薛良从外面进来，一屁股坐到沙发上，说："我跟赢折说了半天，人家就是不来，说跟游柯一块打游戏呢，没空。"

"真行，你给你家游柯找了个爹啊。"赵肆感慨。

薛良翻了个白眼，指了指游野："你就不配有朋友，赢折多好啊，你俩竟然能小半个月不说话，你太强了。"

"你给我滚。"游野骂道，抬手端起酒杯喝了一口。

游野晚上没喝太多，第二天还约了摄影，晚上早早就撇下薛良他们走了。

游野快走到自己家的时候，突然停下脚步想了一会儿后，扭头往赢折那里走去，站在赢折的门口愣了半天才敲了门。

来开门的是赢折，还以为他点的外卖到了，开了门，看到门口站着的是游野，先是愣了一下，又闻到了游野身上的烟酒味，皱起了眉头。

"我没喝多少，"游野下意识地解释道，看赢折没有让自己进屋的意思，就往屋里看了一眼，"我来接游柯回家。"

"噢，"赢折扭头，"柯，你哥接你回家。"

之后，他就转身进了屋，不再理会游野。

很快，游柯收拾好她的小书包跑出来，冲赢折喊："我走啦！"赢折点了点头，还是没有说话。

游柯又看向哥哥，说道："走吧。"

游野挑挑眉，带着游柯离开了。

赢折低头在地毯上盘腿坐着，听到关门的声音才放松了身子，拿过手边可乐叼着吸管喝了一口，他知道游野想跟他说话，但是他又不情愿就这么跳过这件事，总要面对的，明明有最简单的解决办法啊……

手机微信响起来，他立马抓起来看，结果是薛良。

薛良："游野今天没喝多少。"

YZ："知道，刚才他来我家了，我看见他了。"

薛良："你们没事了？"

YZ："我没理他。"

薛良："[捂脸]你俩可真行。"

薛良："他明天去拍照。"

YZ："给我个地址。"

　　游野到影棚的时候只有两个化妆师在那儿聊天，等了快一个小时，他约的摄影师小周才给他打电话，道歉说自己实在有事来不了，知道游野着急，就找了个摄影技术更好的摄影师过去，下次有机会再跟游野合作。

　　游野刚挂了电话，抬头就看到陆离挂着相机从外面进来。

　　要不是游野身后有造型师在给他做头发的造型，他当下就想站起来走了。

　　陆离走来，坐到旁边的化妆台上，抱着手臂盯着游野。

　　"干什么，这么不想看见我？"陆离看出来游野一脸的抗拒，说直白一点，就是厌恶。

　　"嗯。"游野不想跟他再纠缠。

　　"可惜啊，你今天就得跟我拍，老魏跟拍去了，楠楠他们也有活，你约的那个小周他妈突然住院了，你能联系上的都来不了，"陆离笑眯眯地，看得游野一阵恶寒，"只有我。"

　　陆离说得没错，游野实在是找不到人了才找的自己不是很熟的小周。

　　游野心想，算了，只有他就只有他吧，赶紧拍完，然后去找赢折。

　　他昨天晚上做梦，梦到赢折回家了，回了赢折以前生活的那个城市，然后自己怎么都找不到赢折，这个人就彻底离开了，就跟没来过一样。

　　游野早上起来就想联系赢折，后来又想大放假的让人多睡会儿吧，等自己工作完再去找赢折也不迟。

游野利索地准备好服装，示意陆离可以开始拍摄了。

他们合作了两年，虽然最后不欢而散，但默契还是有的，加上游野心急去干别的，效率相当高，小半天就拍完了一半。

游野在沙发上喝水的时候，陆离也过来了。

"你还是跟那个叫嬴折的成好兄弟了？"陆离问道。

游野睫毛颤了颤，抬眼看向陆离，冷漠道："关你什么事？"

"游野，你以前不是这样的！"陆离大受伤害地叫道。

游野最恶心从陆离嘴里听到"以前"这两个字。

还没等游野反应过来，陆离突然摁住游野的肩膀，把游野推倒在沙发上。

"游野，我错了，真的，我知道我不对了，你回来好不好，我们还像以前一样……"

嬴折照着薛良给的地址找过来，推门进来就僵在了原地。

像是有什么感应一样，游野下意识地抬头就看到了站在那里的嬴折。

游野心里咯噔一下。

嬴折没有给他说话的机会，转身离开。

游野追出去："嬴折，你听我说……"

嬴折的脚步顿了一下，扭头看向游野："你想好怎么解释了吗？"

刚才的画面是很容易让人浮想联翩，但远比不上冷战更让人难过。

他觉得他们是朋友，可以共同分担，可游野觉得那是拖累了他。

他会无条件地信任游野，可游野却怕他疑心。

赢折突然想到了很多，心里感觉特别累，累到眼泪不受控地滚出来。

"赢折。"游野心里一颤，想去给赢折擦泪。

赢折扬起手，本是想挡住游野，却不小心一巴掌扇在了游野脸上。

打到游野的脸，赢折顿时就愣住了，游野没来得及说什么，赢折转身就跑了。

游野没来追他。

游野也很生气吧？

游野会和他绝交吗？

……

赢折脑袋里突然闪出来很多念头，他用力地眨眨眼，伸手抹了把眼泪。

赢折一直都是走一步看一步的人，可他现在也会想很多了。

还有几天就过年了，赢折想回家了，想回到之前和妈妈生活的地方。他和游野闹成这样，应该是不会一起过年了吧，今年过年可能就是他一个人了。

他想着，拿出手机准备买高铁票。

年前的高铁票都得提前一个月就抢订，现在只有几天过年了，他根本买不到火车票。

赢折打车去了客运中心，去看看大巴的车票。

赢折那一巴掌打得突然，力道也不小，游野卸妆的时候看到脸颊上红了一片。

陆离就在他身后的沙发上坐着，从化妆台的镜子可以看到这个瘦瘦的男生满脸悲戚，随时都要哭出来的样子。

"陆离，"游野没有回身看陆离，"咱俩以后真别再见了。"

"我要高考了，以后不会再接活了，也不会找摄影了，咱俩就当不认识吧，别再到处打听我或者是赢折，省省心思干点正事，"游野笑了一声，"我以后最好的兄弟就只有赢折一个人。"

"咱俩没什么深仇大恨，别闹到最后让我恶心你。"游野说完，就收拾衣服去了。

陆离一个人在沙发上呆呆地坐着。

游野最好的兄弟本来应该是他的，陆离是这么想的。

没有那么多"本来应该"，无论过往是什么样的，都已经是过往了。

陆离放不下是因为没有遇到比游野更志同道合的朋友，游野放下了是因为他无比清醒。

在游野看来，过往就是烈日下路边的积水，就是深秋枝头上的最后一片树叶，终究都会消散。

因为当初陆离不珍惜那段友谊，有了一点点小成就便沾沾自喜、止步不前，游野如何努力都无法让陆离回头。

是赢折又让游野重新相信了友情。

游野摸了摸发烫的脸颊，笑了一声，他不会再跟赢折客气了，打也可以，骂也可以，他都要去找赢折了。

赢折的出租屋里没有人，游野又回到自己家里找。游柯眨着

眼睛看匆匆冲进来的哥哥，问道："你找不到赢折了？"

家里没有人，书店也没有，游野找不到赢折，打电话也没人接。

从隔壁文身店探出头的薛良小心翼翼地看着着急找人的游野，举了一下手，说道："赢折给我发了微信，说他五点的车。"

"你怎么不早说？"游野眼神刀子一样甩过去。

"我这不刚忙完嘛，才看到！"薛良无辜道。

游野哪还顾得上和薛良纠缠，抬手打了个车就往高铁站赶过去，等他到的时候，正好听到广播里说去往赢折那座城市的列车刚刚发走。

游野愣在了安检闸机口。

赢折走了？

这时，薛良问游野把人追回来没有。

游野拍了张滚屏上显示"已发车"的照片过去。

过了半天，薛良才回了微信。

骚："野哥啊，我跟你说个事，你别动手啊。"

骚："那会赢折告诉我的他是五点的大巴车。"

游野："[微笑]"

赢折连行李都没收拾，就想赶紧离开，等他买好了票时，正好薛良发来微信问他晚上要不要一块吃饭，赢折就回了句自己五点的大巴车。

他两手空空的，坐在候车大厅里，看着眼前提着大包小包的人来来往往、行色匆匆的，想着他们都是赶着回家过年吧！他又摁亮了手机看了一眼，游野给他发了几条微信，还没等他打开看，手机就没电关机了。

"游野"的名字瞬间消失在他眼前的时候，他才想起来自己什么东西都没带，连充电器都没有。

他猛然起身，愣了一会儿，又重重地坐回去。

要是这次他真的走了，他和游野可以冷静的时间就真的太长太长了。

这么久联系不上自己，游野会怎么想，应该会生气吧？要是自己不在他身边，要过完年才能再见面，他们俩会不会绝交啊……

赢折咬了咬牙，又看了一眼发车时间。

不走了吧……他想着，往后面又靠了靠，就那么呆呆地坐在那里，呆呆地看着时间一点点过去，呆呆地看着到了自己的发车时间，然后自己的车开走了。

当然了，他还有很多离开的机会，到晚上八点之前，还有四趟大巴车，可他没再去买票了，他想再坐一会儿就回租的房子去。

就在他转着手机想着回去要和游野谈什么，要不要跟游野道歉的时候，身边的玻璃窗突然被人用力地拍响。

赢折扭头，瞪大了眼睛。

大冬天的，游野满头大汗地扑在外面的玻璃上，笑着喘着粗气，哈出的热气在玻璃上凝结，又被游野抹去。

是游野。

赢折苦笑一声，他怎么能这么不信任游野呢？游野怎么会不来找他呢？

"出来吧，"游野大声喊道，"我来接你回家了。"

这么好的游野，怎么可能不要他呢？

嬴折用力地点了点头，别过头去狠狠地抹了把脸，站起来，向出口跑去。

游野看着嬴折从大厅跑过，又从自动门里出来，然后，向自己飞奔而来。

"为什么不接我电话啊……"游野语气多少有些委屈和可怜。

嬴折心上像是被抓了一下，带着那时打了游野一巴掌的愧疚，低头轻声说道："我手机没电关机了……"

他摸了一下游野的后背，汗把衣服都浸湿了，衣服里面冰凉一片。

他愣了一下，缓缓地收紧拽着游野衣摆的手。

那天晚上，他们到家的时候都已经七点多了，刚进了院子，游柯就从屋里跑了出来，扑进嬴折怀里。

"怎么了？"嬴折轻声问道，弯腰把女孩抱起来。

"我还以为你不和我们一起过年了呢！"游柯难得有了点女孩的脾气，噘着嘴，一副不高兴的样子。

"没有没有，"嬴折连忙说着，"怎么会呢，我、我一个人怎么过年，当然是和你们一起了！"

等游柯去睡了，游野和嬴折面对面地坐在沙发上，一个双手挂着下巴，另外一个抱着手臂，若有所思的样子。

"嬴折，"游野叹了口气，"一共欠了四十多万，我自己有十二万，剩下的，你给我补一下吧。"游野只留了一盏小灯，昏暗的光线里，他们两个人的眼睛都是亮亮的。

"这卡上是三十万。"嬴折直接把准备好了的银行卡递过来。

"你真是……"游野没想到嬴折已经准备好了。

"你的钱都还了，你没钱了，以后怎么办？"嬴折明知故问道。

"那就只能仰仗你了，"游野笑了一声，接了银行卡，起身坐到了嬴折身边，"毕竟我们折哥是大款。"

"求人得有个求人的态度吧。"嬴折睨他一眼。

游野笑盈盈地指着自己的脸庞，眨眨眼，柔声说道："折哥，我这里还疼着呢。"

嬴折咬着嘴唇，推开他，说："感觉搭了三十万还反而把自己卖了，血亏。"

"哪能呢，"游野笑笑，"你这是三十万买了我，我做家教家政全能，你不觉得物超所值吗？"

嬴折"啧"了一声。

翌日。

"嬴折，我一会儿把我小叔他们叫过来，你带游柯出去玩会儿？"游野坐在他对面说道。

嬴折低头喝着粥，过了一会儿，摇了摇头："我不走，游柯也不走，我俩就在这儿给你坐镇。"

"不用……"游野后面的话被嬴折的眼神堵了回去。

游野家的亲戚一个接一个地进来，见嬴折和游柯大大咧咧地坐在沙发上，几个人只好从餐厅搬了椅子过来坐着，看着嬴折一脸凶相，想说什么都不敢轻易开口。

"游野啊，这是你同学啊？"游野小叔看不下去了，想着自己家的事跟这个外人有什么关系，干笑着问道。

"不是。"游野摇摇头。

有人"啧"了一声："都不是同学，在这儿待着干吗？"

"是我家人。"游野音量不大，却掷地有声，屋里吵吵闹闹的人都安静下来。

大婶打着圆场说："哎呀，这孩子，咱们才是一家人啊，现在的孩子都跟自己朋友玩得好，称兄道弟的……"

"欠条带了吗？"游野直接打断她。

"哎，你这孩子，这不是快过年了吗，咱们一家人聚一聚，提那个做什么……"大婶嘴涂得血红，说着这些话，好像忘了自己当初吃人不眨眼的嘴脸了。

游野低笑了一声："就是快过年了，才想把这事结算了。新的一年，不想再跟你们有任何瓜葛了。"

屋里顿时一片哗然：

"你这说的什么话！"

"咱们是一家人啊！"

……

嬴折在那里坐着，时不时和游柯互相看一眼。

最后还是小婶子默默地把欠条放到了茶几上，其他人见状也纷纷把欠条拿了出来。

那些纸张都泛黄了，上面的字迹稚嫩又扭曲，有几个字还被打湿，像绽开了一朵朵的蓝紫色的小花。

这些欠条就是一张张罪状，控诉着每一家的不仁不义不孝。

赢折只是看了一眼，就心疼得不行。

在自己有妈妈疼爱，却不思进取，成天只知道吃喝玩乐的时候，游野在被讨债，在被小混混欺负，在想办法赚钱，在照顾妹妹，在努力学习。

赢折看了游野一眼，看他脸上平淡没什么表情，嘴角带着淡淡的嘲讽意味。

"这卡里是所有的钱，"游野把卡递给离自己最近的小叔，那人愣了一下，游野便直接把卡塞进了他的手里，然后弯腰收起那些欠条，"你们自己分吧，欠条我就拿回来了。"

"你……你怎么一下搞到这么多钱的？"小叔惊讶地问。

"把我自己卖了。"游野低头看着那些欠条，淡淡地说。

"什么？"小叔皱眉。

游野指了指沙发上坐着的赢折，说："不想努力了，找了大老板帮我还。怎么，有问题吗？"

赢折早上起来就洗了把脸，半卷的头发像鸡窝一样搁在头顶，身上穿着游野不知道哪年买的毛衣，一条腿盘着，另一条垂在沙发边，偶尔还晃晃，这样子哪里像大老板啊，说是游野收留的流浪人员都有人信。

"看什么，"赢折瞥了一眼看向自己的大叔大婶们，"嘿"了一声，"看我我身上也不掉人民币，别瞅了。"

骂的就是他们掉钱眼里了。

"嗨，那个，小野啊，除夕带着柯柯上三姑家来吃饭吧，你还记得我家婷婷吗，你们都好多年没见了吧，今年一块过个年啊？"一个穿着地摊貂的女人凑过来。

"是啊，就你和柯柯两个人过年多冷清啊……"还有人要再说什么，就听到"嘶啦"一声，众人看过去，那些欠条在游野手里被撕了对半，然后重叠又撕了一下，到最后游野慢条斯理地把欠条撕得稀碎，然后弯身扔进了垃圾桶里。

"你们没明白我的意思啊，"游野环视了在场的所有人，"从今天起，咱们清了，以后就一点关系都没有了。"

"你这孩子说的什么话……"有个女人还以为游野在说气话。

"听不懂人话吗？"游野笑着，语气冰冷，"以前咱们是债务关系，现在钱我还了，以后就没关系了，是陌生人，以后这房子你们不能再进来，我和游柯的事你们也管不着。

"至于过年，也不是我们两个，还有我的大老板呢，放心，不冷清。"

最后还是游野的大伯先起身的，那男人走到门口点了根烟，回头看了游野一眼，就出去了，后面其他亲戚也骂骂咧咧地离开了。

屋子里瞬间清静了，游野猛地坐回沙发上，重重地舒了一口气。

嬴折把手搭在游野的肩上，游柯也凑过来，三个人紧紧地团在一起。

"嬴折，这回我真把自己卖给你了。"游野语气有些疲惫。

"嗯，"嬴折另一只手揉了揉游柯的头发，"还是买一送一那种，我觉得挺值了。"

"听到了吗，游柯，你也跟我一块卖给嬴折了，"游野隔着赢折，也伸手去揉了一把游柯的短发，"以后咱俩都得对他好点。"

已经很好了，以后会更好的。

赢折想着，游野这次没再跟他说谢谢了，真的会更好的。

第九章

保护全世界最好的赢折

　　"别碰我！"

　　大年三十的早上，赢折趴在床上，十分暴躁地发着起床气。

　　"赶紧起床吧，这都快九点了，今天超市人肯定特别多。"
游野无奈道。

　　"你知道今天人多，前两天怎么不买？"赢折吼道。

　　"你说呢，还好意思问我，嗯？"游野去掐赢折。

　　前天跟薛良他们几个吃了顿饭，吃完饭又去唱歌，从中午浪
到半夜。昨天两个人就在家里睡了一天，什么都没干。

　　"不起。"赢折猛地拉上被子。

"不起就没饭吃，中午饭没有，年夜饭也没有，饺子也没有。"游野威胁道。

"哦，"赢折软硬不吃，"有本事你让我饿死。"

游野看了眼站在门口的游柯，笑了一下，冲她指了指后面衣架上的羽绒服，示意游柯穿上，然后说道："真的，折哥，快起吧，游柯都穿好衣服了，你不给我面子，你得给……"

他话还没说完，赢折就翻身坐起来了，看到游柯真的套上了羽绒服，狠狠地瞪了游野一眼后，下床穿好毛衣和裤子，去洗脸了。

站在胡同口打车的工夫，赢折凑近游野耳朵恶狠狠道："我这是看在游柯面子上。"

超市里，各各区域的喇叭都开到了最大音量，人多得像这里面东西不要钱一样。赢折怕游柯被人挤到，想把她放到购物车里面，被游野拦住了。

游野推着购物车负责买蔬菜和肉类，赢折提了个购物篮，拉着游柯去买零食。

等游野称好了所有的菜和肉过去找他们，才发现他们手上的购物篮已经堆满了。

"折哥，柯姐，咱们是过年，不是逃难，你俩真有肚子吃这么多零食吗？"游野掐了掐眉心，长叹了一口气。

回家之后，游野就开始忙活起来。

往年赢折不在的时候，他跟游柯去老校长家过过一次年，自己在家的时候，中午随便煮个面条，然后游柯去睡觉，游野三四点的时候开始忙活，炸丸子和藕盒，然后炒菜，最后年夜饭摆上

桌子有六个盘子。

今年游野更忙了，不仅要忙着做菜，还要看着旁边的赢折别切到手、别溅到油。

"哎，游野，这蒜皮怎么这么难剥啊？

"我怎么知道这个藕盒熟没熟啊？

"这是切肉的刀吗，怎么这么钝啊？"

……

于是，赢折就被游野请出了厨房。

赢折在客厅坐了一会儿，游柯就午睡睡醒出来了，两个人开了电视，从旁边购物袋里拿了几包零食，咔嚓咔嚓地吃起来。

游野一个人在厨房忙碌，听到客厅热闹非凡，出来一看，游柯跟赢折两个人真跟过年似的，一人穿着一件红色的毛衣，手里捧着零食，电视里放着春晚的采访。

只有他一个人在厨房忙前忙后的，特别冷清。

"赢折。"他站在厨房门口叫道。

"干吗？"赢折叼着棒棒糖回头。

"过来，帮我剥蒜。"游野想了一下。

"刚才不是剥了一头吗，不够吗？"赢折没动。

"不够，过来。"游野说。

赢折愣了一下，从沙发上爬起来，踩着拖鞋走过去，跟着游野进了厨房，嘴里嘀咕着："剥什么蒜啊，都剥了一头了。"

赢折看到厨房操作台上堆满了东西，停止了抱怨，把袖子撸上去，说："说吧，我能干点啥，我帮你。"

两个人忙到七点多，年夜饭终于端到了桌子上，今年有十道菜。

"真是过年了啊，不拿西红柿炒鸡蛋打发人了。"赢折一边拿着手机拍照，一边说道。

正在摆碗筷的游野斜了他一眼："跟我平时虐待你了一样，哪回你来吃饭没肉？"

赢折去拿喝的，正在红酒跟橙汁之间纠结选哪个的时候，游野直接过来拿了橙汁，然后把红酒放到了一边的架子上。

赢折"啧"了一声，还是乖乖地接过来游野倒好的橙汁。

赢折端着杯子，刚想说什么，就看到游野给三个人碗里都夹了藕盒，然后他们两个人吃起来。

"你们家这么不讲究吗，吃年夜饭前都不说点什么吗？"赢折看了看他们两个，问道。

游野放下筷子，说："从来不讲究，你要想讲究，那要不你来示范一下吧。"

游柯也眨着眼睛看着赢折。

赢折一下子愣了，以前这活是姥爷干的，他会招呼家里的阿姨和司机一起来吃，一大桌子菜上来后，姥爷就会端着杯子站起来，说一些美好期盼之类的话，然后大家再动筷子。

后来只剩他和妈妈了之后，好像也没怎么讲究过了……

"我……过年快乐？"赢折心虚道。

游野笑了笑："那我来说。

"先庆祝一下今年过年家里多了个人吧，希望以后每年我们三个都一起过年；然后祝我们柯新的一年还是年级第一，个头就先别蹿了，缓一缓；再祝我们折哥，身体健康，学习进步，心想

事成。"

游野说完，看了看他们，示意是否有什么补充。

"祝两位哥哥高考顺利！"游柯把杯子也举起来。

"二中精英，传媒新星。"赢折也把杯子递过来。

三个人碰了杯。

吃过了饭，三个人整整齐齐地坐在沙发上，等着看春晚。

今年外面特别安静，市区不让放鞭炮，过年好像少了点什么似的。

"感觉这个三十过得有点养老……"赢折看了眼外面，无聊道。

"想放鞭炮？"游野问他。

"有点。"赢折点头，他已经很多年没放过鞭炮了，姥爷走了之后他跟妈妈就没买过鞭炮了。

"那走。"游野站起来。

"干吗去？"赢折看他。

"放鞭炮去啊。"游野笑。

游野把小黄蜂推出来，天太冷了，他特意给三个人都裹了围巾，他坐在前面，游柯坐中间，最后是赢折。

街道上没什么人，风刮得赢折睁不开眼，也不知道游野开了多久，直到渐渐能听到鞭炮声，原来游野把他们拉到了三环外的地方。

"这里就能放鞭炮了，还能放烟花，等一会儿就有人放了。"游野把车停在了一个避风的地方。

跟他说的一样，不一会儿，粉色、绿色的烟花就在夜空中绽开。

游野从脚踏上拎了一个袋子下来，里面是几挂鞭炮，还有几盒烟花。

　　"来吧，赵肆送过来的，我本来以为没机会放了呢，"游野说着掏出打火机，递给赢折，"你点吧。"

　　游野把鞭炮放在一片空地上，让赢折来点，自己拉着游柯远远地站在一边，抬手捂住了游柯的耳朵。

　　赢折没点过鞭炮，看着引线被点着立马跑到了游野身边，紧接着就是噼里啪啦的声响。

　　"怎么样？"游野大声问。

　　"好玩！"赢折也大声回他，赢折脸红红的，不知道是冻得还是兴奋的。

　　那一大袋子烟花都被点完了他们才回去。

　　一到家门口，赢折就叫唤着冻死了往屋里跑。

　　打开电视，春晚正播着小品，赢折没头没尾地听到了一句，就笑得不行。

　　游野看了他一眼，笑着把自己下午弄好的饺子馅还有面团拿出来。

　　"我来！"赢折说他今天要达成学会包饺子这个小目标，然后就把饺子馅跟面盆都搬到了客厅茶几上，开始"研究"。

　　后来，他们那天吃的是韭菜鸡蛋面片汤。

　　那汤还挺甜，因为赢折还包了糖在里面。

　　很多年以后，他们都还记得那滋味怪怪的汤。

　　十一点多的时候，赢折拍拍游野，指了指旁边，才发现游柯仰在沙发扶手上睡着了。

　　游野笑了一下，轻手轻脚地过去把妹妹抱回了屋里。

　　他再出来，嬴折坐在沙发上看着他。

　　"你困不困？"嬴折问他。

　　"守个岁呗，折哥？"游野笑。

　　电视里，主持人们正在倒数，然后十二点钟声敲响。嬴折眼皮沉沉的，靠在沙发上，游野故意去挠他脖子。

　　"别闹了，有点困。"嬴折抬手拍开游野的爪子，困倦道。

　　"不闹，"游野说着，"新年快乐啊，折哥。"

　　嬴折真的快睡着了，过了好一会儿，才迷迷糊糊地回了一句："新年快乐。"

　　大年初三的早上。

　　"游野，嬴折，起床了！"薛良一大早就风风火火地敲游野家门。游柯给他开门后，他径直进来抬手用力拍着游野的房间门。

　　"你有病啊？"游野一边套毛衣，一边拉开门，故意挡在门口，薛良还是瞥到了床上那缩在被子里的一团。

　　"嘿，"薛良笑了一声，"过年好啊，咱们烧烤去啊？"

　　游野皱起眉头："你疯了？大冬天的烧烤？"

　　薛良捶了他一下："我不跟你吹，绝对是一个特好的地方，秦哥他们找的，那里有吃有玩还冻不着，真的，你信我！"

　　游野回头看了一眼嬴折，见那人从被子里伸出一只手来比个"OK"的手势，于是游野点了点头，说道：客厅等着，换衣服。

　　薛良开着他那辆黑色越野来的，等游野他们收拾完，就奔着秦疏说的那个会所去了。

会所是在郊区园林别墅区里的一栋小楼，从前面看不出有什么不一样，绕到后面就能看到有一座玻璃小屋，玻璃顶有两层楼高，里面放着烧烤架，走廊两边还有炉子，炉子里的火烧得正旺，连通外面的排风扇呼呼地运作着。

秦疏跟边晚坐在沙发上，还有两个人是没见过的，是秦疏的朋友。其中一个金黄色长发，瘦高的个子，话特别多的叫许初霄，另一个时刻都微笑着听别人说话的叫陆识骞，两个人都是二十来岁的样子。

许初霄看到游柯，叫了一声："好酷的小妹妹啊！"

边晚则拉游柯过来坐，让游野去帮忙。

边昀和赵肆正准备烧烤的食材和用具，看见游野进来，连忙招呼："你赶紧过来吧，这还得你来！"

嬴折看着游野挽了袖子洗了手就开始熟练地穿串，于是小声问了游野一句："我干什么？"

"找个地坐会儿吧，"游野穿着肉串，"这活你就算了，别戳到手。"

一边的赵肆幽怨地看了他们一眼。

"怎么，羡慕啊。"游野笑了一声，"单身狗活该。"

"薛良不是也没有吗？"赵肆不服道。

"他跟边晚早晚的事，"游野笑了一声，"你这是连个影都没有。"

"妈的，"赵肆骂了一句，"我比你们差哪儿了？"

要钱，他比游野有钱；要脸，他比薛良好看；要脾气，他比秦疏好……

"头发？"坐在一边的赢折突然开口。

不知道是谁先笑的，围在那里处理食材的几个人都笑弯了腰。

"你真挺过分的。"赵肆扔了手里的活，受伤地离开。

过了一会儿，许初霄跑着过来，问："我帮你们干点什么吧。"

许初霄也是个会干活的，手上利索，比赵肆有效率多了。

"你们过年出门家长不管吗？"许初霄一边干活，一边问游野和赢折，"还能把妹妹也带出来，我出来玩我爸爸说了我半天，刚还给我发微信让我晚上必须回家吃饭呢。"

赢折愣了一下，没说话。

游野笑笑："我们仨一起过年，家里没别人了。"

"啊……"许初霄吃了一惊，咬了咬嘴唇，"不好意思啊，我不知道……"

边昀打着圆场，说："他就这样，心直口快的，说话可逗了，一会儿你们就知道了，他说啥你们就听听，别往心里去啊。"

"对对对，我废话特多，你们千万别往心里去啊……"许初霄一脸歉意。

游野摇摇头："没事，我们仨一起过年也挺好。"

"嗯，"边昀点头，指着许初霄，"你们俩可比他强多了，我跟秦疏刚认识他的时候，他还缩在奶茶店哭鼻子呢。"

"昀哥！"许初霄不满地嘟嘴。

薛良那边聊了会儿天就去把碳放进烧烤炉里，准备生火了，游柯觉得好玩，还跟着塞了好多报纸进去点。

"柯姐要不你来？"薛良逗游柯，要把手里扇风的纸板给游柯。

"别使唤我妹妹。"游野把串送过来，摁了薛良脑袋一下。

玻璃房里四周通透，地上积雪映得屋里亮亮的，屋里几个炉子都热气腾腾的，大家都聚在烤炉旁边，边烤边吃，有说有笑。

"三楼有KTV和台球室，然后许初霄还带了几盒桌游过来，晚上初霄回家吃饭，你们要没事就在这儿待着，住这儿都行。"秦疏说道。

许初霄在一边冲陆识骞撇撇嘴："学长……我不想回家吃饭，我也想在这儿玩……"

"不行，"陆识骞沉声道，"你今天出来玩你爸爸就已经不高兴了，再说今天许嘉木的女朋友也要去。"

他们烧烤到两点多结束，把摊子晾在那里就进了屋，在客厅里围着坐下，开始玩许初霄拿过来的桌游。

"来剧本杀行不行？"许初霄问他们。

没人反对，许初霄就兴高采烈地拿出来一个大盒子，说："这是我好不容易淘到的九个人一起玩的剧本杀，正好。"

游柯吃饱喝足，边晚带她上二楼的客房去睡觉了，剩下他们，人数刚刚好。

"玩法都清楚了就抽角色吧，谁先来。"许初霄把角色摆出来。

这是个末世丧尸的故事，角色有末世某组织领袖、副手、医生、小队长、对家组织的杀手、流浪者、试验品等等，现在领袖夫人被杀，要找出凶手来。

嬴折抽到了在末世里通过歌声抚慰人类受伤心灵的歌手的角色，而且，他还是凶手。

"这个游戏你们每个人身份上会有杀机，时间线上还有你是

不是真凶的注明，"许初霄解释道，"可能会明确说你就是凶手，也可能要让你自己判断你是不是真凶。大家先看自己身份，然后我们来自我介绍，说简要的时间线。"

游野往赢折身边凑了点，赢折猛地挪开，游野愣了一下，问道："那么紧张干吗？你是凶手啊？"

"谁紧张了，我得跟你保持距离，万一你是凶手呢？"赢折瞪他。

"我不是，"游野笑了一声，他抽到的是医生的身份，"我杀领袖老婆做什么，要杀也杀那个小队长啊。"他说着，还冲小队长薛良抬抬下巴。

大家共享的身份信息里，小队长是歌手的死忠粉。

众人一番自我介绍然后阐述时间线之后，第一轮线索的卡片都倒扣在了桌面上，通过划拳的方式决定搜证顺序。

赢折第一轮赢了，第一个挑证据，好巧不巧拿到了关于医生半夜从房间出来的证据。

他看了游野一眼。

"公开线索啊，小队长请了三天的假，"游野第一个把线索公开，"请问小队长请假做什么？"

"我……"薛良话还没说完，游野就又翻出一张卡片，说道："昨天在领袖夫人的窗外花丛里发现了小队长的衣扣，小队长解释下，前天小队长目睹了领袖夫人与歌手扯头发打架，这是杀机吗？"

游野三张线索翻出来，薛良一个劲地低头看自己的身份说明，想着怎么回答。

"来来来，我这儿有歌手的线索，"许初霄翻出来一张，"歌手昨天又和夫人见面了，是吧？"

游野看了赢折一眼，说："你看你怎么这么多破事，前天还扯头发打架呢，昨天就又见面，不知道什么叫避嫌吗？"

"管得着吗你，"赢折哼了一声，"我昨天和她见面是因为想和她解释我跟领袖什么事都没有，晚上十点到十点半，我说完就离开了。"

大家都齐刷刷地看向领袖陆识骞，然后就听到游野在那里凉凉地说："你还和领袖有一腿？"

"那个，"陆识骞盯着许初霄投过来的目光，开口解释，"我和歌手什么事都没有，也没有做任何对不起夫人的事情，另外歌手去找我夫人这件事我也知道。"这间接为赢折降低了一些可疑度。

"我我我，"边昀举手，"医生三天前和杀手密会！"

游野不慌不忙地说："我这是反间计，我对组织特别忠心，尤其组织里还有歌手呢。"

边昀翻了个白眼："玩游戏呢，能不能不这样？"

杀手秦疏开口说："医生真的是在和我玩反间计吗，我怎么感觉医生是在给自己留后路呢？"说着还冲游野眨了眨眼。

"后路可以不提，但是我记得杀手说过要杀死夫人，挑拨领袖和副手的关系，没错吧。"游野回道。

九个人的关系线非常复杂了，但是为什么感觉每个人的杀机从游野嘴里说出来都这么怪异，感觉每个人指向歌手的时候都能暴露自己的杀机，说医生的关系线的时候也能引出自己的杀机。

"游野，你这么向着赢折，他如果是凶手，你不打脸吗？"秦疏眯起眼睛问道。

"不啊，我向着他和我认为他是不是凶手是两回事啊，我也不能看着你们摁着歌手打啊。"游野笑眯眯地说道。

这场游戏持续了将近两个半小时，最后是因为薛良没看懂自己的身份信息脑残自暴才结束，最后发现大家的投票都被游野有意无意地干扰了，通通绕过了歌手，却票了看起来一直在带节奏的秦疏和自爆的薛良。

最后翻出来只有游野一个人投了赢折，许初霄疑惑地看着最后的说明，大声说道："歌手真是凶手啊。"

游野笑了笑，拿出了自己一直没公开的线索："夫人的指甲缝里有紫色的指甲油残渣。"

"怎么样，我把你护得好好的吧。"游野看向赢折。

一边的薛良有些委屈，明明自己那句"请判断自己是否为杀害夫人的真凶"下面写了一句"请保护你喜欢的歌手"啊，为什么最后是游野保护歌手了啊……

早上，赢折摸旁边的被褥是冰凉的，他又眯着眼睛躺了会儿，才拿起手机，果然，有游野离开的时候给他发的微信。

老校长去世了。

"他元旦那会儿心脏就不太舒服了，去医院检查，都是一些老毛病，大夫跟我说的那意思就是人要不行了……"老校长家里，一个戴眼镜，看着很严谨认真的中年男人正向旁边的游野说着，他是老校长的学生，游野叫他路哥，他衬衣外面裹着大衣，忙碌了一宿，又因为老师去世的原因，整个人都很颓废。

游野也没好到哪儿去，头发凌乱地散着，整个人瘫在那里，怎么也提不起精神来。

"老师他一辈子没成家，最惦记的就是你奶奶，还有你们兄妹俩，"男人叹了口气，"他岁数大了，毛病不少，从来都是一个人去医院。要不是我帮他整理书，看到他的病历本，他估计连我都要瞒着。"

男人低笑了一声，这个像顽童一样的老小子啊，一生做人敦厚长情，做老师风趣有爱，就动过这两个小心思，还都没成过。

一个是追他的婉书，一个就是瞒着自己的病。

"路哥……"游野搓了搓脸，嘴里呢喃一句，想说为什么不告诉他，却又哽在喉咙里，说不出来。

"你初一来的时候，他就嘱咐我好几遍，不让我说，看你跟柯柯过来，他高兴得不得了，也精神了很多，等你们走后，整个人又跟抽了魂似的……"路哥把鼻梁上的眼镜取下来，顿了顿，放在了口袋里，"他不想给咱们添麻烦……"

"他这么好的一个人怎么就这样走了啊……"这个忙碌了一晚上的男人，这会儿慢慢地蹲下身子，哭起来。

老校长没成家，把一辈子都奉献给了他的婉书和学生们。

游野仰起头，眼睛发酸，却又哭不出来。

他想着老校长一辈子都是孤零零的一个人就觉得难过，这会儿老校长是不是……已经见到奶奶了？

后来又陆陆续续的来了很多老校长以前的学生，要么是红着眼睛的，要么就是一路过来都哭个不停的。游野坐在一边的角落，

听着他们带着悲伤和怀念讨论着以前上学时候老校长是如何对他们的。

路哥从书房出来，冲游野招招手。

"后天是不是就开学了？"路哥问道。

"路哥，我……"游野的话被路哥止住。

"你看，今天你过来忙了一天了，剩下的事有我们这些大人呢，等出殡的时候你再过来。"路哥话语间充满了疲惫。

"真没事，我上学不差这么……"

"可是老师在意，"路哥强打精神，语气严肃起来，"你之前旷过多少课，老师每次说起来的时候都又急又气，你是有天赋有能力的，不应该被生活拖累，你现在应该去上学，这样老师才会高兴。"

"所以，他不希望你再因为这些事耽误自己了。"路哥按了按游野肩头，沉声道。

游野之前每次旷课，老校长都是知道的，只找游野谈过一回，那时候游野还顶了回去——"我不打工，以后跟游柯一块去要饭吗？"老校长后来说"我养你们""你们来我家住"之类的话，游野通通不当回事。

游野现在想想，自己那时候真浑蛋啊，他吸了吸鼻子，说道："我知道了……"

"这是老师留给你的，"路哥从抽屉里拿出一个厚厚的信封，"他应该是写了挺多东西的，我看他前天还在写，写没写完就不知道了……你收着吧。"

"好。"游野接过来，他又看了看这间自己小时候常来的书房，这里一直没变过样子，桌子上摆的还是那张十几年前附中全体教职工的合影，也是老校长和奶奶唯一的合照。

游野回家的时候，第二天天刚亮，嬴折正在沙发上坐着，这是他起得最早的一天了，游野过去，坐在了嬴折旁边。

大年初一的时候游野还带着嬴折和游柯去给老校长拜年，还开玩笑说是见家长。此刻，嬴折能感受到游野的难受，抬手捋了捋游野的头发。

"其实，挺正常的，他年纪大了，"游野长长地出了一口气，声音有些发哑，"我就是，有点，我想着现在感觉过得挺好的，然后他不在了……"

嬴折拍了拍游野的背，没出声。

这时，游柯起床，打开房门走了出来。

嬴折本来以为游野不会和游柯提这件事，结果游野却语气很正常地告诉游柯，校长爷爷去世了。

游柯点了点头。

要是其他的小孩，嬴折可能觉得他们似懂非懂地点点头就过去了。

可游柯不一样，她一定听懂了。

虽然游柯没有说什么，但是吃饭的时候明显吃得少了，跟她哥哥一样，喝了半碗粥就再也吃不下。

"行了，"嬴折把游野跟前的那半碗粥挪开，"吃不下就放着吧，一会儿我刷碗，你再去睡会儿吧。"

嬴折刷完碗回房间，看见游野正靠在床头发愣。

"怎么不躺下？"嬴折过去把窗帘拉上。

"我睡不着，"游野低声道，"你陪我坐坐行吗？"

嬴折没说话，坐到了游野身边。

"咱们过两天去买一张大一点的床吧，"游野闭着眼睛，突然说道，"然后你就搬过来吧。"

嬴折低头看了他一眼，又把被子往上扯了扯："知道了，睡吧。"他轻轻摸了一下游野的脸颊，说道。

游野再睡醒已经是下午一点多了，暖气烧得特别旺，他睡得都热了，再看嬴折靠在床头也睡着了。

"你怎么就这么睡了……"游野笑了一下，让人上床睡。

快到中午时，游野睁眼，迷迷糊糊地说："我睡多久了？"

"饿不饿，我去弄点吃的？"嬴折问他，"刚才游柯跟他们班那红棉袄出去了，咱俩就随便吃点什么……"他说着，还打了个哈欠。

"红棉袄，小黄帽……"游野笑了一声，"我记得上次柯柯告诉过你他们都叫什么吧。"

嬴折哼了一声："实在记不住。"

吃过了饭，嬴折盘腿坐在沙发上，看游野拆老校长留给他的信。

"这么厚，里面是钱？"嬴折过来捏了一下。

游野刚想说怎么可能，然后就从厚厚的信封里掉出来一张银行卡。

"这……"游野皱了皱眉头，把卡放到了旁边桌子上。

信封里除了这张银行卡，还有一个小一点的信封，就是这个小信封占了大半厚度，这个小信封是用很有年头的牛皮纸做的，上面写着"不许看！"，那个叹号画得还挺可爱。

游野笑了一声，冲赢折扬了扬："这肯定是写给我奶奶的信。"

"还有一沓。"赢折伸手拿起那沓信纸。

"这是，"游野看了一眼，"是写给我的。"

"游野，孩子，突然想和你说点什么，又不知道说什么，怕你嫌我啰唆。你奶奶以前就嫌我话多，这是我看你们高兴我才跟你们说好多话，其实，好多人都觉得我是个闷葫芦呢。我记得你小时候，话也特别多，喜欢把书卷成个话筒到处跑，追着人家问问题，现在长大了，成熟不少……"

游野拿着信纸的手颤了一下，眼圈开始泛红。

"现在你大了，咱俩也没什么机会一块说会儿话了。我知道你很忙，也很辛苦，虽然你奶奶没有拜托过我什么，我还是觉得，没照顾好你们，是我的责任。

"其实好多话我早就想跟你说，初一你走了之后，我又觉得有些话不用说了，就是看不到我们柯柯长大成人啦，有点遗憾。那张卡里没什么钱，是我留给柯柯的压岁钱，今年的已经给了，那是以后的，你记得每年给她。

"游野啊，大孙子，真好，你现在特别好，我就最后再说几句吧。

"为人要善良谦逊，忌冷漠淡薄，要保持少年心性。

"对学业，要端正态度，争取进步；对事业，要志存高远，诚信笃行。

"对爱情，要坦诚坚守，忠贞不渝；对爱人，要体贴呵护，

同心长久。"

赢折跟着他一起看到了最后，突然就听到"啪嗒"一声，泪花落在洁白的信纸上。游野抬手捂着眼睛，牙关咬得死死的，忍不住哭出了声音。

"游野……"赢折叫了他一声，抬手把信纸接了过来，叠好放在一边。

"他是这样，我奶奶也是……为什么都不说啊，为什么不告诉我啊……"游野哽咽着，整个人都颤抖着。

"都不想让我累，都心疼我啊……"游野从喉咙里发出一声呜咽，"他们都不想让我长大啊……"

初一的时候，游野出老校长家门之前，被他叫住，老校长抬手够着游野的头揉了两下。

"你以前过分成熟了，现在倒有点这个年纪的孩子该有的样子了，挺好的。"

再开学，就是他们高中的最后一个学期了，班里多了几个同学，是艺考回来的，也少了几个人，有出去找机构上小班的，也有不上学了放弃高考的。

王贺飞就是其中一个。

不过他没什么存在感，游野和赢折也从来没把他当一回事过，两个人还是该学学该睡睡，尤其是游野，在地理老师盯的自习课上被一群人围着问数学题，好几次都惹得那位脾气特别不好的老师的白眼。赢折只好硬着头皮拿着练习册过去："老师，我有几道题不太明白……"

下了课，嬴折如获大赦地坐回来，舒了一口气："可算下课了，我都怕再问下去她拿书抽我。"

"不会，"游野笑笑，"我们折哥现在学习成绩突飞猛进，尤其是地理，坚持住，马上她就能对你有笑脸了。"

"我让她对我有笑脸干什么……"嬴折嘟囔一声，把数学卷子翻开，"这个，这个，还有这个，我都不会做。"

游野弯了弯嘴角："叫声好听的就给你讲。"

嬴折点了点头，在游野满含期待的目光中起身，说："那我找班长讲去了。"

他人还没从桌子绕出去，就被游野抬手拦腰拉到了腿上。

"松手！"嬴折脸红了。

"折哥以前没玩过叠罗汉吗？"游野搂着他的腰，笑道。

叠罗汉，校园时期男生最热衷的课间娱乐活动，一个人坐在椅子上，然后再来一个人坐在他腿上，再上一个人，一直能坐很多个人，越往下面的那个人越痛并快乐着。

"叠什么啊叠！"嬴折都想敲开游野的脑袋看看里面装的什么！

"哎，你俩玩啥呢？"班长晃悠悠地走过来，准备往嬴折腿上坐。

嬴折挣开游野的胳膊，皱着眉头站起来，先是回身踹了游野凳子一脚，又抬头看向班长，眼睛眯起来，问道："你有什么事吗？"

班长灰溜溜地离开了。

事后，班长拉着冻嘉嘉，问道："你有没有感觉出来你们这

儿有一股神秘的气氛啊？"

"呵呵，"冻嘉嘉冷笑两声，"您夸张了，哪是我们这儿啊，不就是赢折和游野他们俩散发出来的吗？"

尤其是有人来问赢折题的时候，那股诡异的氛围就特别强烈。

班长若有所思地点点头。

放学的时候，游野接了魏叔一个电话，说是找好的模特放了他们鸽子，这活特别急，希望游野能帮帮忙。

平时这种事是不用求的，主要经过陆离那次事情之后，游野托魏叔组了个局，请来了都是多年来照顾过游野的前辈，还有游野在拍片时认识的朋友。当时游野还端着杯子大大方方地说自己要全心准备高考，不接活了。

但是这回事发突然，游野想到魏叔以前是怎么帮自己的，就直接应下了，比较麻烦的是，魏叔需要两个人，于是，游野拉上了赢折。

赢折特别茫然地跟着造型师去挑衣服，然后又见化妆师小姐姐一步一步朝自己逼近。

"我不……"赢折反抗失败，还是被摁在了化妆镜前面，他眉头紧蹙，脸上写满了紧张。

游野笑了笑，对化妆的小姐姐说："您给他稍微打个底，修修眉，整个自然一点的妆就行，他临时来顶包，容易紧张。"

赢折上妆做造型，游野全程都陪着，做头发的哥哥开玩笑说头一回见跟锡纸烫似的自来卷。

这次是拍一个杂志封面，结果魏叔约的两个模特，一个到现在都联系不上，另外一个因为对象吃了安眠药，现在还在医院陪着呢。

"游野啊，"魏叔泪眼汪汪地过来，"没有你我怎么办啊？"

"行了，"游野笑了一声，"这么大岁数了整这么一套不肉麻啊？你谢赢折就行，他要不同意，我可不能给你拍双人的。"

魏叔"哎哟"一声，过来握住赢折无处安放的手，感动地说："赢折，多谢啊！"

"没事，没事……"赢折一边摆手一边瞪游野。

拍摄中。

"哎，好，这个姿势可以，"老魏指着助理，"那个光板往上打点，对对对，可以……赢折你靠近游野一点，我感觉那样效果好很多。

"行，保持住，对，游野就是这个眼神，等我来个特写啊！

"好好好，赢折嘴巴自然一点！"

……

一场拍下来，赢折觉得自己腰都快断了，原来看到的那些坐着、躺着、蹲着的各种漂亮姿势的照片要想拍出来真的不容易啊，他一屁股坐在了沙发上，游野则跟着魏叔去看照片。

他们拍到十点多，总算是都结束了，魏叔走过来拉着赢折的手，感慨万千，总的意思就是今天多亏了赢折，辛苦了，以后有需要帮忙的千万别客气。

趁赢折不注意，魏叔悄悄地对游野比了个大拇指。

今天是帮了魏叔的忙了，可代价也挺大，回家的一路上赢折都不理游野。不管游野说什么，他都没反应。

"折哥，风好大啊，我有点冷。"游野说道。

嬴折依然没反应。

游野还以为嬴折真的生气了，正准备继续哄他的，身后的人就靠了过来。

游野笑了笑，问道："晚上想吃什么啊？"

"叫外卖吧，太累了，回家别做饭了。"

早春的风有点凉，操场上的高三学生都裹着校服，蓝白相间的一片，还挺好看的。

游野站在主席台的角落，准备着自己的发言，看着好像是在背稿子，其实眼睛往下四处看，找着自己的班级和嬴折。

嬴折站在高三学生队伍里，还是挺显眼的。

今天是高考百日誓师，不过操场上的学生看着没什么精气神。

教导主任发言完之后，把话筒交给游野，拍了拍他的肩膀，示意他好好说，给大家伙打打气。

"尊敬的老师，亲爱的同学们，大家上午好。"游野把发言稿对折几下，放下，仰起头，让自己的声音通过话筒，传遍操场，"大家应该都认识我吧，高中三年，我觉得你们应该听腻了我发言了，说实话，我也累了。"

底下哄笑，气氛开始活跃起来。

"大家都知道我们二中是这座城市历史最悠久的高中，特别神奇的是，那时候我们的校区就这么大，七十年以后，她还是这么大。

"我们的学长学姐们，就是在这个温馨又可爱的地方，留下了很多属于我们二中的传说。

"而今天聚在这里的我们，也会书写辉煌。"

游野顿了一下，与人群中的赢折对上目光。

"本来，我以为我的高三会和之前没什么区别，依旧旷课，依旧考第一，直到有一个人出现，他告诉我，我这样是不对的，是他把我拽起来的。"

人群中一片嘘声，还有女生特别失望的哀号声，游野能听到他身后的教导主任不住地咳嗽。

游野还没继续说话，就听到下面抱着手臂一脸兴奋的老宋大声问了一句："谁啊！"

班主任带头八卦，其他人也都跟着凑起热闹来，离赢折近的人还过来问赢折知不知道："你天天跟游野在一起，你是不是知道他搞对象的事啊！"

你们知道我天天跟他在一起还问，赢折撇撇嘴，看向主席台上的那个人。

游野说话时，仿佛身上有光。

"我们要知道，我们身边有家长、有老师、有同学朋友，所以，我们战无不胜。

"传奇二中，高考必胜！"

"高考必胜！"人群里，不知道是谁先带头喊了一句，紧接着，各个班级都有人起头，一开始喊得此起彼伏，后来就整齐划一了。

一声声"高考必胜"响彻云霄。

学校还为他们准备了一大堆五彩斑斓的氢气球，让他们以班

级为单位放飞。

那天，二中的天空上，蓝天白云间布满了七彩的梦。

第二天，二中的百日誓师就上了同城的热搜。

"哎哎，"冻嘉嘉转身趴在游野的桌子上，"我们二中上热搜了，游野也上了，'二中最野的学霸'在发言的时候告白！"

游野看了一眼自己的照片，说："还可以，挺帅的。"

冻嘉嘉凑过来，问道："你说的那个人是谁啊？"

游野笑而不语。

嬴折白了他一眼。

两个人都没想到的是，下午的时候，游野再一次被顶上了热搜，这回是因为他的照片被发了出来，还有一堆营销号在炒作，说什么"忧郁学霸"的人设。

一个下午，十几个大小公司的人加游野，有的问他愿不愿意拍片子，有的问他愿不愿意选秀，还有人直接问他要不要出道当明星。

游野关了微博私信，把那群人都拒了，深吸了一口气，靠在了嬴折肩头："我火了……"

"让你嘚瑟，"嬴折哼了一声，"'我旷课，我逃学，可我还是第一'这种话也就你能不要脸说出来了。"

冻嘉嘉特别兴奋，第一次自己认识的人上热搜，她就差申请一个超话，搞个后援团，做游野粉丝后援会的粉头了。

班长过来的时候，她还在刷着手机。

"哎，我还是好奇游野的对象到底是谁，"班长一脸郁闷，"大家都天天在这儿上课，怎么他就能有对象呢。"

冻嘉嘉皱着眉头抬起眼看了班长一眼："你没事吧？"

班长俯身过来："你离他那么近，知道他女朋友是谁吗，是咱们班的吗？"

冻嘉嘉自顾自地刷着微博，半天没说话，过了好一会儿，她猛然抬头，一副受了很大惊吓的样子，一把抓住了班长，说："我好像知道那人是谁了。"

无论班长怎么求，冻嘉嘉都不说，班长只好幽怨地回到自己座位。

赢折看自己手机屏幕亮了两下，是冻嘉嘉，他看了前面的女生一眼，前后桌还用发微信？等他点开，他就知道为什么了。

冻嘉嘉给他发过来的是一条微博截图，是一家杂志的微博，在一个月之前他们两个给这家杂志拍了照片……

赢折深吸了一口气，看到冻嘉嘉又发来了一串问号。

他把手机扔到游野怀里，气鼓鼓地瞪了那人一眼。

游野一看照片，先是愣了愣，随即拿自己的手机打开微博找到了那张照片。

"恭喜你啊折哥，"他笑笑，"你也火了。"

"你给我滚啊，"赢折恼羞成怒，"谁想火啊！"

快放学的时候，老宋把游野跟赢折叫到了办公室，这会儿其他老师都下班了，就剩他一个，看他们俩进来，连忙招呼他们坐下。

"我这还是第一次看你们拍的照片呢，我觉得有些做作了，还是本人更帅！"老宋兴致勃勃地说道。

"您还玩微博呢！"游野呵呵笑道。

"怎么，就许你们小孩玩？"老宋把手机掏出来，"来来来，我叫历史老宋，你快点关注我，咱俩互关一下。"

等游野微博关注了他，他又看向赢折，赢折连忙摆手："老师，我没微博。"

老宋这才收了手机，抱着手臂靠回座椅里，来回打量了他们几下，然后看着赢折，说："之前跟你聊天，你说想学历史，现在呢，有确定的打算了吗？"

赢折看了游野一眼，说道："应该就是师范吧，但还需要继续努力。"

"嗯，可以，我看了你的成绩了，英语和语文上升空间还很大啊，你把这两大主科提上去，到时候选你喜欢的专业绝对没问题。"老宋点了点头，又看向游野。

游野立马道："我 H 大、师范都可以。"

老宋眉头皱起来，心想，都这时候了，游野还没改主意？

他叹了一口气："你知道我当上你班主任的第一天，老校长放学就过来找我了，他说他知道我是你的班主任就放心了，可还是想过来跟我嘱咐两句。

"游野，你不能老跟自己较劲。"

对，赢折心里应和道。

"你看赢折，"老宋指了指赢折，"他就不跟自己较劲，这事他能做到什么地步，他就去做，从来不想那么多，他的文综卷子还有数学卷子，大题都写得满满当当的，采分点没几个，可他偏偏要把他能想到的都写上，这是他最好的选择。"

"你呢，你最好的选择是什么，"老宋顿了顿，"不用我说吧。"

"我……"游野刚要开口，就被老宋抬手打断了："我知道，你会说，'H大也挺好的'，这不是我想听到的，而且，你真的觉得它很好吗？"

"游野，你有你自己该走的路，很多时候要懂得变通，不要过分执着，有些事情总会有解决办法的。"老宋把他们俩送出办公室的时候，是这么说的。

他们回家的时候，游野心情有些低落，赢折能感觉出来。在饭桌上，他有心让游野情绪好一点也无济于事。

吃过了饭，他去辅导游柯做作业，然后签字，等他再回到房间的时候，就看到游野一个人在床上坐着，房间里没开灯。

那张床很大，占了游野房间的二分之一。游野靠着床头坐着，赢折看着特别心疼。

"想什么呢，怎么不开灯？"赢折走过去，打开光线昏黄的床头灯。

"没有……"游野摇摇头，"你觉得，很多时候，我是过分执着了吗？"

赢折怔了一下，抬手拍了拍游野的肩膀，说："你是太愿意为我们着想，为我们付出了，可是我和游柯更希望你能走那条最好的路。"

第 十 章

关于高考是一场大型离别这件事

早上，赢折被窸窸窣窣的声音弄醒了，睁眼看到游野光着上身站在衣柜前找衣服。

"嗯……"赢折哼了一声，"你干吗去啊？"

"上班啊，每个月还领着边晚一万多块钱呢，"游野拎着衣服过来，"你再睡会儿吧，不用管我。"

赢折在被子里玩了会儿手机，看游野收拾好了准备要出门他才爬起来，说道："你等我一下，我也去。"

他们去的时候书店还没营业，有几个员工在打扫，他们看到游野来，打了个招呼后，小心翼翼地指了指水吧对面的沙发。

游野和嬴折顺着看过去，那里四仰八叉地瘫着个人，是边晚。

"她怎么了？"游野问道。

"今天十九号了，"嬴折看了眼手机，"薛良明天的飞机。"

最近他们一直在忙于复习，都快忘了薛良去日本进修美术的事了。

"昨天良哥给老板送东西，两个人不知道怎么就吵了起来。"一个员工说道。

"薛良出息了，"游野冷笑一声，"他不怕秦哥抽他啊。"

"不是不是，"旁边另一个员工连忙解释道，"薛良没有和晚晚姐吵，基本上是晚晚姐一直在吼薛良。"

游野看了眼沙发上睡得呼呼的人，叹了口气，又问："那她怎么成这样了？"

"昨天良哥被她骂得跟孙子似的，等老板骂累了，他就走了，然后我们一个没注意，她就自己翻了一瓶洋酒出来，几口就喝完了，然后就把自己弄成这样了。"

刚开始她还意识清醒，又拿着手机摁着语音骂了薛良半小时，后来手机都不知道掉去哪儿了，她就一个人在沙发上睡着了。

"秦哥他们知道这事吗？"游野又问。

"早上我们打过电话了，接不通。"有人说。

"那就是在飞机上呢。"嬴折说道。

边昀跟秦疏一起去英国参加一个戏剧活动去了，顺便再旅个游，这会儿应该是在飞机上。要是边昀知道这事，估计会赶回来劈了薛良。

"行吧，你们忙去吧。"游野说着，跟嬴折往边晚那边走过去。

　　离近了才看清边晚脸憋得通红，精致的妆早就花了，整个人颓废地窝在沙发上，那模样看着就让人难受。

　　"晚姐。"游野过去叫了她一声，边晚没反应。

　　"来，给你个任务，"游野把嬴折拉过来，"你负责把她弄醒啊，我去给她弄点醒酒的东西。"

　　"啊？"嬴折愣了一下，看了看姿势极其扭曲的边晚，真的无从下手，只能硬着头皮拍了拍边晚，"边晚，醒醒。"

　　嬴折蹲在沙发前面叫道："边晚姐，书店快开门营业啦！"

　　她迷迷糊糊地坐起来，哑着嗓子说："嬴折？"

　　"游野给你煮东西呢，你去休息室待会儿吧，一会儿就该营业了。"嬴折扶起她，把她送到休息室。等游野的东西煮好，嬴折又给边晚送了过去。

　　看边晚卸了妆洗了脸又在休息室躺下后，嬴折才出来，在水吧前找了个正对着游野的位置坐下，掏出带来的题。

　　这会儿还早，店里没什么人。游野端了杯热牛奶过来，他们两个早上出来得早，连饭都没顾上吃。

　　"学习呢？"游野过来，扫了一眼嬴折的文综卷子，"你这段时间练练字吧。"

　　"嗯。"嬴折喝着牛奶含糊地应着。

　　"嬴折。"游野叫他。

　　"怎么？"嬴折抬起头。

　　游野见嬴折的唇边沾了牛奶，轻笑一声，拿纸巾给嬴折擦干净。

临近中午的时候，游野水吧的工作才闲下来，他正擦着杯子，就听到那边玻璃窗被人拍响，他跟嬴折一块看过去，是薛良，他还拖着个半人高的行李箱。

薛良冲游野比了几个手势，嬴折没看懂，只看到游野回了薛良一个"OK"的手势，薛良便从外面进来。

"边晚没事吧？"薛良一进来就问。

"她在休息室呢，有没有事不知道，你自己去看看去吧，她喝了整整一瓶洋酒，我估计一会儿醒了就得吐。"游野擦着杯子，头也不抬。

薛良咬了咬嘴，"啧"了一声："那你一会儿看着点她吧。"

"你还是男人吗？"游野皱着眉头看他。

薛良没说话。

"你看边晚追了你也有大半年了吧，成不成，你都要给个话，"游野把杯子收进橱柜，"你这一走就不知道什么时候回来了，你还让边晚继续等你？"

薛良趴在吧台上，咬了咬牙："根本不是那么容易的事。"

游野挑眉。

"我现在说难听点就是个文身的，穷画画的，我什么都没有，怎么跟边晚在一起啊？吃软饭啊！"薛良压低了嗓子说道。

游野眉头还是皱着，冷冷地说："那听你这意思，你是想等你跟边晚势均力敌或者比她强了再和她在一起？"

薛良想也没想就"嗯"了一声。

"哦，"游野点点头，拿起手机点开百度，"边晚现在虽然不在边氏掌权，但也是继承人之一，身价保守估计过十亿，你想

跟她势均力敌，还学什么画画啊，现在开始天天烧香拜佛没准下辈子可以。"

听着这话，薛良脸色都不好看了。

嬴折没办法，放下笔说："你别这样说他。"

"他实在不争气。"游野摊摊手。

嬴折瞥了游野一眼，又看向薛良，问："你就是因为这个才不跟边晚在一起的？"

薛良沉默了很久，又抓了抓头发，说："我是挺尿的……"

"那你现在觉得你怎么样才能不尿啊？"嬴折看着他。

薛良又不说话了。

他们三个大眼瞪小眼半天，薛良才哑着嗓子开口："我得走了。"

"不是明天的飞机吗？"游野说。

"机场有点远，我今天晚上去那附近住一宿，省得明天折腾了。"薛良垂着眼，跟喝多了的边晚一样失魂落魄。

"你不去看看边晚了？"嬴折问道。

"不去啦，"薛良苦笑一声，"没准等我回来时，她都不记得我这个人了呢。"

"我这个人这么差劲，趁早忘了也好。"他说着，又看了眼游野，张开双臂抱了他一下，"高考加油啊，考完了过来日本找我玩啊。"

然后，他又抱了下嬴折："你也是，高考加油。"

"我走了……"薛良握住拉杆箱的把手，又往休息室那边看了一眼，使劲地眨了眨眼，然后出了书店。

薛良离开后不久，就听到休息室传来动静，赢折过去看到边晚红着眼从休息室出来，冲进洗手间，然后伏在马桶上，哇哇地吐起来。

赢折一直在旁边守着，等到边晚吐完，他才把卫生纸和水杯递过去。

边晚接过杯子漱了漱口，又吐了出去，才拿过了卫生纸擦擦嘴，说道："谢了啊。"她嗓子哑得不像样，整个人跟生了一场大病似的。

赢折看她："你有没有事？用不用……"

边晚摆摆手，到水池边冲了把脸后说："我没事，真没事，吐完了就好了，你们……别跟我哥说。"

赢折点了点头。

边晚收拾好自己，就到水吧边坐下，让游野给自己倒了杯热水。

"薛良走了吧？"她突然出声。

赢折写着字的笔一顿，点了点头。

"我就知道，"边晚呆呆地看着玻璃窗外，"明天这个时候我俩就有一个小时的时差了。"

后来边晚告诉他们，那天她其实早就醒了，一直躺在那里，她听到了他们的谈话，但她没有出去。

"我就听着他离开的。"边晚说。

有些人差了十二个小时也从来没有错过彼此，他们只是一个小时的时差，致命的是，他们从来没有在一起过。

"我有时候就在想，我谈个恋爱怎么这么难啊……"边晚趴

在冰凉的吧台上，手指一下一下地敲击着盛着热水的玻璃杯，眼泪在眼眶里打转。

"你放心吧，薛良他妈妈很传统的，绝对不可能让薛良领个日本姐姐回来，到时候，只要你还要他，他就还是你的。"游野安抚道。

"什么叫'就还是我的'？"边晚抹了抹眼泪，"他是我的过吗？"

"不一直都是吗，"游野笑了一声，"他想着去日本学本事回来挣大钱娶你呢。"

"是吗？"边晚呢喃着，像是想到了什么，"嗤"的一声笑出来。

六月，总是会迎来一场又一场或轰轰烈烈或悄无声息的别离。

六月七号的早上，赢折被游野拽起来："醒醒，折哥，该高考了。"

赢折迷迷糊糊地睁开眼睛，然后又闭上了。

游野掐掐眉心："快点，迟到该复读了啊！"

"啊……"赢折号了一声，才猛地从床上爬起来。

游柯在餐桌边坐着，她今天要去送考。

"赵肆已经到了，秦哥他们一会儿就到，"赢折在厕所刷牙的时候，游野边帮他整理头发边说，"今天游柯去给你送考，明天再送我。"

"好。"赢折嘴里含着泡沫，含混不清地应了一声。

游野和赢折不在同一个考点，一个在二中，一个在一中。

赵肆和边晚送游野去考试，秦疏跟边昀带着游柯送赢折，全体出动为他们俩高考保驾护航。

　　路上，赢折还在看语文。

　　坐在副驾驶的秦疏回头看了他一眼，笑道："这会儿复习是求个心理安慰？"

　　"嗯，"赢折点点头，"有点紧张。"

　　秦疏笑了两声："紧张什么啊，我看了你以前的成绩，上师范肯定没问题，放手考吧，没准心态稳了，还能再提几十分。"

　　"高考状元给你送考，肯定没问题的。"边昀一边开车，一边说道。

　　可能是老天也知道高考对孩子们的重要性，每年一到这个时候就开始下雨，气温比平时低了一点，没有那么热。

　　秦疏早早地看过了考场，下了车，从家长中间穿过去，把赢折送到了一中大门口。

　　进考场前，赢折捏着手机，心想，游野这会儿应该也到学校了吧？他愣了愣，把手机关了机塞进了书包里。

　　上午的语文对赢折来说没什么值得多想的，再好再坏也就是那个分了。

　　在自己学校考试的游野，从考场出来就被时报的记者拦住了。

　　"请问这位同学，你这次在自己学校考试，是不是感觉没那么紧张？"记者姐姐把话筒递到穿着二中校服的游野跟前问道。

　　"还好。"游野点点头。

　　"那你觉得你这次语文发挥得怎么样？通过这一门你对你这次高考成绩能不能有个初步的判断啊。"记者又问。

"嗯……"游野想了一下，"能考第一吧。"

"你们学校的第一吗？"记者有些兴奋，没想到采访到了一个学霸。

"不啊，最起码是个市状元吧。"游野眯着眼睛笑笑。

不多久，＃最起码市状元＃又上了热搜。

赢折有些无语地看着采访录像，又抬头看了看对面的游野，太强了，这大哥活的就是个不知道低调为何物啊，叫游野，人真的野。

"来来来，吃饭吃饭，"赵肆招呼着，在游野跟赢折面前摆了两碗棒子面粥，"怕你们考试吃太杂了闹肚子，咱们今天就一切从简，考完了再安排大餐！"

赢折皱着眉头看着自己面前黄澄澄的棒子面粥，再看看秦疏他们前面的烤羊排、松鼠鳜鱼、东北乱炖等"大鱼大肉"，眉头皱得更紧了。

游野看他那样，笑了笑："你们不知道啊，对我们折哥来说，吃这碗粥才是吃得太杂了呢。"

众人笑起来。

赢折咬着筷子瞪了他们一眼，抬手夹了一块鱼肉。

八号下午考完英语之后，赢折出了考点，秦疏他们的车没有停在平时的位置，赢折在路边等了很久也没有看到他们。他刚掏出手机准备打电话，就看到游野抱着一捧向日葵过来了。

"恭喜解放，"游野晃了晃手里的向日葵，"我看大家都有花，就想着也得给你安排上。"

嬴折接了过来，有生之年第一次收到花。

"你不也是刚考完吗，"嬴折看学校门口的马路都堵得水泄不通，有些疑惑，"怎么过来得这么快？"

"花是赵肆买过来的，"游野笑笑，"二中离这儿就两条街，我跑过来的。"

嬴折眼底热了热，把花抱得紧了些。

"现在去哪儿？"嬴折问。

"好不容易高考完，咱们可以好好地放松放松了。"游野把手臂搭在嬴折肩上。

嬴折挑挑眉，问："吃饭看电影逛街？"

游野干笑一声："那不然，你想干什么？"

"逛街吧，"嬴折甩甩胳膊，活动一下手脚，"上大学不是都要买电脑吗，正好去看看。"

"现在就去？"游野愣了一下，"等以后上了学有需要再买吧。"

"我不，"嬴折瞪着他，"我就要高考完去买，这是仪式感，你懂个啥。"

嬴折又小声说了句："要不是手机去年买的，我连手机也想换。"

游野叹了口气。

他是真的拿嬴折的购物欲没办法，也不知道为啥嬴折特别喜欢买东西，就冬天的羽绒服，嬴折都买了好多件，还说可以跟游野换着穿，连带着游柯隔三岔五的就有新衣服。

之前游野还提过不用总给游柯买衣服，嬴折都跟没听到一样，

俨然把游柯当闺女养了。

每次游野拦着他花钱的时候，嬴折都会说"我不"。

游野无奈，也就随他去了。

到了商场里，两个人坐电梯上到了数码产品那层，找到了卖电脑的店，嬴折想着自己也不打游戏，买个配置一般的就可以。游野以后要学传媒专业，买个配置好一点的，让他可以剪片子做后期。

"你们这儿有没有那种适合剪片子做后期的笔记本啊，内存特别大的那种，"嬴折也不懂电脑，于是告诉售货员自己的需求，"适合传媒专业的人用的。"

售货员看嬴折和游野两个人都穿着校服，就没想着给他们拿最高配置的，指着一台七千多的电脑，说："这款在我们这儿卖得不错，应该挺适合你们的。"

嬴折点了点头，看了眼站在另一边看其他电脑的游野，又回过头来，指了指售货员身后两万多块钱的电脑，小声问道："七千多的跟两万多的那种有什么区别吗？"

售货员笑了："肯定是有区别的啊，两万多的处理器更好一些，其他的性能包括显示屏、键盘、散热器等等，也都要更好。"

"噢。"嬴折也没听太明白，就只知道两万多的更好。他看游野正往自己这边走来，就没再考虑，直接跟售货员说，"那你两台都给我拿上吧。"

"这台七千多的和架子上的那台两万多？那其他的设备，像耳机、鼠标……"售货员问。

"你都拿上就行了，"赢折拿了卡出来，"刷卡。"

"这么快就挑好了？"游野看赢折都准备刷卡了，问道。

"对啊，我又不懂，没什么可挑的。"赢折道。

"行啊，"游野抬手拿起价牌看了看，"卖身契又续了一点。"

赢折皱着眉看他："你之前签的不就是终生的吗？"

"何止啊，"游野笑着说，"下辈子也是你的好兄弟。"

买完了电脑，赢折又要去看衣服，从运动品牌逛到潮牌，给自己和游野又置办了几身新衣服才算完，游野在一边看着，猜想是不是这段时间赢折被高考折磨疯了。

他们大包小包地买完，把免费的劳动力赵肆叫来，让他把东西带走。

"我俩要好好放松几天，麻烦你这个周末照顾好我妹妹。"游野拍了拍赵肆肩膀，语重心长道。

"OK！"赵肆领命便走了。

"接下来去看电影吗？"赢折眨眨眼。

他们不仅去看了电影，还吃了饭，但是赢折没有想到的是，游野最后拉着他去了电竞酒店。

"有病啊，有家不住住酒店，你有钱烧的啊！"赢折挣扎道。

"你今天下午挥霍了那么多，不许我也放纵一下？"

"滚吧你，我花钱累着你了？"赢折不情不愿地跟着游野进了酒店，"跟你出来开房打游戏我才是花钱买罪受呢！"

"放心，"电梯上，游野笑道，"今天肯定不让你受罪，我带你打游戏。"

怎么不是受罪？赢折一介菜狗被游野拉着来这种电竞酒店，

旁边的人大杀四方 carry 全场，他就只能为了不被封号忍着不骂人把自己憋出内伤。你折哥什么时候受过这种委屈？

游野笑着看着赢折："你在我旁边坐着就是我的辅助。"

不知道是不是赢折在电竞酒店熬了通宵的原因，后来每天赢折总有各种理由早睡，游野又不好拦着，生怕赢折被逼急了跑去睡沙发。

高考出分前一天的晚上，游野洗完澡回房间，难得地看赢折还坐在床边上没睡。

"干吗呢，不是说最近要养生吗，天天九点就睡了，今天都十点半了，怎么还不睡？"游野擦着头发过去，拿湿毛巾蹭了蹭赢折的脸。

"别闹，"赢折把腿盘起来，手边还放着新买的笔记本，"我等着查分呢！"

游野揉了揉他的脑袋："高考复习都没见你熬过夜，明天起来再查也一样啊。"

"我都和班长他们约好了。"赢折甩开游野的手，倔强道。

"别管他们，"游野把毛巾搭在一边，过来直接收了赢折电脑，"别闹了，早点睡。"

"游野……"赢折咬了咬牙，看着游野严肃的神情，"行行行，睡，行了吧！"

他说完，就跟堵气似的翻过身去，不理人了。

游野没想到的是，这个说要熬夜等高考分数公布的同学在十五分钟后就打起了呼噜。

游野无奈地笑笑，把嬴折枕头旁边的手机放到床头，关了灯躺下，又把空调被给嬴折往上拉了拉，省得晚上着凉。

第二天，游柯的拍门声把两个人吵醒了。

"怎么了？"游野爬起来去开门。

游柯直接扑了上来。

"你是状元！状元！"游柯紧紧地搂着游野的脖子，激动得两条腿乱蹬。

嬴折本来还睡得迷迷糊糊的，听到"状元"两个字，立马就清醒过来，问道："状元？游野是状元啊！"

"你怎么知道的？"游野把妹妹放到床上，柔声问道，平静得好像考了状元的不是他自己一样。

"省高考的公众号上面说第一名是二中的，我就知道是你啦！"游柯把那篇推文点出来，递给游野看。

"是二中的也不一定是我啊……"游野揉着妹妹的头笑着，还没等他说完，嬴折就在后面叫了一声。

"怎么了？"游野扭头。

"是你！就是你！"嬴折捧着电脑，"734分，你不是状元，谁是状元！"说话的工夫他就把游野的分查出来了。

"和我估计的差不多。"高考完，游野连分都来不及估，天天跟嬴折吃喝玩乐，等到出了分，他又轻描淡写地来了句和他估计的差不多。

"你怎么这么淡定啊。"嬴折"啧"了一声，把分数截图发在了他们几个人的群里。

边昀很快就说话了，先是恭喜游野，然后又问赢折多少。

赢折在游野和游柯的注视下，输入了自己的账号密码，点查询那一瞬间，他特别特别紧张。

"596分，"游野凑近电脑屏幕说道，"真厉害。"

群里面已经炸了锅。

秦疏："厉害厉害，比边昀当年厉害多了，当年我给他那么补课，他也就考了500多分，赢折这都快到600分了。"

边昀："我要是当时再努力一点，没准我也能。"

边晚："厉害厉害，游野牛。"

赵肆："你们俩这分是人能考出来的嘛！"

秦疏："我高考721分。"

边晚："我高考694分。"

赵肆："您的好友[卑微的尼古拉斯赵四]已退出群聊。"

薛良："在这自己讨伤害有意思吗，四四？"

秦疏："下午出来吧，正好一块帮你们参谋参谋报志愿的事。"

下午的时候，这帮人又凑到了书店里。

边晚的这间概念书店主要是面向小朋友的，结果游野、赢折穿得一身黑的在这儿坐着，两个人一身肃杀之气浑然天成。一会儿赵肆也来了，哪怕这人笑得再欢，在小朋友眼里，都是光头强一样的狠角色。

就赵肆进来后的那一会儿工夫，就跑了好几个小孩。

赵肆摸了摸自己的脑袋，有些纳闷，看见赢折和游野，立马过来，嘿嘿地笑着："今天晚上请客嗷，大状元！"

"你把小朋友们都吓跑了。"游野看着赵肆锃亮的头顶，有些无奈地说道。

"嗨，"赵肆摆摆手，"恶霸出街，一般操作。"

"傻……"游野骂了一声。

"你今天怎么穿的自己的衣服啊，不干了？"赵肆看游野没穿书店的工作服。

"高考假，"游野靠在沙发上，"你没有，羡慕吧？"

赵肆翻了个白眼，走到一边坐下，等边晚他们过来。

晚上，几个人订了个台，一块喝酒。

最近高考完，娱乐场所都被管得挺严的，过了晚上十点都不让有大的动静了，隔三岔五的还有带着摄像头的执法人员进来巡视。

今天酒吧里人挺多，就是没有很嗨的音乐，DJ 在台上摇头晃脑了一会儿就下去了，音乐变得有点无聊。

不过没人管音乐如何，那边已经喝嗨了两桌了，游野他们这边还算正常，喝多了容易耍酒疯和胃不好不能喝的人跟前摆的都是茶兑的野格。

"来酒吧不喝酒我还不如回家睡觉。"秦疏一开始特别不乐意。

边晚和赢折在旁边赞同。

游野无法，只能给他们兑的饮料多了一点。

"玩什么，"边昀一手拿着筛盅一手扑克，"南北战还是金字塔。"

"金字塔。"秦疏表态。

说完之后，他又有点后悔："玩金字塔不得喝一肚子饮料啊。"

边昀一边摆着金字塔一边说着："游野这分上 Y 大稳了吧。"

"状元还上不了 Y 大？"秦疏道。

嬴折心头一紧，下意识看向游野，那人松松懒懒地窝在沙发里，脸上被灯光打得一会儿蓝一会儿绿，看不清他的表情。

游野过了一会儿才说："H 大也挺好的。"

桌上的人都愣住了，赵肆又把话头扯开，问了问嬴折想报什么专业，他们暑假打算去哪儿玩之类的话，没人再提游野七百多分要上 H 大的事了。

一轮玩下来，嬴折跟堵气一样给游野翻的牌加倍，一开始边晚觉得好玩给游野加了两杯，嬴折直接扔了两张上去。

游野愣了愣，端起杯子喝了一杯，然后又拿过酒瓶，一共八杯酒。中途赵肆想拦一下，就看到嬴折眼睛紧紧地盯着游野，眼眶发红，好像那一杯又一杯的酒是他喝的一样。

游野起身去洗手间，嬴折也跟了过去，他看游野喝了那么多，起身的时候都晃了晃身子，没多想，过去就把人摁在了瓷砖墙上。

"怎么了？"游野看着双眼有些失焦。

"为什么还想着上 H 大啊，你考了个状元你就上 H 大啊！"嬴折憋了一肚子的火，再加上他也喝了点酒，抬手攥住游野的衣领吼道。

"H 大有我喜欢的专业……"

"Y 大也有！"嬴折红着眼睛反驳道，"你到底在不放心什么啊。"

"我会留在这儿，会守着游柯，守着咱们的家，游野，你告诉我，你到底在不放心什么！"嬴折拽了拽游野，语气中带了点委屈。

游野低着头，半天，嗤地笑了一声，没等赢折反应过来，两人的位置就换了。游野把赢折堵在自己胸膛间，歪着头看了人半天："我就不放心你……"

"你不放心什么！"赢折恶狠狠地说，"你就没喝多，装什么蒜！"

"怕你再灌我啊……"游野说道。

"你快滚吧，考了状元还要上 H 大！"赢折挣开他，气鼓鼓地瞪着人。

两个人僵持间，厕所响起马桶冲水声，紧接着"哐当"一声，一个人高马大的男人扶着墙朝他们这边走过来，站都站不直了，嘴里还念叨着："谁、谁是状元啊……"

赢折甩甩胳膊，转身出去了。

酒局结束的时候，只有赵肆一个人喝多了，事后据在场的所有人回忆，当时没有一个人灌他，确实是他自己做游戏老输，输到最后大家都不好意思赢他了。

游野叫代驾把赵肆送回家，又带着赢折打车回去。

路上，赢折一句话都不跟他说，不，从酒吧的洗手间出来的时候，赢折就已经不理游野了。

等两个人回了房间，游野故意搂着人蹭，蹭到赢折忍无可忍了，游野眼睛刚亮了亮，就被赢折一个炮蹶子给蹭地上去了。

他刚要爬回去的时候，赢折已经坐起来了，手里抱着的不知道是谁的枕头。

"要么你去客厅，要么我去。"赢折嘴上是这么说，可脸上

写满"你赶紧滚去客厅如果你敢让我去客厅你就完了"。

"折哥，别闹了，"游野单膝跪在床上，"我也不跟你闹了，好好睡觉吧，外面多热啊……"

他话还没说完，枕头就迎面过来了："那你去吧。"

游野那晚是在客厅沙发上睡的。

可他醒过来的时候发现其他的门都关了，嬴折卧室的门却开着，空调的冷气从卧室到了客厅。

游野知道他走哪条路最好，可如果走那条路就要缺席嬴折的四年大学时光，就不是他的最佳选项。

第十一章

我很荣幸可以看你奔赴更好的未来

　　填报志愿的最后一天晚上，嬴折靠在床头坐着。游野进屋，还以为嬴折在为自己填了 H 大新闻专业的事生气，过来揉了揉他的头："别生气了，咱们不分开不好吗？"

　　"我没生气……"嬴折心事重重的样子，躲开游野的手。

　　等游野上了床之后，刚要关灯，嬴折突然跳下床。

　　"你干吗？"游野有些奇怪，嬴折今天神经兮兮的。

　　"你……你先躺着吧，"嬴折出了口气，"我、我去院子里透透气。"

　　"你今天到底怎么了，我陪你？"游野也要爬起来。

赢折连忙抬手制止他："不不不，你别动，你躺着，别管我！"

"啊……"游野被吓了一跳，又躺回去，半天，"嗯"了一声，"那你早点回来啊。"

赢折点点头，拉开房门出去了。

夏夜燥热，充满着离别前不安的躁动。院子里夜幕深深的，只有门口小灯泡的暖黄色的光线下，还扑腾着几只飞虫。

赢折抱着笔记本电脑，死死地盯着时间。

最后五分钟，他终于把自己不知道记了多少次、早已烂熟于心的那四位数的专业编码敲了上去，点了提交之后，看到游野的志愿填报从 H 大变成了 Y 大。

他亲手替游野做了那个艰难但正确的选择。

这件事本没有对错之分，可对赢折来说，只要是对游野好的，就是绝对正确的。

哪怕他们要经历别离。

这半个月游野在书店按时上班，赢折则在家和书店两头跑，有时候还带着游柯去看电影或者去游乐园，直到有一天，赢折接到老宋电话，说游野通知书到了。

电话其实是打给游野的，正好那天游野手机落到家里，赢折接起后听老宋说完，他心头一喜，紧接着又焦虑起来。

他到学校的时候，老宋在办公室等他，一见他来，立马兴奋地冲他招手："来来来，我这是第一次摸到 Y 大通知书，快点给我和 Y 大通知书拍一张！"

赢折给老宋跟游野的通知书拍了两张照片，老宋的脸因为激动有些发红："哎，你是怎么说动游野报 Y 大的啊？我报志愿的时候还跟游野打了电话，他跟我说填的 H 大啊。"

嬴折怔了一下，抬手扶额，说："老师，我完了。"

"嗯，怎么了，"老宋有些不解，"这么好的事，你怎么了？怎么还完了？"

"游野自己是填的 H 大……"嬴折现在感觉头都大了。

"啊？"老宋一下子没反应过来，等他琢磨明白嬴折什么意思，也瞪圆了眼睛，"你把他志愿改了？"

"那我也不能看着他报 H 大啊！"嬴折号了一声。

老宋过了半天，才重重地叹了口气："哎呀……"

还没等嬴折说什么，老宋就把通知书塞到了他手里："你说你跟我说这个干什么，搞得跟咱俩同谋一样，这通知书我就不等游野过来了，你给他捎回去吧！"

嬴折揣着通知书退了一步，他难以置信地看着老宋。

"你交给他最合适了，"老宋把人连请带推的弄出了办公室，"那个，Y 大，多棒的学校啊，好好庆祝啊！"

嬴折愤愤地扬了扬手里的通知书，离开了。

他磨蹭了好久，才到了书店，隔着玻璃窗，就看到游野站在那里调制饮品，他刚站定，游野就抬头看了过来，然后笑着冲他招了招手。

嬴折只觉得这些都是死前的温存。

"你怎么过来了？"游野给他端了杯果茶过来。

"我……"嬴折坐在自己常坐的位置上，从包里把游野的手机摸出来，而包里，还装着录取通知书，"我来给你送手机……"

"噢，"游野接过来，"出来得急，忘了。"

"然后……"赢折想了想，"我还去了趟学校……"

"去学校做什么，录取通知书到了？这么快？"游野笑道。

他们班好几个同学都填的 H 大或者师范，今天也没人晒录取通知书啊。

"嗯，"赢折点了点头，"是你的录取通知书到了。"

游野的笑僵在了脸上，问："什么叫我的录取通知书到了？"

"就是……"赢折从包里掏出那红彤彤的 Y 大录取通知书。

"赢折……"游野眉头皱起来，他看着桌面上的录取通知书，什么话都哽在了喉咙里，他又抬头看了眼低着头的赢折，抬手，把通知书拿了过来。

"这就是你想让我上的学校吗？"游野声音很轻，但赢折知道游野生气了，而且还是特别愤怒的那种，"赢折，你可太有主意了。"

"游野……"赢折委屈的情绪一下子涌上来，憋在心里很久的事终于可以拿到台面上来说了，"我没主意怎么办啊，就看脑残的你非要留在这儿吗？"

"赢折！"游野没明白，明明是赢折做错了事，怎么现在他在骂自己呢？

"我憋了好久了！我容易吗？"赢折不管不顾地吼起来，"我一宿一宿的睡不着觉，一想到你要报 H 大我就气得睡不着。你以为我想改你志愿吗？你口口声声要陪我们，你怎么不问问我们需不需要你陪啊！"

"我们是需要你陪，但不需要你这么陪！"赢折抓了抓头发，"我在说什么……"

游野本来想说应该生气的是他自己吧，结果看赢折委屈地嚷了几句，眼睛都红了。他后面的话都说不出来，低着头看着桌子上的录取通知书，所有的话都哽在心头。

"说话啊！"赢折看游野低着头也不说话，瞬间更生气了，"你不是生气吗，生气你骂我啊！"

半天，游野才小声说了句："我骂你什么啊？"

你做不到的事，他可以帮你做到；你做不了的决定，他能为你做。

你所有的理智，所有的欢欣雀跃，都同他有关，他带着未来的希望和梦想，无比坚定地一步步向你走来。

赢折的眼泪就在眼眶里打转，游野心都疼了。

游野也哽咽着说："别哭，我不该说你的，主要是这太突然了……算了，不突然，你跟我商量我估计也不会同意，好了好了，别哭啊……"

"你自己什么都知道，就是故意气人！"赢折还是有气，抬手捶了游野两下。

"是，以后什么都听你的……"游野任由人打自己撒气。

"我本来想着你考上 Y 大咱们好好庆祝一番，现在好了，我一点都不高兴……"赢折心情还是很不好，闷闷不乐道。

"哟，你俩这是干吗呢？这副表情给我招揽客人呢？"边晚听店员说赢折和游野闹起来了，便走出来看看。

"没，"游野装作什么事都没有发生的样子，"赢折眼里进东西了，我给他吹吹，你看，他眼睛都红了。"游野说着，把赢折摁在沙发上，又揉了揉他的头发。

赢折没吭声。

边晚眼尖地看到桌子上的录取通知书，惊喜地说："Y大的啊！"

"你俩怎么不打开看啊？"边晚好奇。

"没什么可看的，新闻专业，对吧？"游野看向赢折。

赢折红着脸，"嗯"了一声，把脸转向另一边。

晚上，赢折刷完碗，甩着手出来，游野正带着游柯看着什么。他走过去。

"这是咱们的城市，这是我上大学的城市，这是赢折老家……"游野指着地图给游柯介绍着。

"从咱们这里出发，坐高铁四十分钟就可以到我的学校，"游野给妹妹讲着时间和距离，"所以，如果你以后想我了，一个多小时就可以见到我。"

"如果想我了，就让赢折带你来找我。"游野指了指赢折。

游柯听着，重重地点了点头。

回了房间之后，赢折坐在床上，想着刚才游野吃饭的时候告诉游柯他要去Y大的时候，游柯那一瞬间的失落，赢折现在又觉得自己做得不对了，他把游柯的哥哥送走了。

"又怎么了？"游野进屋，看赢折又是这副表情。

"要不，你还是骂我两句吧，"赢折抬起头，"你不说我两句，我心里还是不舒服。"

游野愣了一下，随即笑起来："还有讨骂的？"

"好了，"游野关了灯过来，只留了一盏床头灯，他坐到了赢折对面，两个人盘着腿面对面坐着，"我才和游柯讲明白，现在又要和你讲了吗？你改我志愿的时候想得那么明白，怎么现在又迷茫了？"

"不知道。"赢折摇摇头。

"我知道，没事的，"游野微笑着，眼里带着床头灯橘黄的暖光，"你们想我了，就来找我。"

"好。"

要去往远方，带着一身荣光满载而归。

我们在晴空万里、浅夏悠长时，再重逢。

三年半后。

"赢折，新进了一批英文书，放哪儿啊？"店员指着门口地板上摆的箱子，问正站在水吧后面打电话的赢折。

"马哥等一下啊，"赢折跟电话里的人说了句后又对店员说，"英文书放在那天我让你们收拾出来的英语角的黄色架子上，蓝色靠墙那个别动，回头放英文教辅材料。"

店员明白了，招呼人搬箱子，赢折看他们过去，又回过头来拿起电话说："马哥，我们都租了你两个商铺了，第三个咱们价钱优惠一点嘛，是，这两个都三万多，那问题不是在商业街嘛，世纪华庭那边那么偏，也是三万多就……"

好不容易跟房东谈好了价，吧台前就来了个小朋友，举着微信支付码，扒在水吧吧台上，奶声奶气地叫道："哥哥。"

赢折连忙放下手机，问："你想喝什么呀？"

"粉粉的那个！"小女孩指着图册上的那杯草莓棉花糖，眼睛亮晶晶的。

"好，没问题，"赢折举起扫码机，收了款，柔声道，"那你先去坐一会儿好不好，哥哥做好了就给你端过去。"

"谢谢哥哥！"

小女孩欢乐地走了，赢折拿了玻璃杯开始调制。

"行啊，越来越有样了，"边晚从休息室出来，走到水吧前，看了看他胸口别的店长的徽章，笑了笑，"以前做杯奶茶都能把小孩吓哭，现在长进挺大啊。"

赢折刚来的时候，还不太会和小孩打交道，也没个笑脸，像个没有感情的杀手一样，往往还没开口说话，就会把小朋友吓哭。

现在的赢折已经十分有店长的样子了，很像从前的游野。

"游野几点的飞机？"边晚问。

"一点到，我一会儿就得走了，"赢折说道，"接了他后还得参加游柯的家长会去，今天事都赶一起了，开完家长会就去看店面，等签了合同就准备装修了。"赢折数着他今天的行程笑得无可奈何。

"我怎么感觉你还挺享受的呢？"边晚笑道。

赢折点头："还行吧，以后你孩子要是回回都考第一，你也会特别乐意开家长会的。"

边晚笑了半天："我怎么听说上次你去，有家长非要给你介绍女朋友呢。"

赢折撇撇嘴，解了围裙，说："我差不多该走了。"

"去吧去吧。"边晚摆摆手。

游野拉着行李箱从国内到达的出口出来，就看到那个熟悉的高瘦身影站在不远处，双手插兜往这边打量。

嬴折见人出来，迎了上去："一个月出差三次，你不会是悄悄谈了个女朋友吧。"

游野笑了笑，从自己实习以来，嬴折就对自己时常出差颇为不满，于是开玩笑道："嫌我出差次数多，要不你把我们公司买了？"

嬴折"啧"了一声，这个念头他不是没动过，后来看了看游野公司的市值就放弃了，不过他现在和秦疏合伙做了餐饮，未来发展得好的话也不是不可能。

"别啧了，"游野捏了捏嬴折，"这是我导师推荐去的公司，我不用功一点，张老师会没面子的。"

是了，反正闹气也没用，算了。

嬴折没好气地把游野的背包接过来，催促道："快一点，我还要去给游柯开家长会呢！"

游野低笑两声："开上瘾了？上次我给你写的优秀家长代表的发言稿是不是文采斐然、语惊四座？"

因为游柯同学在班里的优秀表现，老师请她家长来学校发言，简而言之就是让大家听听别人家家长是如何把孩子教得这么优秀的。虽然嬴折特别想说都是游柯自己争气，和家长并没有什么关系，但还是拿着游野给写的稿子去了。

没想到当了十几年学生都没上台发言过，反而因为游柯，嬴折好好地风光了一把。

"你实习的事怎么计划的呢？"回去的路上，游野问道。

　　他们今年都大四了，游野在导师推荐下进入了一家全国知名媒体实习，而嬴折则有课上课，没课就去书店做事，还要照顾游柯。

　　自从嬴折考了驾照之后，有时候周末还开车带游柯去 Y 大看游野。

　　"我还没想好去哪个学校呢。"嬴折把着方向盘说道。

　　"一共也没几所高中啊，"游野把座椅靠背调低了一点，"要不你去跟老宋做伴得了。"

　　嬴折叹了口气："想想就尴尬。"

　　"你开了这么半天的车累不累，要不我去开家长会？"游野问。

　　"不，"嬴折果断拒绝，"你回家歇着吧，我们快回来的时候我告诉你，你做饭就行了。"

　　"行啊，"游野笑了，"折哥现在赚钱养家比我在行了。

　　嬴折憋着笑，瞪他一眼："话真多。"

　　嬴折把游野送回家，又赶到游柯学校，在那儿听老师交代了一堆寒假注意事项，还提醒家长督促孩子认真完成作业后，本来以为结束了时，老师又说话了："游柯家长，麻烦留一下。"

　　嬴折看了游柯一眼，对方冲他耸了耸肩。

　　嬴折站起来活动了一下肩膀，然后就往老师那边走过去。

　　"游柯哥哥，"老师是个年轻的女孩，二十六七岁的样子，一度被游野说她对嬴折有意思，她小声对嬴折说着，"是这样的，期末考试之前，我发现游柯跟班里的一个男生谈恋爱……"

　　"什么？"老师话还没说完，嬴折眉毛就挑起来了，"哪个？"

他说着，还回头在班里扫了一圈，之前他就观察过，这个重点班的男生长得都太普通了，一个个的眼镜片跟啤酒瓶底一般厚，他倒要看看，谁家小兔崽子这么有胆子，敢勾搭游柯。

"啊，游柯哥哥，你别着急，"老师连忙安抚，"之前就是怕这事影响孩子期末复习，所以我没有说，现在放假了，我还是希望您平时多和孩子聊一下，和她谈谈这方面的事，我知道游柯是个特别懂事的孩子，比同龄孩子都要成熟，所以我们家长更要注意。"

赢折眉头都拧到一起了，小声说了句："这不是我的事。"

他的事就是后勤保障，像这种谈心的事情，是游野的。

不过，游野会不会越教越歪，那就说不好了。

回家的路上，赢折忍不住问："柯啊，你真谈恋爱了？"

"怎么会，"游柯回道，"我和班上的那个男同学就是有时会一起去食堂吃饭、去书店看书，再正常不过的同学关系而已。"

"有照片吗？"赢折问。

游柯笑了："普通同学的照片也要看？"

"什么叫'也'？"赢折看了她一眼，"我见了你们同学那么多次，也没看哪个长得好看啊，好奇不行吗？"

"行，"游柯笑起来，"给你找。"

赢折看了照片，他见过这个男孩，戴着细边眼镜，看着斯斯文文的，有回路过操场，见那个男生穿着运动服打球，身材还挺结实的，不文弱。

赢折勉强点了点头，还凑合吧。

"你要跟我哥说吗？"游柯问道。

"你想我说吗？"赢折反问。

"随你，"游柯弯着眼睛，"他才不会管我这些呢。"

忙完回家后，赢折看着门口被游野收拾出来的外卖盒子跟零食袋，咽了咽吐沫，心想，完了。

虽然这些年，大家变化都很大，可赢折因为懒，一直都没学会自己做饭，后来连带着游柯也跟着他吃外卖。

赢折能想象到游野肯定会说他了。

果然，游野坐在一桌饭菜旁，玩着手机，看赢折他们回来，眯起眼睛，看向赢折。

赢折硬着头皮过去："就点过几回……"

"吃饭。"游野收了手机，抬抬下巴让他们去洗手，显然是不打算和赢折多说。

吃过了饭，游野还是不说话，直接进了浴室。

赢折咬咬牙，在人从浴室出来裹挟一身水汽的时候，过来把人扑到了床上："游野你个王八蛋！"

游野习惯了，这些年，对于赢折无论对错上来就啃人骂人的劲习以为常，怎么办，自己惯出来的，又不能骂，接着宠呗。

"是我不对，"游野一副看开了的模样，"不该把一个初中生交给一个自理能力是小学水平的人照顾。"

"你……"赢折的那句你知道就好哽在喉咙间，他好怀念之前每天睡醒就有游野煮好的粥。

"我刚才，在家收拾屋子的时候，做了一个决定，并且实施了。"游野轻声说。

"什么决定？"赢折猜不到。

"我跟带我的主任说，我以后都不出差了，"游野说着，笑起来，"然后他就让我以后不用去了。"

　　"什么？"赢折惊讶得跳了起来。

　　"然后，导师的电话就打过来了，"游野还是笑着的，"他问我是不是疯了，我说我不干了，他说'取消你保研你信吗'，我说我自己考华科。"

　　"后、后来呢？"赢折知道游野没逗他，游野确实做得出来。

　　"华科导师是他死对头，两个人曾经在学术杂志上隔空对骂过，所以他才不想让我去。"游野双手抱头，靠在沙发上。

　　"这回我可以留下来照顾你们了，"游野说着，眼睛里满满都是光，"给个机会吧，折哥。"

番 外

想见你

　　游野和赢折大一开学报到的时间都差不多，赢折安排先送游野去报到，谁知这人说什么都不同意，非要先陪赢折报到。

　　"我得先去你们学校看看，教室、图书馆、食堂、宿舍，都得好好看看。"游野说道。

　　赢折抽抽嘴角："主要是想看宿舍吧。"

　　他以前真没看出来游野是醋性这么大的人，就惦记着赢折要跟五个男生一寝室，非要先去看看。

　　赢折无法，只得同意。

　　赢折当天只带了录取通知书和身份证，拉着游柯，身后还跟着游野，三个人一起去报到。

一开始，游野听说学历史的学生基本都是那种戴着厚眼镜片、其貌不扬的时候，还有点小开心，结果分宿舍的时候，宿管看看名单念叨一句："你们历史系就七个男生，你是跟播音专业的一个宿舍。"

游野当下脸色就不太好看，播音专业……

他们进宿舍的时候，已经有三个男生在收拾行李了，见嬴折他们进来，纷纷抬头打着招呼。这三个男生看起来阳光帅气、挺随和的，见了游柯，还掏出零食给她。

游野脸色有些阴沉，心想这些人连他的妹妹都收买了。

嬴折瞥了他一眼，用手肘撞撞他，压低音量道："干什么呢，谁欠你钱了？"

游野没说话，转身便出了嬴折宿舍。

嬴折冲新室友笑了一下，然后就追了出去。

游野一人站在人来人往的楼道里，看着背影有说不出的落寞。

"你怎么了？"嬴折走过去，轻声问道。

游野看看他，苦笑一声："你知道我以前幻想过无数次我们两个一起上大学的场景吗？现在我只能一个人去外地。"

"你在生气？"难得的，轮到游野生气。

"我都要气炸了。"游野说道。

嬴折偏过头去笑了一下，然后抬手用力搂住游野脖颈："你是不是气到都忘了我在本地上大学，我家就离学校三公里的事了。"

游野愣了愣，看向赢折。

"我答应你，一个月最少去看你两次，节假日都去接你回家。"赢折说道。

四舍五入一下，他们其实也没有分开太多时间。

游野这才点点头，末了又嘱咐一句："那你记得多回家住。"

赢折翻了个大大的白眼。

"要记得想我。"

"记得了。"

"那你把我让你记住的事重复一遍，从之前的开始说。"

赢折："……"

我会很想很想你。

特别遗憾要缺席你的大学四年，但是没关系，我们会互相惦念，会加倍努力。

再相逢。

游野大一一开始什么事都不习惯，在陌生的环境面对陌生的人。这些事本来没什么可怕的，可赢折不在，他就感觉从前那种孤独感又回来了。

赢折感觉到游野情绪不高，便鼓励他可以继续做模特的兼职，也可以参加一些社团、学生会之类的活动。

游野还是兴致缺缺的。

"你到底怎么了？"晚上视频的时候，赢折皱着眉头问道。

游野"啧"了一声："你看看你这不耐烦的样子，刚开始的时候你可不是这样的，这才多久啊赢折，你就对我不耐烦了，我有预感你今天晚上就要和我说绝交吧。"

赢折深吸一口气，酝酿半天："我错了，我特别诚恳地请问您，您到底怎么了？"

游野哼了哼："你现在每天都回家吗？"

赢折点点头："第二天没课都回家。"

"这就是问题，你可以不用每天都住宿舍，但我每天都要在宿舍住，我心里不平衡！"游野说道。

赢折一副恍然大悟的样子，张了张嘴："傻吧你？别作了。"

"我们宿舍三个男的，你一点反应也没有，就不像我对你那样对我！"游野冷笑道。

赢折："……"

两个人僵持一会儿，赢折叹了口气："我周末开车带游柯去看你。"

"我不去。"他话音落下，游柯从卧室出来，趴在沙发上看着屏幕里的哥哥，"我周末和同学出去玩，让赢折自己去看你。"

她说完，又回了自己房间。

赢折目送着游柯一来一去，有些意外，不过游野还是很开心。

屏幕里的游野趴在自己的枕头上，笑得合不拢嘴。

游野最后还是听了赢折的建议，参加了学生会的面试。

面试的时候其他新生都恨不得给学长们使出十八般武艺，用

尽毕生所学想挤进学生会，只有游野淡定地交了报名表，淡定地做了自我介绍，淡定地拒绝了学姐让他表演才艺的要求。

他本以为自己肯定过不了，结果三天后，学生会的部长就通知他去开会。

游野和赢折说了这事，那人非常兴奋地催促游野快去开会。

就这样，游野加入了学生会，参加各种活动，认识了很多人，也因为自己的外形惹了不少桃花。

最后他的室友都麻木了，和游野一起在食堂吃饭，看见有女生朝他们走过来，就把自己的微信名片二维码准备好，然后在女生开口前指着游野说道："他有对象，不扫码、不交朋友。我单身。"

秋季运动会是他们学校每年相当盛大的活动了，学生会不仅要负责组织安排，学生会的成员们也要参加比赛项目。像游野这样的大一新生更是要多出力、多表现。

学姐拿着报名表问游野时，游野看也不看报名表，说："学姐，我请假回家，票都买好了。"

晚上视频的时候，赢折和游柯挤在屏幕里，有些兴奋地问游野："你们学校是不是要开运动会了？你们学校每年的运动会都特别热闹，我和游柯想去看看！"

第二天，就在学姐有些发愁那些大项目没人报的时候，游野一把撑在桌子上，冲她说道："学姐，给我报个 1500 米。"

赢折已经三周没来看他了。

赢折学的历史，正所谓只要专业选得好，年年期末胜高考。嬴折自己也没有料到，一到期末，每天翻书都能翻出火星子来。

这么暴躁易怒的一个人，学了历史之后变得更暴躁了。

复习到第三天，嬴折快把书扯了。

视频的时候，游野无奈地笑笑："至于吗，你现在这样，以后当了老师怎么办，学生不好好学习你还能给人家来套组合拳吗？"

嬴折没好气地瞪了游野一眼："才不会呢，我现在体会到了背书的艰辛，以后当了老师我也会体谅学生的！"

"是吗？"游野夸张地拍拍手，"嬴老师真好，自己期末生死未卜还能推己及人，以后没准能是个好老师。"

"我必须是，"嬴折笃定道，"你闭麦，别影响我复习。"

考试如同渡劫，几科考完之后嬴折整个人都要开心疯了，他回家有些亢奋地和游野打着电话："我考完了，我明天就去找你！"

游野没开外放，可室友们还是清楚地听到了嬴折的呐喊声，游野笑笑，指了指手机，对室友说："没办法，他太激动了。"

室友翻了个大大的白眼。

游野去了阳台，看着宿舍楼下来往的人，其中不乏成双成对的情侣，他有些骄傲地扬扬眉毛，他现在一点也不羡慕他们。

"但是，游柯还没放假呢。"嬴折又有些犹豫。

游野立马道："让她去边晚那儿住两天。"

嬴折开着外放，他有些尴尬地看了看正好出来喝水，然后听

到全过程的游柯。

游柯比以前更成熟了一点，对游野这种没出息的行为早已见怪不怪了，但还是小声说："混账哥哥。"说完后回了房间。

嬴折扶额。

游野眼睛亮亮地看向远方："你快来吧，我很久都没见到你了。"